Vêtue de pied en cap

Candy

Traduit de l'anglais par
Dominique Chichera

Éditeur : François Doucet
Traduction : Dominique Chichera
Révision linguistique : Féminin Pluriel
Correction d'épreuves : Marie-Lise Poirier, Nancy Coulombe
Illustration de la couverture : Jonathan Guilbert
Graphisme : Matthieu Fortin
ISBN 978-2-89565-665-4
Première impression : 2008
Dépôt légal : 2008
Bibliothèque et Archives nationales du Québec
Bibliothèque Nationale du Canada

Éditions AdA Inc.
1385, boul. Lionel-Boulet
Varennes, Québec, Canada, J3X 1P7
Téléphone : 450-929-0296
Télécopieur : 450-929-0220
www.ada-inc.com
info@ada-inc.com

Diffusion
Canada :	Éditions AdA Inc.
France :	D.G. Diffusion
	Z.I. des Bogues
	31750 Escalquens
	Cedex France
	Téléphone : 05.61.00.09.99
Suisse :	Transat - 23.42.77.40
Belgique :	D.G. Diffusion - 05.61.00.09.99

Imprimé au Canada

Participation de la SODEC. SODEC
Nous reconnaissons l'aide financière du gouvernement du Canada par l'entremise du
Programme d'aide au développement de l'industrie de l'édition (PADIÉ) pour nos activités d'é-
dition.
Gouvernement du Québec - Programme de crédit d'impôt pour l'édition de livres - Gestion
SODEC.

roulettes quand je faisais du jogging — rien là pour m'énerver —, mais une baleine, avec des évents sur la tête et des lèvres rugueuses, dévoreuse de Pinocchio ? Incroyable. Dieu m'est témoin, j'aurais pu tomber face contre terre et être catapultée à l'autre bout du gymnase du bateau quand j'avais vu la chose faire surface près de la fenêtre située en face de moi. Mais j'ai continué à courir, au rythme implacable de mes galoches d'infirmière, du plancher de la salle des urgences jusqu'à la maison. En plein désarroi, je transpirai et haletai. Ma carrière, le tapis roulant, tout cela ne me menait nulle part. Et comme si cela n'était pas suffisant, voilà qu'une petite femme, vêtue d'un justaucorps à motifs zébrés, m'appelait et me pressait de répondre à ses questions. Cette championne de bingo, Edie Greenbaum, avait environ le même âge que ma grand-mère. J'essayais déjà de l'éviter quand Monstro avait fait surface, mais c'était peine perdue. Les zébrures de son costume étincelèrent dans mon champ de vision comme si je portais des lunettes 3D. Je me sentis mal à l'aise. Peut-être s'en irait-elle si je faisais semblant d'être absorbée par la télévision.

— Mademoiselle Cavanaugh… Darcy ? Ouh, ouh ?

Non. Jusqu'à présent, j'avais essayé de rester polie, mais il y avait une limite. Cette croisière devait être pour moi l'occasion de passer du bon temps avec ma meilleure amie, de faire de bons repas… bon, d'accord… et peut-être de me ridiculiser en exécutant la danse des canards à la discothèque hier soir. Je ne devrais jamais, en aucune circonstance, boire du rhum. Mais j'avais encore droit à quelques lambeaux de dignité, n'est-ce pas ?

— Alors, ma chère ?

Edie me lorgnait derrière ses lunettes à double foyer cerclées de strass et souriait en penchant la tête surmontée

UN

La brochure publicitaire promettait une croisière de rêve, avec des confettis, du brie coulant, de beaux hommes en habit de soirée et des flûtes remplies de Dom Pérignon. Fascinant, n'est-ce pas ? Cette croisière aller-retour de New York au Canada allait me permettre de réfléchir calmement et de remettre de l'ordre dans ma vie. Boston, Bar Harbor, Halifax, Québec, tout cela semblait merveilleux. Mais, en fait, en ce moment même, à cette minute précise, je m'efforçais de conserver mon équilibre sur un tapis roulant, entourée par un vaste océan sinistre. Plutôt étrange, non ? Comme d'enfoncer mes Nike roses dans le sable chaud d'un minuscule îlot techno. Et très dangereux, aussi. Le champagne était bien la dernière chose à laquelle je pensais. Bonté divine, était-ce une baleine ?

Je lâchai une poignée du tapis roulant pour rattacher une mèche mouillée de mes cheveux roux dans ma queue de cheval, qui commençait à frisotter comme un Chia Pet. Mes doigts se mirent à trembler lorsque mon regard revint se poser sur l'immense surface vitrée. J'étais habituée à éviter les crottes de chien et les punks en planche à

Remerciements

Mes remerciements chaleureux à :

Mon agente littéraire, Natasha Kern, pour avoir mis ce rêve à l'eau et avoir encouragé avec passion mes projets. Mon éditrice chargée de la sélection, Barbara Moore, qui a aimé cette histoire et a tellement apprécié ses personnages fantasques qu'elle nous a invités à naviguer sous le pavillon Midnight Ink. Mon éditeur, Karl, pour son expérience et sa patience envers une débutante curieuse de tout apprendre. Alison, Kelly, Kevin, Jennifer, Eric et toute l'équipe de Midnight Ink et de Llewellyn, pour leur travail dévoué et le talent nécessaire pour permettre à ce livre de voir le jour.

Ruth Widener (autrefois chez Kern Agency), pour son soutien inébranlable et pour avoir été ma toute première *fan*. Ma professeure d'écriture, Gloria Kempton, et mes talentueux critiques : ce livre n'aurait jamais pu naviguer sans vous. Mes héroïques collègues du milieu médical : cette dose d'amour et d'humour vous honore.

Mes enfants, car rien n'est comparable à vous entendre dire : « Nous savions que tu pouvais le faire, maman. » Et tout spécialement à Andy, mon mari et mon véritable héros, pour ses éclats de rire incessants, ses virevoltes sur la piste de danse et ses croisières exotiques sous le soleil couchant... et pour n'avoir jamais douté que ce rêve puisse devenir réalité.

Dédicace

Pour maman, une femme très indépendante, avec un esprit impertinent, un pouce vert, un visage rayonnant et — toujours — un livre à la main. Je suis très honorée de te dédier ce livre. Et pour papa, le meilleur conteur d'histoires. Ta belle énergie m'inspire.

d'une toison blond rosâtre, de façon à voir mon visage. Du haut de mon mètre soixante-douze, je la dominerais d'au moins trente centimètres, même si j'étais debout à côté d'elle. Ses dents étaient maculées de rouge à lèvres. Ou peut-être était-ce des vestiges de la délicieuse tarte aux cerises qui avait été servie au déjeuner ?

— Mmm !

Je passai ma langue sur mes dents en souriant et reportai mon regard sur le poste de télévision comme si je ne l'avais réellement pas entendue. Le canal du bateau diffusait le message publicitaire sur la protection des objets de valeur, qui montrait une vulgaire imitation d'Elizabeth Taylor déposant ses bijoux dans le coffre de sa cabine : « Mesdames, donnez-lui la clé de votre cœur, mais ne lui donnez jamais, au grand jamais, la combinaison de votre coffre. » C'était la troisième fois qu'elle était diffusée depuis que j'étais arrivée. Un peu trop, à mon avis. Mais, bien sûr, il y avait eu tout ce brouhaha au sujet de vols de sacs à main à bord, et j'étais certaine que c'était ce dont Edie voulait me parler.

Je mis les doigts sur mon cou et comptai les battements de mon cœur pendant six secondes, multipliés par dix, et comparai le résultat avec le chiffre affiché sur le cadran du tapis roulant. Cent soixante ? Était-ce possible ?

— Excusez-moi, Darcy, mais je voulais savoir ce qui pouvait inciter une belle jeune femme comme vous à participer à une croisière en compagnie de personnes âgées.

— Pardon ? Oh, excusez-moi — oups !

Le bateau se mit à rouler et à tanguer sous mes pieds comme lors d'un tremblement de terre sous-marin, et je serrai les poignées du tapis roulant. Mon regard fixa l'océan sombre à travers le panneau de plexiglas. Une baleine ne pouvait pas faire chavirer un paquebot, n'est-ce pas ?

Edie Greenbaum remit ses cheveux cotonneux en place et me regarda en grimaçant. Elle écarta ses petites jambes raides pour se stabiliser et se balança au rythme de la vague comme un vrai loup de mer. Ses yeux, soulignés d'un trait parfait, clignèrent derrière ses lunettes, et elle battit des cils, maquillés de bleu.

— C'est votre première croisière ? Vous vous habituerez vite, ma chère. C'est comme pour le rugissement des toilettes. Ne craignez rien, elles ne vous avaleront pas. Détendez-vous. Il vous faudra du temps pour développer votre sens de l'équilibre, dit-elle en ajustant son justaucorps rayé.

J'esquissai un sourire.

— Bien sûr. Pas de problème. Je suis désolée, mais m'aviez-vous posé… une question… avant ?

Les mots sortaient de ma bouche par saccades tant le souffle me manquait, même si j'avais réduit de moitié la vitesse du tapis roulant. J'avais presque trente ans et, à part quelques entorses thérapeutiques à mon régime, j'étais bien trop en forme pour être essoufflée à ce point. Que se passait-il ?

La femme caqueta et tapota ma hanche de son ongle orné d'un bijou.

— Mon mari, Bernie, vous savez qu'il travaille dans le domaine du spectacle ? Eh bien, avec quelques passagers, nous avons ouvert des paris sur la raison pour laquelle une jolie jeune femme comme vous voudrait voyager en compagnie de retraités de la Floride.

Elle gloussa et tira sur ma ceinture.

— Mais regardez-vous, ma chère ! Quelle taille fine ! Environ soixante-trois centimètres ?

Elle me dévisagea de la tête aux pieds en plissant les yeux comme si elle vérifiait le résultat d'une course sur le tableau d'affichage, jusqu'à ce que son regard s'arrête sur mon débardeur en élasthanne à rayures de couleurs vives.

— Pièces d'origine ? demanda-t-elle en fixant ma poitrine.

Oh, mon Dieu ! Je toussotai et fis un pas de côté sur le tapis roulant pour éviter ses mains baladeuses. La ceinture s'étira, et j'écarquillai les yeux d'un air incrédule. Un Munchkin était en train de me tâter ! Où était ma meilleure amie quand j'avais besoin d'elle ?

— Hé, doucement, Edie ! m'écriai-je en sentant qu'elle resserrait sa prise.

— Et ces boucles rousses, ce teint de pêche et ces yeux verts ! s'extasia-t-elle. Une véritable rose sauvage d'Irlande, comme je l'ai dit à Bernie.

Elle soupira et me fit un clin d'œil avant d'ajouter en baissant la voix comme une conspiratrice :

— Je parie sur l'amour, un cœur blessé. Faites-vous cette croisière pour oublier un beau jeune homme ?

Elle laissa échapper un rot à forte odeur d'ail.

— Excusez-moi, ma chère, c'est à cause du buffet de minuit. Absolument délicieux. Alors, pourquoi êtes-vous ici ?

Je pressai le bouton de contrôle et sentis le tapis roulant ralentir. C'était assez. Il était temps de lui raconter l'histoire que j'avais inventée pour expliquer ma présence sur ce paquebot : naviguer sans but précis. Le tapis roulant s'arrêta au moment où le bateau recommençait à se déplacer, et mon estomac se révulsa. J'allais certainement être mangée par une baleine à cause de ce que j'étais sur le point de faire. Mais que voulez-vous ? Je me sentais plus qu'insouciante ces derniers temps.

— C'est certainement à cause des sandwichs au beurre de cacahuètes et à la confiture, dis-je avec un grand sourire. J'adore ça.

Edie haussa ses sourcils impeccablement dessinés.

— Pardon ?

— La raison pour laquelle je fais cette croisière. C'est à cause d'un sandwich à la confiture et au beurre de cacahuètes. Pain blanc, sans croûte…

Je marquai une pause pour savourer le moment avant d'ajouter :

— Et à cause de ce pénis, bien sûr.

Je vis alors le sourire d'Edie Greenbaum s'évanouir pour laisser place à un rictus.

— Oh !

Elle passa la main sur sa tête comme un chat passe sa patte sur son oreille et tapota son petit appareil auditif. Elle lâcha mon Danskins et recula de quelques pas, puis elle retira son appareil et souffla dessus.

— Excu-uusez-moi ? cria-t-elle d'une voix nasillarde.

Elle ouvrit de grands yeux et posa une main sur son cœur comme si elle venait juste d'entendre la confession de Lorena Bobbitt.

Je fermai les yeux et secouai la tête en poussant un soupir. Parfait. À présent, je me sentais coupable. Et pourtant, c'était la vérité. Enfin, en partie.

Peut-être que seule une autre infirmière pouvait comprendre, mais c'était la minute de vérité, d'estime de soi. Après sept années passées à porter des vêtements verts et à sentir le stéthoscope se balancer sur votre poitrine à chaque mouvement, vous commencez à vous demander s'il existe autre chose — des ensembles Ann Taylor, des pompes Prada, une mallette en cuir fin et un agenda —, comme de remplir des papiers confortablement installée derrière un bureau plutôt qu'en équilibre précaire au-dessus d'une poubelle. Pour moi, l'élément déclencheur avait été un sandwich à la confiture et au beurre de cacahuètes.

La journée se déroulait normalement dans la salle de triage du service des urgences : fièvres, calculs aux reins et blessures dues à la tonte de pelouse… rien de très inhabituel. Et les mêmes malades psychiatriques que d'habitude. Mais, sans doute à cause de mon état d'esprit du jour, ce fut la goutte d'eau qui fait déborder le vase.

Je venais de lire le commentaire du chef sur le cas d'un patient « démangeaisons ».

Ce cas aurait pu être traité à la clinique, m'étais-je dit en appelant son nom dans le microphone. L'homme aux cheveux crépus mettait un temps fou à traverser la salle d'attente surpeuplée, peut-être parce qu'il marchait comme un pigeon, en secouant la tête à chacun de ses pas. Il avançait tellement lentement que je lui avais souri et l'avais encouragé d'un signe de la main quand je m'étais aperçue qu'il serrait son pantalon dans sa main. Au niveau de son entrejambe. *Oh, mon Dieu !*

— J'ai des marques sur la peau, peut-être à cause de bestioles. Des vertes, avait-il maugréé, le visage grave et les poings serrés aussi fermement que ceux d'un voltigeur d'arrière-champ sur la dernière balle de la dernière manche du match.

— Où ? lui avais-je demandé.

J'aurais voulu ne pas avoir à le faire, mais je savais qu'il le fallait et je m'étais demandé pour la première fois ce que devait ressentir une caissière de banque.

— Ici, avait-il répondu.

J'étais pleinement préparée à voir un pénis. Ce n'était pas le problème. Au cours de ma carrière d'infirmière, j'avais dû en voir des centaines, de toutes les tailles, de toutes les formes et de toutes les couleurs, et j'avais entendu tous les euphémismes ridicules qui circulaient à ce sujet.

« J'ai certainement vu plus de pénis qu'une prostituée », avais-je clamé après avoir nerveusement descendu deux martinis au cours d'un *blind date* l'année dernière. Le comptable, qui avait les mains moites et ne démontrait aucun sens de l'humour, ne m'avait plus jamais rappelée, bien évidemment. Mon passé sentimental est vraiment pathétique.

De toute façon, le problème n'était pas que je n'étais pas préparée à voir un pénis, le problème était que je n'étais pas préparée à voir le sandwich à la confiture et au beurre de cacahuètes à moitié mangé dans la main qui serrait la partie couverte par le pantalon. Pain blanc, sans croûte, et ayant épousé la forme de l'organe. Et le pire — ce qui me donne encore des frissons — avait été quand j'avais vu le patient porter le sandwich chaud et informe à la bouche et mordre dedans. Beurk !

J'étais presque certaine que si j'avais été caissière de banque — ou même représentante en matériel orthopédique, mon autre possibilité de carrière —, je ne me serais jamais trouvée dans cette situation.

Je levai le regard vers le visage décomposé et confus d'Edie Greenbaum et poussai un soupir. Beurre de cacahuètes et exhibitionnistes ? Que des mensonges ! Bien sûr, cela peut arriver, mais les infirmières n'abandonnent pas la profession pour ce genre de chose. Pas sur un simple coup de tête. Ces histoires sont des exceptions, que l'on raconte à ses collègues pour se donner de l'importance en dévorant une pizza pendant une garde de nuit durant le temps des fêtes. Tout cela n'est pas suffisant pour inciter une infirmière à abandonner la profession. La vérité était bien pire. Et c'était très précisément la raison pour laquelle je me trouvais en plein milieu de l'Atlantique et à la merci des baleines, à repenser à ma vie future.

La vérité. Je passai la langue sur mes lèvres au goût de sel en secouant la tête. Puis, je pris un journal. On y faisait une large place à la pénurie d'infirmières. Mais pour quelle raison les femmes voudraient-elles intégrer cette profession ? Que constataient-elles ? Les temps d'attente interminables dans les salles d'urgence, les ambulances renvoyées d'un hôpital à un autre et l'augmentation alarmante des coûts d'assurance médicale ? Et tout cela n'était que la pointe de l'iceberg. Il fallait se mettre à la place d'une infirmière pour vraiment comprendre les effets des doubles périodes de travail, du manque de personnel, des heures supplémentaires et des équipes médicales n'étant pas habituées à travailler ensemble, avec de plus en plus de responsabilités pour des patients de plus en plus malades, pour véritablement en saisir tous les effets néfastes. Je fermai les yeux et contractai les paupières. *Comme de rester éveillée la nuit en pensant à une femme âgée dont j'ai la responsabilité et qui est sur le point de mourir, complètement seule, sur un chariot dans le corridor.* J'expirai lentement et chassai cette image de mon esprit.

Puis, il y avait Sam que je devais oublier, même si je ne voulais pas le reconnaître et aider ainsi Edie Greenbaum à gagner son pari. Sam, le pompier.

Quand je pensais à lui, je ne ressentais plus qu'un léger pincement au cœur et je n'entrais plus dans une rage folle. Cependant, cette lancinante excitation des sens, l'image de ses larges épaules, de ses cheveux bouclés et de ses fossettes quand il souriait et le souvenir — Dieu seul sait pourquoi — toujours aussi attirant d'un parfum d'eau de Cologne ambrée et de tabac étaient toujours présents. Sam et ce sandwich, deux excellentes raisons de partir en croisière.

Edie replaça son appareil auditif dans son oreille et tira de nouveau sur ma ceinture.

— Mon Dieu, chère, avez-vous dit quelque chose au sujet des organes génitaux et des sandwichs ? Avez-vous été abusée par un chef ?

— Non, non.

Je lui adressai un sourire innocent et, en demandant pardon silencieusement à ma grand-mère, j'ajoutai :

— J'ai dit que j'avais eu une… réaction allergique à la nourriture. Au beurre de cacahuètes, en fait. Une allergie assez répandue. Et, en vérité, je suis ici pour tenir compagnie à ma meilleure amie. Nous travaillons ensemble en Californie, mais elle est infirmière à bord de ce bateau pendant ses vacances. Elle s'appelle…

— Marie Whitley, claironna une voix derrière nous. Et c'est vrai, Edie, ma bonne amie.

Nous nous retournâmes pour voir Marie, qui mâchonnait un cigarillo éteint entre ses dents, nous saluer avec un grand sourire. Ses yeux gris étincelaient sous une frange de cheveux noirs, et un timbre de nicotine était accroché comme une bernacle sur le côté de son cou.

Je laissai échapper un cri d'étonnement en constatant une fois de plus l'effet produit par l'uniforme qu'elle portait. Depuis les sept ans que durait notre amitié, c'était le vêtement qui ressemblait le plus à une robe que je lui voyais porter — l'uniforme de la croisière était constitué d'une jupe-culotte bleu marine et de bas montant jusqu'aux genoux. Une femme approchant la quarantaine, légèrement ronde, vêtue d'un uniforme d'école religieuse ; je suppose que cela prouvait à quel point elle voulait naviguer. Mais, bien sûr, elle l'avait agrémenté d'une touche personnelle. Une casquette de marin, ornée d'une broderie représentant une ancre argentée, était posée sur ses cheveux courts et bouclés et tombait négligemment devant les yeux aux cils longs et fournis posés sur Edie Greenbaum.

Edie eut un petit rire nerveux, puis enlaça Marie avant de partir rejoindre le groupe de yoga. Je poussai un soupir de soulagement, puis, après avoir détaché mes cheveux, je m'asséchai le front avec le chou-chou en éponge qui les retenait. J'étais soudainement trempée de sueur.

— Tu connais Edie, le furet ? demandai-je en posant de nouveau les doigts sur mon cou.

J'avais de nouveau la sensation que mon cœur allait éclater. Marie hocha la tête et fronça les sourcils.

— Dépendante à l'insuline à cause de son diabète ; pas aussi intéressant que d'avoir été abusée sexuellement par un chef. Pâtissier, j'espère.

Marie retira sa casquette de marin et s'en servit pour me frapper.

— Qu'est-ce que c'est que cette histoire, Cavanaugh ? Je ne peux plus t'emmener nulle part ?

— Rien, je …. Non, regarde.

Je désignai d'un signe de tête les membres du groupe de yoga qui s'étaient rassemblées, tout excitées, autour de l'homme installé sur le banc de musculation.

— Peux-tu le croire ? C'est le Gigolo.

— L'animateur de danse.

— Peu importe.

J'observai Luke Skyler quitter sa tenue de karaté blanche, qui fut immédiatement et amoureusement pliée par une des femmes du groupe. Je sentis une bouffée de chaleur me monter au visage et je me dis que ce n'était dû qu'à la colère et à rien d'autre. Incroyable, l'homme n'avait pas de poil. D'accord, quelques touffes dorées par-ci par-là et du duvet… Je me mordis la lèvre en le voyant se tourner vers le groupe avec un sourire rayonnant, ses dents d'une blancheur éclatante offrant un contraste étonnant avec sa peau bronzée. Je glissai la langue sur mes lèvres.

— Le comportement de ces femmes âgées est révoltant.

— Tu baves d'envie.

— Bien sûr que non…

Luke banda ses biceps et souleva un haltère, et ma voix monta d'une octave.

— Et ce gars est pathétique — peut-être même dangereux.

— Oh, pitié ! Tu ne vas pas encore être obsédée par l'idée qu'il tente d'escroquer ces femmes, n'est-ce pas ?

— T'a-t-il déjà invitée à danser ?

Marie fronça les sourcils et me lança un regard noir.

— D'accord, concédai-je, mais je suis prête à parier que si tu portais un magnifique collier d'émeraude, ton homosexualité ne le dérangerait pas.

Je sentis de nouveau le bateau tanguer, et ma tête se mit à tourner comme si j'étais en apesanteur. Quelle drôle de sensation ! Pourquoi Marie ne ressentait-elle rien ? Comment pouvait-elle rester aussi calme ?

Je saisis les poignées du tapis roulant. Mon cœur bondit dans ma poitrine comme un marteau-piqueur, et mes jambes se dérobèrent sous moi. Le brouillard envahit la pièce qui fut plongée dans l'obscurité. Que se passait-il ? Je ne voyais plus rien.

— Darcy ? Qu'y a-t-il ?

La voix de Marie me parvint à travers une eau profonde, et j'agitai les bras en barbotant dans le liquide noir pour mieux entendre, mais sans succès. Je me noyais. Le tapis noir en caoutchouc de l'appareil, semblable à la peau d'une baleine, se précipita vers moi et vint frapper ma pommette. Puis, tout s'assombrit.

DEUX

— J'AI ÉTÉ AMENÉE ICI PAR LE GIGOLO ? JE T'EN SUPPLIE, DIS-moi que c'est une blague.

Je soulevai la tête de la civière de l'infirmerie et touchai du bout des doigts l'ecchymose sur ma pommette gauche.

— Marie ?

— En pâmoison dans ses bras, pourrait-on dire, répondit-elle en écartant une extrémité du stéthoscope de son oreille. Tiens-toi tranquille. Le docteur a dit qu'après une autre lecture de pression normale, je pourrais te laisser partir. Il faudra que tu boives beaucoup. Nous avons encore le temps de dîner rapidement et d'assister au spectacle de vingt heures.

— Qu'est-il réellement arrivé ?

— Ton cœur s'est mis à battre trop rapidement, beaucoup trop rapidement. Peut-être jusqu'à cent quatre-vingts battements. Cela a fait monter ta pression artérielle comme une ancre.

Je fis une grimace.

— Désolée, je parle comme un marin. Ça doit être à cause de l'uniforme.

Je tournai la tête vers le moniteur et regardai les chiffres verts qui clignotaient sur l'écran noir et affichaient mon rythme cardiaque. C'est étrange de se retrouver de ce côté. Quelqu'un d'autre devrait être à ma place.

— Ça va bien maintenant, confirma Marie, depuis que nous t'avons allongée. Nous n'avons même pas eu besoin de te donner des médicaments pour ralentir ton rythme cardiaque. N'est-ce pas ce qui t'était déjà arrivé il y a deux ans ?

J'acquiesçai d'un signe de tête et fis claquer ma langue en me remémorant notre participation à la *Bay to Breakers Race* de San Francisco. Soixante-dix participants, habituellement déguisés, suivant un parcours de douze kilomètres dans les rues de la ville, commençant près de l'océan à Embarcadero, montant jusqu'à Heartbreak Hill, et se terminant au Golden Gate Park. Une distance que j'avais déjà parcourue auparavant, mais… Je lançai un regard à Marie.

— Oui, je n'aurais probablement pas été déshydratée si je n'avais pas été vêtue comme… un foutu taco. Toute cette laitue en plastique me faisait transpirer. Quelle idée j'avais eue !

Marie leva les mains au ciel.

— Hé, tu avais le choix, souviens-toi, mais le masque de chihuahua n'était pas assez bien pour Sa Grandeur. Alors, c'est moi qui ai dû porter ce masque poilu.

Je soupirai et reportai mon regard sur le moniteur.

— Peu importe, c'est dû à cette anomalie de fonctionnement de la valve mitrale. Rien de grave, mais elle me joue des tours de temps en temps. Pas de problème. Je me sens bien.

— D'accord.

Marie tripota son stéthoscope et afficha un léger sourire.

— Ça fera un excellent sujet de potins, bien sûr, mais tu vas bien.

Je glissai mes jambes par-dessus le bord de la civière.

— Des potins, grommelai-je. Oh, tu veux dire à cause de ce gigolo ?

— Luke Skywalker, c'est ainsi que les femmes du groupe de yoga l'appellent.

Marie hocha la tête.

— Je ne peux pas le croire. Celle qui doit avoir près de quatre-vingts ans a dit : « Oh, ma chère, il peut certainement me faire sentir "La Force". »

— Hé, hé ! Alors, il m'a prise dans ses bras et m'a portée jusqu'ici ?

J'essayai de ne pas imaginer la scène, puis tentai encore plus d'ignorer une ridicule bouffée de chaleur.

— Non, en réalité, je crois qu'avant cela, il s'est servi de toi comme d'un haltère et a fait des développés couchés pour impressionner les membres du club.

Je me tournai vers elle juste au moment où le rideau qui séparait les civières s'ouvrait sur le grand sourire d'Edie Greenbaum.

— Ouh, ouh ! me dit-elle d'un ton chaleureux.

Elle était assise, les manches de son justaucorps relevées, à côté d'un homme à la calvitie naissante, qui était penché au-dessus de ce qui semblait être un morceau de tissu à paillettes posé sur ses genoux. Il leva les yeux et me fit un clin d'œil accompagné d'un sourire. Je m'aperçus alors qu'il tenait dans la main une aiguille et du fil. Il faisait de la couture ? Il cligna des yeux en croisant mon regard surpris et m'adressa un large sourire qui révéla une dent en or sur le devant.

— Pouvons-nous y aller, maintenant, ma chère Marie ? Ai-je attendu assez longtemps depuis ma petite injection ?

Elle agita la main vers son mari.

— Bernie doit encore réparer le dos de ce costume et placer les décors pour le spectacle.

Elle regarda par-dessus ses lunettes et, avec un petit rire nerveux, elle ajouta :

— Et puis, je crois que j'entends les machines à sous qui m'appellent.

— Oh, je suis désolée ! Bien sûr, vous pouvez y aller. Je voulais simplement m'assurer que Darcy allait mieux.

Marie retira la bande velcro de mon bras.

— Bon, ne vous interrompez pas, ma chère.

Edie descendit de la civière et vint placer sa main sur la mienne.

— Nous sommes désolés pour votre maladie de cœur, n'est-ce pas, Bernie ?

Son mari interrompit ses travaux de couture et m'adressa un autre sourire. Le regard de ses yeux noirs était aussi chaleureux que du pouding au chocolat, et il me fit penser à mon grand-père, décédé depuis longtemps.

— Absolument, et nous sommes heureux que Luke ait été là, même si — Bernie se redressa sur sa chaise et bomba le torse comme un coq — je me serais fait un plaisir de vous secourir moi-même, jeune dame. J'ai déjà été scout.

Je me mordis les lèvres en évitant de croiser le regard de Marie, puis je retirai ma main de celle d'Edie.

— Je vous remercie, mais en réalité ce n'est pas du tout une maladie de cœur. Je vais bien.

— Comme c'est excitant ! ronronna Edie. Bon, nous allons partir, maintenant.

Elle s'arrêta devant la porte et me lança un regard par-dessus son épaule.

— J'ai mis un peu de fond de teint pour estomper cette ecchymose sur votre visage, ma chère. Ça ne se voit plus.

— Edie chérie, ne l'embarrasse donc pas, gloussa Bernie en prenant sa femme par le bras. Elle n'a pas besoin que tu la maternes. Darcy est très jolie comme elle est.

Il cligna des yeux et me fit un signe de la main. Je remarquai alors qu'il avait gardé le dé sur son doigt.

Après le départ du couple, je grommelai et hochai la tête, puis retirai les pastilles du moniteur collées sur ma poitrine.

— Pourquoi ne se fait-elle pas elle-même ses injections d'insuline ou pourquoi ne demande-t-elle pas à papy de les lui faire ? Il a été scout après tout, dis-je en roulant les yeux.

— Ils sont tous les deux très émotifs. Néanmoins, Bernie l'aide beaucoup. Il l'encourage à suivre son régime, ce qui n'est pas facile sur un bateau de croisière, et il surveille son taux de sucre.

Marie poussa un soupir et poursuivit :

— Mais une aiguille à coudre est la seule sorte d'aiguille avec laquelle il se sent à l'aise. Tu ne vas pas me croire, mais, en réalité, ils vivent sur ce bateau ou ils songent à le faire. C'est devenu très à la mode parmi les retraités, maintenant.

— Es-tu sérieuse ?

— Oui. Réfléchis un peu : ils prennent leur retraite à, disons, cinquante-cinq ans ; ils abandonnent leur hypothèque et, avec le montant de leur retraite, ils louent une cabine. Une sorte de riches sans-logis. Où peux-tu trouver une chambre avec toutes les commodités, des divertissements et une table bien garnie pour environ cent dollars par jour ? Depuis quelque temps, les Greenbaum font des croisières pour trouver le paquebot qui leur convient.

— Tu devrais peut-être songer à faire la même chose avec Carol. Vous auriez des costumes de marin assortis, gloussai-je.

Marie sourit, et, pendant un instant, je vis cet éclair de tendresse qui apparaissait dans ses yeux gris quand elle pensait à sa compagne de longue date. Cela ne manquait pas de m'étonner, et peut-être même de m'énerver un peu, parce que j'étais bien convaincue que je n'aurais jamais cette chance. Marie pourrait porter mille fois un costume de taco pour plaire à Carol, et même des timbres de nicotine.

— Non, dit-elle, en rangeant l'appareil servant à mesurer la pression artérielle. Elle n'est pas vraiment convaincue au sujet de cette croisière et ignore même si je devrais en faire une autre. C'est difficile d'être séparées quand nos agendas ne concordent pas. Plus que deux semaines et je serai de retour en Californie.

Elle tapota son timbre en soupirant et ajouta :

— Et je ne fumerai plus.

— Je considèrerai peut-être cette option quand je prendrai ma retraite pour me lancer dans le domaine de l'orthopédie. Pense à toutes les semelles orthopédiques et à tous les pansements pour les pieds que je pourrais vendre au cours de ces croisières.

— Je ne veux plus entendre parler de ce projet ridicule, pas plus que de cet odieux podiatre qui essaie par tous les moyens de t'entraîner dans cette aventure. Docteur Foote, mais qui croit-il tromper ?

Elle plia la feuille de soins pour en faire un avion qu'elle lança vers moi.

— Veux-tu que je te fasse visiter l'endroit avant de partir ?

Je souris en me souvenant qu'il y a sept ans, c'était Marie qui m'avait fait visiter les locaux du service des urgences ; l'infirmière expérimentée et l'infirmière fraîchement diplômée, tout intimidée, en blouse rose.

— Bien sûr.

Marie me précéda.

— Ce n'est pas vraiment notre Morgan Valley Hospital, mais c'est quand même bien organisé.

— Si tu dis « de la coque au mât », je pars immédiatement.

La visite prit fin devant le chariot d'urgence, et je secouai la tête d'un air étonné.

— Tu ne plaisantais pas. Il est un peu compact, mais il semble y avoir tout ce dont tu as besoin et même plus que je ne l'aurais imaginé : un défibrillateur, un stimulateur cardiaque…

Je passai les doigts sur le contenu d'un tiroir et poussai un cri d'admiration.

— Vous avez aussi tout le matériel de réanimation, des tubes endotrachéaux, un masque de Ambu et un aspirateur, ainsi que tous les médicaments.

J'attrapai une fiole placée près de celles d'insuline de façon à pouvoir lire l'étiquette. Elle venait d'être sortie du réfrigérateur et était encore froide.

— Succinylcholine ?

Je regardai Marie en haussant les sourcils d'un air étonné.

— Tu administres vraiment un agent paralysant en plein milieu de l'océan ?

— Mais, tu as vu les membres du club de yoga, ce sont toutes des aînées ! Et le buffet de minuit n'est rien d'autre que du cholestérol entouré de plumets d'ananas et de sculptures de glace. Ces personnes ont des crises cardiaques, Darcy. Si elles descendent à l'infirmerie, nous devons contrôler leur respiration et les stabiliser jusqu'à l'arrivée de l'hélicoptère.

Je fis une grimace. Je détestais administrer des agents paralysants. Cela évoque toujours quelque chose de terrifiant et d'étouffant, même si un sédatif est donné auparavant. Je me suis souvent demandé ce que penseraient les patients s'ils savaient qu'ils sont préparés à base de curare, le produit dans lequel les pygmées trempaient l'extrémité de leurs flèches. Et je ne veux même pas imaginer ce que l'on doit ressentir.

Marie tira sur la bretelle de mon débardeur.

— Allons-nous-en d'ici. Je ne veux pas manquer les imitateurs d'Elvis.

* * *

Je virevoltai dans la petite cabine en soufflant sur mon vernis à ongles, puis m'arrêtai pour observer Marie qui laçait lentement ses chaussures de cuir verni.

— Tu portes des bas brillants ?

Marie releva la tête avec un grand sourire, en faisant gonfler les volants qui ornaient le devant de son smoking.

— C'est une soirée habillée. Et puis, les bas s'harmonisent avec mon nœud papillon. Pourquoi ? Tu penses que c'est trop ?

Je hochai la tête. Elle possédait la collection de bas la plus imposante que j'aie jamais vue.

— Elles parlaient de moi dans le corridor, marmonnai-je en serrant une de mes boucles d'oreille entre les dents et en essayant de fixer l'autre du bout de mes doigts.

J'aurais dû vernir mes ongles plus tôt ; ils n'allaient jamais avoir le temps de sécher. Quant à mes cheveux, par manque de temps, j'avais dû me contenter de les relever et j'espérais que les épingles allaient tenir en place.

— Qui parlait de toi ?

Marie s'empara de la télécommande et alluma le téléviseur. Elle se mit à ronchonner en voyant un autre message de sécurité qui conseillait aux passagers de protéger leurs biens.

— Quelques-uns des passagers. Je les ai entendus en revenant à la cabine. Il semble que notre petite diabétique sans domicile fixe n'ait pas perdu de temps.

— Que disaient-ils ? Hé, as-tu vu cette publicité avec Elizabeth Taylor ? C'est très ressemblant, n'est-ce pas ?

Marie avait commencé à remplir son sac banane.

— Ils parlaient de ma condition cardiaque. Aucune confidentialité n'est possible, apparemment.

Je cessai de souffler sur mes ongles. Ils allaient devoir finir de sécher pendant que je me rendrais à la salle de spectacle.

— C'est tout ? demanda Marie.

— Quoi ?

— C'est tout ce dont ils parlaient ? ajouta-t-elle d'un ton étrangement décontracté.

— C'est bien suffisant, non — pourquoi ?

Marie fut prise d'un intérêt soudain pour le revers de son smoking.

Je lissai la taille de mon bustier émeraude Carolina Herrera. Bien sûr, c'était une folie pour le salaire d'une infirmière, mais je n'avais pas regardé à la dépense dernièrement.

Puis, je vérifiai mes ongles et remarquai que le vernis n'était pas abîmé jusqu'à présent.

— Pourquoi ? Qu'auraient-ils pu dire d'autre ? insistai-je en m'approchant d'elle.

Marie gonfla les joues et se remit à fixer le revers de son smoking.

— Oh, quelque chose que j'ai entendu quand je sortais du casino ! Rien d'important, juste deux personnes qui discutaient.

— Dis-moi !

Sans prendre garde à mes ongles, je saisis son menton. Bonté divine, je la connaissais trop bien !

— D'accord, d'accord ! Juste que tu avais été agressée par un chef cuisinier et que maintenant...

— Maintenant quoi ?

— Qu'il est évident qu'à cause du traumatisme, tu es devenue lesbienne.

*   *   *

Pour une fois, il n'y avait pas de file devant l'ascenseur, et je m'arrangeai pour éviter de croiser le regard des quelques personnes rencontrées dans le corridor, qui étaient, sans le moindre doute, désireuses de confirmer ma préférence sexuelle. Pourrait-ce être pire ? Non que je ne sois pas habituée à être offensée. Je m'étais sentie tellement humiliée lorsque je m'étais présentée à l'improviste au domicile de mon amoureux, vêtue simplement de mon imperméable et de mon plus beau sourire, pour découvrir que ses mystérieux colocataires étaient en fait son labrador retriever et sa femme. *Merci, Sam.*

Mais cette croisière devait me permettre de prendre un nouveau départ, et me ridiculiser ne faisait pas partie du plan.

Nous pénétrâmes dans l'ascenseur, et je vérifiai le plan du bateau affiché contre la paroi. Il était si difficile de s'y retrouver quelquefois : que peut-on trouver sur chaque pont, quelle direction doit-on emprunter pour aller de l'avant à l'arrière… Voilà, notre cabine se trouvait sur le pont D, et nous devions rejoindre la salle à manger située à quatre ponts au-dessus. Mon estomac grondait, et ce soir c'était le Festival des pâtes. Oh ! Quelle jolie façon de présenter des macaronis au fromage !

— Je ne peux pas croire que nous sommes seules dans cet ascenseur et pas serrées comme d'habitude, dis-je. Tout le monde doit être encore au spectacle.

Je jetai un coup d'œil vers ma montre brillante Fossil, puis levai les yeux vers Marie. Son smoking était beau, et seule Marie avait suffisamment de panache pour le porter, mais nous avions probablement l'air d'un couple d'homosexuelles. Mais pourquoi s'inquiéter des ragots colportés par les gens ? Même si je ne savais pas précisément ce que je voulais faire aussi bien dans ma vie professionnelle que dans ma vie personnelle, je savais très bien qui j'étais. C'est bien compris ?

— *Je sais qui je suis*, Marie, dis-je en hochant la tête.

Marie me regarda comme si j'étais devenue folle.

— C'est… bien ? Hé, fais attention à ta boucle d'oreille…

Je sentis ma boucle d'oreille en perle se détacher et glisser dans le décolleté de ma robe. Oh, non !

— Mes ongles ne sont pas encore assez secs. Tu dois la récupérer, dis-je en retenant mon souffle.

— Qu'y a-t-il ? Et pourquoi tes joues gonflent-elles comme ça ? s'écria Marie en haussant les sourcils.

— S'il te plaît… tais-toi… et… récupère-la. Je retiens ma respiration pour qu'elle ne puisse pas descendre plus bas. Dépêche-toi.

— Non, merci.

— Oh, pour l'amour de Dieu, Marie ! Elle a glissé dans ma robe et je l'ai perdue. Elle appartenait à ma grand-mère. Va la chercher.

Les portes de l'ascenseur s'ouvrirent juste au moment où Marie, qui avait glissé la main dans mon décolleté, criait « Je l'ai ! » en attrapant ma boucle d'oreille. Edie Greenbaum et les membres du club de yoga nous observaient fixement, et juste derrière elles se tenait Luke Skywalker.

L'ascenseur mit un temps fou à monter jusqu'au pont du Pêcheur, et la cabine n'avait jamais été aussi calme. Maudite soit cette Marie ! Elle continuait à éternuer et à renifler légèrement en se mordant la lèvre pour ne pas éclater de rire. Pire encore, je pouvais sentir le regard de l'animateur gigolo dans mon dos.

Enfin, une des femmes s'éclaircit la voix et se tourna vers moi au moment où l'ascenseur arrivait à destination.

— J'aime beaucoup votre coiffure, ma chère. Un style de chignon très différent, une sorte de boucle qui encadre votre visage. C'est charmant. À qui me fait-elle penser ?

Un silence pesant s'installa de nouveau. Le nœud papillon de Marie tremblotait alors qu'elle essayait de ne pas rire.

— À la princesse Leia, dit l'animateur de danse.

TROIS

L E SOUPER AVAIT ÉTÉ UN VÉRITABLE DÉSASTRE. JE JURE QUE JE pouvais entendre les gens chuchoter, mais, heureusement, la salle était faiblement éclairée. Et j'avais fini par m'en aller. Je me regardai dans le miroir des toilettes des dames et fis la grimace. Bon, je ressemblais à une fée malfaisante du folklore irlandais. Je glissai les doigts dans mes cheveux et les secouai. Les épingles restantes firent un bruit métallique en tombant sur le plateau du meuble-lavabo en cerisier, et mes cheveux, lourds, indisciplinés et frisés par l'humidité de l'océan, s'étalèrent sur mes épaules. Je gémis et ouvris mon poudrier. Les ecchymoses sur mes joues étaient aussi violettes que de la confiture de prunes de ma tante Maureen. Princesse Leia ? Quel arrogant ! Comment avait-il osé dire cela ?

Je pouvais encore entendre les vieilles femmes ricaner en sortant de l'ascenseur, en se donnant des coups de coude et en se bousculant comme si elles avaient cinquante ans de retard pour le bal des finissants. Une femme, bronzée et élégante, portait même une tiare sur sa chevelure blond platine. La Princesse du Bal ? C'était une soirée habillée, « la soirée de rencontre avec le capitaine », et elles couraient sur les tapis d'Aubusson à motifs floraux dans des robes de dentelle, de soie et de taffetas, en portant des fourrures qui laissaient une odeur de cèdre et de naphtaline dans leur sillage. Et les bijoux qu'elles arboraient : diamants, émeraudes, bracelets, bagues et pendentifs de saphirs, colliers de perles autour de leurs cous décharnés. Pas étonnant que le bateau continue à diffuser cette publicité. Elles pouvaient représenter des proies véritables aux yeux des beaux parleurs comme…

— Marie ?

Je refermai mon poudrier et me dirigeai vers les toilettes.

— Tu n'es pas en train de fumer là-dedans, n'est-ce pas ?

— Moi ?

La chasse d'eau gicla comme un moteur d'avion. Marie sortit de la cabine de toilette et se dirigea vers le lavabo, en s'éventant avec sa veste de smoking qu'elle tenait par les épaules.

— J'aurais juré sentir une odeur de cerise. Tu sais, un peu comme celle de tes petits cigares ? Oh, ça n'a pas d'importance ! Dépêche-toi, j'ai décidé que nous avions un travail de détective à effectuer.

— Détective… ?

Je glissai rapidement mon poudrier et mon peigne dans mon sac, imitation Kate Spade, en attendant que Marie se sèche les mains.

— Pour ma part, je trouve plus que louche qu'un homme aussi jeune que Luke Skyler soit animateur de danse. Ils ne sont même pas payés, n'est-ce pas ?

— Ils sont logés et nourris, rétorqua Marie en haussant les épaules.

— Et ils ont la possibilité de côtoyer de riches veuves ?

Je serrai les mâchoires. Mon Dieu, voilà qu'à présent je me sentais téméraire et investie d'une mission.

— Viens, j'ai une soudaine envie de danser le tango.

*   *   *

La discothèque se trouvait sur le pont Lido, et pour nous y rendre nous devions emprunter l'ascenseur de verre qui offrait une vue imprenable sur les plaisirs proposés par le bateau.

Incroyable ! Il s'éleva en longeant un escalier de marbre en spirale qui entourait un atrium décoré de cyclamens rouges, d'orchidées jaunes, de fougères et de gigantesques palmiers en pot. Au son de la musique d'un quatuor à cordes, nous sortîmes près d'un essaim de photographes, impatients comme des paparazzis de voir les passagers se mettre en ligne pour être photographiés avec le capitaine en uniforme blanc du navire. Et... il n'était pas mal du tout.

— C'est étonnant, dis-je en observant la foule, comme il est possible d'embarquer toutes ces choses sur un paquebot, de casser une bouteille de champagne à la proue, d'entasser près de deux cents passagers et de le voir continuer à flotter, n'est-ce pas ?

Je levai la tête et jetai un regard méfiant vers la piscine en me demandant quel pouvait être son poids. J'espérais que notre cabine n'était pas située en dessous de l'une d'elles. Les portes de l'ascenseur se refermèrent derrière nous, et nous passâmes devant l'entrée brillante et richement décorée du spa avant d'emprunter un corridor orné de décorations en verre et bordé de petites lampes blanches qui le faisaient étinceler. J'étais époustouflée.

— Voici le coin des boutiques, dit Marie alors que nous passions devant des magasins de vêtements, des boutiques hors taxe proposant des alcools et des parfums et des bijouteries dont les vitrines présentaient des montres Rolex, des cristaux Swarovski, des porcelaines Lladro et affichaient la « promotion du jour », des diamants d'Afrique du Sud.

— Regarde toutes ces femmes qui font la file. Hé, celle avec la tiare, n'est-ce pas la Princesse du Bal ? Elle a déjà sorti sa carte de crédit.

— Et tu peux parier que quelques-unes d'entre elles sortiront avec deux mille dollars de babioles tombées au fond de leur sac. Tu as peut-être raison, elles sont prêtes à être cueillies, rétorqua Marie en hochant la tête.

Des volutes de fumée de cigarette s'échappaient de l'entrée éclairée aux néons du casino L'Île au Trésor comme nous nous en approchions, et l'on pouvait entendre des éclats de rire, le bourdonnement de la roue et le cliquetis des jetons.

Marie prit un ton sarcastique, puis elle recula d'un pas en hochant la tête.

— Ils ne gagnent pas leur argent au buffet de minuit. Regarde, voilà Edie Greenbaum.

Edie, avec sa chevelure rose, était perchée sur un tabouret. Elle portait un tailleur-pantalon brillant, et ses petites jambes se balançaient comme celles d'une marionnette. Elle avait dans les mains une poignée de jetons qu'elle glissait dans une machine à sous qui ressemblait à une immense palourde, en s'acharnant sur les boutons.

— Je ne vois pas Bernie, dis-je en entrant.

Je pouvais entendre de la musique provenant de la discothèque située à l'avant.

— Non, il est certainement au théâtre à s'occuper des accessoires ou à brosser ses chaussures de suède bleues.

— Hein ?

— Tu ne l'as pas remarqué pendant le spectacle ? Le dernier imitateur sur la droite.

— Tu plaisantes ! Celui avec les petites jambes qui n'arrivait pas à suivre le rythme, dis-je en grimaçant. Pauvre vieux ! Il ne ressemble même pas à Elvis. C'était triste à voir. Pourquoi tient-il absolument à faire une chose pour laquelle il est si mauvais ?

Marie poussa la porte de la discothèque en haussant les épaules.

— Chacun fait ce qui lui plaît, je suppose.

Elle sourit et tint la porte en me faisant signe d'entrer.

— Allons voir ton escroc à l'œuvre.

Une hôtesse asiatique vêtue d'un ciré de pêcheur jaune nous accompagna à une table située près d'une fenêtre et offrant une vue imprenable sur l'océan. Marie prit une poignée de cacahuètes et de biscuits salés en forme de poissons, puis s'empara d'un canapé au homard sur le plateau d'un serveur qui passait à notre portée.

— Je dois prendre un peu de poids… zozota-t-elle la bouche pleine. Si je ne reviens pas avec l'allure d'un petit cochon, Carol ne voudra jamais croire que j'ai cessé de fumer.

— Hé, je ne le crois pas non plus, mais je ne dirai rien si tu m'aides à trouver le Gigolo, d'accord ?

Un trio jouait un succès des années soixante-dix, et des couples s'entassaient sur la petite piste de danse au plafond décoré de crabes, de chaluts et de homards brillant dans le noir. Un immense aquarium éclairé, encastré dans le mur, contenait de vrais poissons.

— Le vois-tu ? demandai-je après avoir commandé nos boissons.

— Pas encore, mais les deux autres animateurs sont là-bas. Je crois qu'ils s'appellent Herb et Dan.

Je les repérai. L'un était bedonnant et un peu chauve, et l'autre avait la peau olivâtre, les tempes grisonnantes et portait un nœud turquoise et argenté avec son smoking.

— Voilà exactement ce que je voulais dire, dis-je en écartant le bol de cacahuètes pour que Marie ne puisse pas l'atteindre. Il est logique de voir des hommes comme eux faire danser des femmes seules. Ils sont à la retraite et probablement veufs eux aussi. Croisière gratuite, repas gratuits, et ils peuvent voyager sans entamer leur alloca-tion de vieillesse. Mais en ce qui le concerne… ajoutai-je en plissant les yeux pour mieux observer un homme vêtu d'un smoking de bonne coupe passer près de notre table.

Luke Skyler traversa lentement la piste de danse en tenant deux coupes de champagne. Il mit un genou à terre près d'une table et présenta cérémonieusement une des deux coupes à une femme aux cheveux gris permanentés couverts d'un foulard. Il leva son propre verre comme pour porter un toast, puis leva la tête et éclata de rire.

Je n'avais pas besoin de le voir pour savoir que la femme âgée avait rougi. Je pouvais même deviner qu'elle battait des mains en les plaçant devant sa bouche. Et la carte que Luke déposait sur la table près de son sac à main, était-ce celle de cette femme ? « Le porc », pensai-je en bouillonnant de fureur, puis je me retournai pour voir si Marie les observait, elle aussi.

Marie avait les yeux fixés sur moi.

— Pourquoi ce gars t'énerve-t-il autant, Darcy ? Est-ce que cela a quelque chose à voir avec Sam ? Tous les hommes agréables à regarder sont malhonnêtes ? C'est le genre de pensées qui mènent à des réflexions telles que : « Je ne me ferai plus avoir. Je ferais mieux de me sauver pour devenir représentante pour un podiatre obsédé. »

— Philip n'est pas obsédé.

— Philip Foote, dit Marie en roulant les yeux, a un support de voûte plantaire de quatre-vingts livres monté sur le toit de sa Range Rover.

Je m'éclaircis la gorge et souris dédaigneusement.

— Connais-tu quelqu'un qui possède une centaine de paires de bas ?

Je poussai un soupir en remuant mon thé glacé Long Island et lui retournai son sourire déconcerté.

— Ça n'a rien à voir avec le docteur Foote, ni avec Sam, d'ailleurs. As-tu oublié les ennuis que ma famille a eus avec ma grand-mère Rosaleen il y a quelques années, à l'époque où elle vivait encore à Los Angeles ? Je pensais t'en avoir parlé.

— Avant qu'elle ne souffre de la maladie d'Alzheimer ?

Je bus une gorgée de ma boisson et secouai la tête.

— Quand les symptômes étaient encore légers. À l'époque où elle cherchait ses lunettes alors qu'elles étaient sur sa tête et où elle oubliait de payer le jardinier. Bien avant qu'elle se maquille les paupières avec du rouge à lèvres.

— Oui, et avant qu'elle mette le chaton dans le réfrigérateur. Je m'en souviens bien. Mon Dieu ! J'espère que cela n'est pas dû au fait qu'elle ait été infirmière pendant…

— Quarante ans. Elle s'est accrochée pendant quarante longues années, grommelai-je en avalant une grande rasade de ma boisson.

C'est étrange, avec la maladie d'Alzheimer, comme certains souvenirs ainsi que certaines fonctions de base comme lacer ses chaussures s'effacent, alors que d'autres restent bien présents. Chaque fois que je rendais visite à ma grand-mère, je pouvais être certaine qu'elle avait préparé des biscuits au gingembre glacés au citron et qu'elle allait me raconter des histoires d'infirmière. Ses yeux s'allumaient tandis que les souvenirs remontaient à la surface : le bébé qu'elle avait mis au monde sur le siège arrière d'une Edsel (appelé Eddie, bien sûr), le numéro de référence exact des bas de contention les plus robustes vendus chez J.C. Penney et les paroles intégrales d'une berceuse irlandaise qu'elle fredonnait à Kathleen Murphy, la patiente atteinte d'un cancer qui s'était éteinte dans ses bras. « Toora-loora-looral… »

Croyez-le ou non, certains jours, grand-mère Rosaleen ne savait plus comment étaler du dentifrice sur une brosse à dents, mais elle se souvenait toujours des situations qu'elle avait vécues au cours de sa carrière et de la façon dont sa présence avait marqué la vie de beaucoup de personnes. Ma poitrine se nouait. Comment lui dire que je devais partir ?

— Mais qu'est-ce que tout cela a à voir avec l'animateur de danse ? demanda Marie, en se penchant pour prendre des cacahuètes.

Je regardai Luke qui évoluait sur la piste de danse et fronçai les sourcils.

— Ma grand-mère a fait la connaissance de ce type alors qu'elle était veuve depuis longtemps. C'était un plombier en préretraite, beaucoup plus jeune qu'elle et avec une belle apparence. Il était aussi chef de syndicat, à ce qu'il paraît. Elle était excitée, et nous étions tous contents pour elle. Il a gravé leurs noms sur le tronc de l'orme de son jardin, lui a apporté des beignets au lever du jour et l'a emmenée à Paris.

Mes lèvres se contractèrent de rage alors que ces souvenirs me revenaient en mémoire.

— Et puis, bien sûr, il lui a pris jusqu'à son dernier sou.

— Aïe !

— Nous avons découvert plus tard que ce n'était pas la première fois qu'il agissait ainsi, et nous nous en sommes voulu d'avoir été assez stupides pour ne pas nous rendre compte de ce qui se tramait. Mais je m'en rends compte maintenant et je ne permettrai pas qu'une telle chose se reproduise.

Marie sursauta en sentant son téléavertisseur vibrer sous sa veste.

— Oups ! Ne pense plus à tout cela. Je reviens tout de suite.

Elle revint quelques minutes plus tard et attrapa son sac banane.

— Je dois aller à l'infirmerie. Il semble qu'une autre femme ait eu une miniattaque, précisa-t-elle en secouant la tête. C'est la quatrième fois en trois semaines.

Elle jeta un coup d'œil vers la piste de danse et ajouta :

— Je ne sais pas quand je pourrai revenir, mais promets-moi de ne passer les menottes à personne pendant mon absence, d'accord ?

Je déplaçai ma chaise de façon à pouvoir observer les danseurs sans paraître trop indiscrète. La salle était comble, mais environ six couples seulement se pressaient sur la piste de danse. De toute évidence, la majorité des clients étaient des femmes seules.

Je tapotai mon verre du bout des doigts en souriant. Des femmes seules ? Diantre, j'en faisais partie moi-même. Cependant, la grande différence entre elles et moi, c'est que j'étais immunisée contre toute envie fatale de vivre une romance. Immunisée, vaccinée, et je ne souhaitais plus du tout revivre cet émoi et ressentir de nouveau les tourments que cette maladie ne pouvait qu'apporter. Je levai mon verre pour porter un toast. *Merci, Sam.*

Je reportai mon regard sur la piste de danse et souris en apercevant celle que j'appelais la Danseuse Fantôme. À présent, une autre femme partageait mon état d'esprit. De toute évidence, elle aussi était immunisée, et ce, depuis bien longtemps.

Tout d'abord, je m'étais demandé si elle était ivre ou folle. Ou bien les deux. En effet, à quelques reprises, la Danseuse Fantôme était apparue et s'était dirigée seule vers la piste de danse. Avec sa robe cintrée aux larges épaulettes, ornée de perles, ses chaussures vernies et son sautoir en perles, elle ressemblait à une débutante d'une autre époque. Ses cheveux blond argenté, tirés en arrière comme des ailes d'oiseau, caressaient ses épaules. Marie l'avait comparée à Farrah Fawcett, version rétro. Elle portait tous les soirs un œillet rouge à son oreille.

Je souris en la regardant danser seule sur une chanson des Bee Gees. Les bras levés dans les airs et perchée sur ses petites jambes serrées, elle tournait sur place en claquant les doigts au rythme de la musique. Il fallait se trouver tout près d'elle pour discerner les fines lignes sous le maquillage épais, les rides verticales autour des lèvres soulignées d'un trait de crayon, les taches de vieillesse sur les avant-bras et le dentier mal ajusté qui bougeait dangereusement quand elle souriait d'un air timide. Certainement, une infirmière à la retraite. Maigre pension et pas de plan dentaire.

« Une tante qui ne s'est jamais mariée », avait un jour supposé Marie, et nous avions ri quand les animateurs de danse lui avaient posé la main sur l'épaule pour l'inviter à danser. Elle avait refusé, comme toujours. Et c'était la partie vraiment chouette. La Danseuse Fantôme n'était absolument pas gênée de danser seule. D'accord, elle était certainement folle et quelqu'un aurait dû surveiller régulièrement son réfrigérateur pour voir si elle n'y mettait pas des chatons, mais le plus important était qu'elle passait du bon temps.

Et la Princesse du Bal également, bonté divine. J'observai Luke Skyler guider la femme qui portait une tiare à travers la piste, en dansant un fox-trot langoureux. Il savait faire en sorte que n'importe quelle femme paraisse gracieuse, mais j'avais l'impression que cette femme si particulière était habituée à évoluer dans des milieux très chics et à côtoyer de beaux hommes. Elle me faisait penser à une ancienne actrice, Candice Bergen peut-être. Des cheveux blond argenté, une ossature délicate et une allure distinguée. Sophistiquée et avec cette assurance qui n'appartient qu'à ceux qui ont une trame riche d'expérience de la vie. Et un gros héritage, certainement.

Je poussai un gémissement. Ma propre trame de vie avait tout d'un *patchwork*, et il y a fort à parier qu'étant la fille de Bill l'exterminateur Cavanaugh et d'une religieuse novice devenue croupière à Las Vegas, je n'aurais jamais cette élégance. Je jetai un coup d'œil sur la piste de danse.

Le couple évoluait avec tant de grâce et d'agilité que les autres animateurs qui dansaient avec les femmes du club de yoga paraissaient bien lourdauds. Luke tenait une des mains de sa partenaire dans les airs d'une façon formelle, tandis que son autre main, posée sur sa robe en soie de couleur bronze, enlaçait sa taille. De la Renta, je parie, et provenant de n'importe où dans la galaxie près de eBay.

La musique s'arrêta, et je vis la Princesse du Bal lever le bras pour regarder sa montre, ce qui fit glisser son sac à main décoré de perles. Elle prononça quelques mots et éclata de rire tout en levant la main pour ajuster le nœud papillon de Luke Skyler.

Je poussai un grand gémissement, et mes doigts se crispèrent autour de mon verre. Escroc, gigolo… imposteur. Combien de temps fallait-il encore avant qu'il ne fasse main basse sur la carte de crédit de cette femme ? Je jetai un coup d'œil circulaire à la recherche des agents de sécurité. Ne remarquaient-ils rien ? Étaient-ils aveuglés parce qu'il faisait partie du personnel ?

Attendez. Que se passait-il ? Je me soulevai légèrement de ma chaise pour mieux voir. Luke ouvrit la porte qui donnait sur le pont plongé dans l'obscurité pour laisser passer la Princesse du Bal, qui s'était enveloppée d'une fourrure. Puis, il la suivit à l'extérieur.

Il me fallut quelques minutes pour traverser le bar, et je dus m'arrêter deux fois pour refuser les petits fours fourrés au crabe et au brie que me proposaient des serveurs. Mais je finis par atteindre la porte à la poignée de laiton et me faufilai à l'extérieur. L'air était glacial, et il y avait un épais brouillard. Je fus parcourue d'un frisson en sentant l'air froid sur mes épaules dénudées. J'eus l'impression de perdre une demi-taille et je me demandai si mon bustier Carolina Herrera allait se maintenir en place. Marie n'aurait-elle pas pu m'inviter à une croisière dans les tropiques ? Je scrutai le pont obscur. Où ces deux-là pouvaient-ils bien être passés ? Si je pouvais découvrir ce qui se passait et le signaler aux agents de sécurité, peut-être qu'alors…

Je frissonnai de nouveau et, sentant le bateau rouler sous mes pieds, j'agrippai la rampe du bastingage en teck. Une fine pellicule de sel s'était déposée sur mon visage et sur mes lèvres. Je savais que j'étais à l'avant du bateau et que nous étions à environ une journée de navigation de la Nouvelle-Écosse, mais je ne voyais absolument rien, hormis le brouillard et l'obscurité. Je levai les yeux vers la cabine de pilotage et priai pour que les membres de l'équipage qui se trouvaient dans le poste d'observation aient une meilleure vision... et pour qu'ils soient plus attentifs que les agents de sécurité.

Marie avait planifié une visite au cimetière d'Halifax où sont enterrées les victimes du Titanic. Elle était devenue presque psychotique à cette idée lorsqu'elle avait lu la brochure.

— Oh ! Regarde : il a sombré à cinq cents kilomètres de la côte. Regarde, Darcy, nous devons aller voir la tombe de ce musicien. Tu sais, celui qui a continué à jouer jusqu'à ce que le bateau ait entièrement coulé ?

Je reportai mon regard sur la mer sombre. Des baleines et maintenant des icebergs ?

Je sursautai en entendant le signal sonore d'une corne de brume, et mes chaussures Jimmy Choos glissèrent sur le pont humide. Oh, non ! Mes jambes se dérobèrent, et j'entendis un léger bruit de déchirure dans le bas de ma robe tandis que je m'efforçais de conserver mon équilibre.

Je sentis la main de l'homme se poser sur mon coude avant même d'entendre sa voix, profonde et pleine d'ironie.

— Alors, les femmes m'ont dit que votre cœur vous jouait des tours.

Luke Skyler marqua une pause, et je pus sentir ses lèvres contre mon oreille.

— Elles disent que c'est parce que j'ai retiré ma chemise.

QUATRE

J'E DÉGAGEAI MON COUDE D'UN MOUVEMENT BRUSQUE. LA force de la secousse me déséquilibra, et je me sentis glisser sur le pont de teck, tel Bambi sur le lac gelé. J'entendis la déchirure s'agrandir dans le bas de ma robe, et un courant d'air froid s'insinua entre mes cuisses. Oh, non ! Je saisis la rampe du bastingage d'un geste vif et me retournai pour lui faire face.

— Comment osez…

Un frisson m'empêcha de poursuivre, et je vis Luke, un sourire aux lèvres et les mains levées en signe de reddition, s'approcher et entrer dans la partie éclairée par les lumières du pont. Il s'arrêta devant moi et retira sa veste.

— Je suis désolé si je vous ai effrayée, mademoiselle Cavanaugh. Mais enfilez cela, car vous êtes glacée, dit-il en me tendant sa veste de smoking et en secouant la tête.

— Non, ça va b-b-bien.

— Bien ? Alors, vous devez porter du rouge à lèvres bleu.

Son rire était léger, profond, et sa voix avait un léger accent. Du Sud ?

Je portai la main à mes lèvres et m'emparai aussitôt de la veste qu'il m'offrait. Après tout, je n'avais rien à perdre à accepter ; c'était une question de survie. Mes lèvres étaient vraiment engourdies, et si je voulais obtenir des informations de la part de cet homme, je devais faire vite.

Ici et maintenant. Et je ne pouvais pas vraiment retourner danser à la discothèque avec le derrière exposé à la vue de tous.

— Merci, je…

— Laissez-moi vous aider.

Luke s'approcha de moi et ouvrit la veste pour que je puisse y glisser mes bras.

J'étouffai un gémissement juste à temps et enfonçai mon menton dans le col de sa veste de smoking en enroulant les bras autour de moi. Mmm, elle portait encore la chaleur de son corps et sentait… Quelle était cette odeur, du tabac à pipe ou Obsession ? Je levai les yeux vers lui et essayai de réfléchir aux questions que je voulais lui poser. Que voulais-je lui demander, déjà ? Le visage de Luke était éclairé par les lampes du bastingage, et mon cerveau devenait comme un plat de macaronis au fromage de la veille.

Mon Dieu, vu de près, il était encore plus beau. Les mains sur les hanches, avec sa chemise classique, ses bretelles et son nœud papillon de travers qui lui donnait un air libertin, il baissa les yeux et me regarda fixement. Ses cheveux courts, de couleur sable, un peu ébouriffés et légèrement décolorés par le soleil, étaient bien coupés. Ses yeux étaient bleus et plissés comme s'il se retenait pour ne pas rire.

Je lui donnais environ trente-cinq ans. Et les traits de son visage me semblaient vaguement familiers ; une mâchoire forte, une bouche avec un sourire en coin et un nez aquilin comme ceux des statues de la Rome antique. À qui ressemblait-il ? Marie me taquinait toujours au sujet de ma passion pour les potins de l'industrie du spectacle et les ressemblances avec les célébrités.

« Tout le monde ne ressemble pas à une vedette de films, Darcy. »

Mais, quand même, à qui ressemblait-il ?

— Ça va mieux ? me demanda-t-il.

Il m'adressa un autre sourire — ses dents blanches contrastant avec sa peau bronzée — qui accentua ses fossettes déjà profondes, et la brise souleva une mèche de cheveux blonds sur son front.

J'ai trouvé. Matthew McConaughey. Comme c'était troublant ! Je serrai les poings dans les manches trop longues de sa veste. OK, allons-y !

— Ne vous ai-je pas aperçu avec une — hum — femme âgée ?

Je regardai de droite à gauche. La Princesse du Bal pouvait-elle s'être éloignée si rapidement avec ce pont glissant ? Où étaient les agents de sécurité ?

— Je ne pense pas que Loretta serait heureuse d'être qualifiée de femme âgée, répondit-il en riant.

Je me penchai vers lui en avançant le menton.

— Où est-elle ?

Luke se pencha vers moi à son tour.

— Pardon ? Pourrais-je vous poser une question ? Pourquoi nous suiviez-vous ?

Son sourire s'était évanoui et son regard s'était durci, comme s'il était sur la défensive ou pire… menaçant ? Il regarda en direction du bastingage, une chute de sept étages, et reporta son regard sur moi. Je me mis à bafouiller.

— Hum. Je ne vous suivais pas. Je, heu, pensais que c'était un raccourci. Vous savez, pour retourner au casino ? C'est tout.

De toute façon, qu'est-ce que je faisais ici ? Je ne pourrais pas vraiment venger ma grand-mère si ce fou me jetait par-dessus bord ! Je reculai d'un pas, et Luke s'approcha de nouveau.

— Elle est *partie*, murmura-t-il d'un ton bourru.

Le bateau tangua. Luke glissa vers moi et s'agrippa à mes épaules. Nous glissâmes jusqu'à ce que la rampe vienne frapper mes côtes et arrête notre course. Je pouvais apercevoir l'écume blanche des vagues à travers le brouillard. Sa voix était très proche, et ses paroles furent presque couvertes par le signal d'une corne de brume.

— Loretta est partie pour devenir une sirène.

Oh, mon Dieu !

Je détournai mon regard de l'océan et essayai de dégager mes bras tandis que le bateau se remettait à tanguer.

— Non ! criai-je en me débattant.

Peu importe que ma robe soit déchirée ! Je devais réussir à franchir cette porte et retrouver la sécurité de la foule. Personne ne me trouverait ici. Il était temps d'agir. Je grinçai des dents et enfonçai mon talon dans son pied de toutes mes forces.

Luke poussa un cri et me relâcha.

— Mais que faites-vous ?

La porte s'ouvrit derrière nous, et Marie pénétra sur le pont.

Un soulagement envahit tout mon être, et aussitôt la colère refit surface.

— Une sirène ? dis-je en entendant, à mon grand déplaisir, ma voix chevroter.

Je m'éclaircis la gorge et reculai pour m'éloigner de lui et retrouver la sécurité.

— Une sirène, pour l'amour de Dieu ? Vous trouvez que c'est intelligent ?

Luke Skyler parut aussi étonné que Marie. Il frotta son pied endolori contre le bas de son autre jambe de pantalon en grimaçant.

— Le spa Sirène ? Le spa pour les femmes ? Cela vous pose un problème ? s'écria-t-il en secouant la tête. Je ne sais pas pourquoi vous tenez tant à le savoir, mais je tentais de vous expliquer, avant que vous ne m'écrasiez le pied, que Loretta était au spa. Je l'ai accompagnée là-bas. Vous avez raison, le pont est un raccourci. Elle se dépêchait pour arriver avant leur dernier rendez-vous. Elle a gagné un soin gratuit lors de leur offre promotionnelle ou quelque chose comme ça.

Il tenta de s'appuyer sur son pied et fit la grimace.

— Vous êtes vraiment dangereuse !

Je regardai tour à tour Marie puis Luke et poussai un profond soupir.

— Je suis désolée, je…

— Oh, oublions cela.

Luke passa devant moi et prit la poignée de la porte des mains de Marie.

— Attendez, reprenez ceci.

Le cerveau en ébullition, je défis la veste de smoking et la lui tendis. Me serais-je trompée ?

Il prit la veste sans un mot, commença à pénétrer à l'intérieur, puis s'arrêta et se retourna vers nous.

— Oh ! Et si vous avez fait tout cela en pensant que j'essayais de vous agresser, je crains que vous ne vous soyez également trompée, ajouta-t-il d'un ton moqueur et en affichant un sourire ironique qui lui faisait plisser les yeux.

Oh ! Je ne savais plus si je devais jurer ou pleurer. Je regardai la porte qui s'était refermée derrière lui, puis serrai les poings et frappai le pont de mes pieds chaussés de Jimmy Choos. Maudit soit-il !

Marie désigna mes chaussures.

— Fais attention ! Ne sont-elles pas répertoriées comme arme fatale ? Vas-tu enfin me dire ce qui s'est passé ?

— Peut-être tout à l'heure, répondis-je d'un ton hésitant, en gardant mon regard fixé sur la porte et en continuant de hocher la tête.

Je poussai un profond soupir, et mon haleine forma un nuage devant ma bouche.

— D'accord, mais dis-moi au moins pourquoi tu te promènes avec tes petites fesses à l'air.

— Oh, merde ! J'avais oublié, grommelai-je en me tournant pour mieux évaluer les dégâts. Que vais-je faire ?

Marie sourit et ouvrit son sac banane.

— Tu as de la chance de me connaître.

— Du ruban adhésif ? Tu te promènes avec du ruban adhésif ?

— Je suis infirmière sur ce bateau. J'ai presque tout ce qu'il faut, sauf une ancre de rechange.

Elle sortit le rouleau de son sac et fit tomber une demi-douzaine de cigarillos sur le pont.

— Marie ? dis-je en désignant les cigarillos.

— Hé, tu veux que tout le monde à la discothèque voie ton postérieur ?

Quelques instants et une cinquantaine de centimètres de ruban adhésif plus tard, je me trémoussai pour tester la solidité de la réparation.

— Je pense que ça va tenir et que tu vas pouvoir retourner à la cabine sans te faire arrêter, dit Marie.

— Oui, c'est parfait, merci. Mais avant cela, nous devons faire quelque chose sans plus tarder.

— Je crois qu'il y a trop de brouillard pour faire une partie de palets.

— Non. Nous devons découvrir si le spa Sirène a réellement une entrée extérieure.

Je jetai un coup d'œil au-dessus du bastingage et réprimai un frisson en me demandant si j'étais passée proche de prendre un bain dans l'Atlantique.

— Et nous devons vérifier si la Princesse du Bal s'y trouve.

Le pont était suffisamment éclairé pour pouvoir se déplacer, mais plus nous avancions et plus il devenait glissant. Je gardai une main sur le bastingage et hélai Marie.

— Je parie qu'il commence à geler.

— Code Alpha.

— Quoi ?

— Code Alpha ; c'est ce que l'on dit quand il y a de la glace sur le pont. Attends un peu, la porte du spa est juste devant toi. Tu vois la poignée en forme de queue de poisson ? Je m'en souviens, maintenant. C'est une sorte d'entrée privée, mais c'est tout de même une entrée.

— Un point pour le Gigolo, mais nous devons voir la Princesse du Bal pour que je puisse être vraiment certaine qu'elle n'a pas servi d'appât pour les poissons, rétorquai-je en actionnant la poignée de la porte. Regarde, elle est fermée.

— C'est presque l'heure de la fermeture, répliqua Marie en consultant le cadran de sa montre.

— Alors, regardons par ce hublot, dis-je en désignant un point vers le haut.

Je me tins sur la rampe tandis que Marie essayait de trouver son équilibre, un pied en appui sur la balustrade et l'autre posé sur mon épaule. Ma clavicule craqua, et je me promis de ne pas oublier de repousser la main de

Marie la prochaine fois qu'elle voudrait prendre des cacahuètes.

— Pourquoi est-ce moi qui suis en haut ? C'est toi qui sais à quoi ressemble la Princesse du Bal.

— Parce que tu fais partie de l'équipage et que tu te feras moins remarquer.

— C'est cela, pendant que je suis en train de regarder à l'intérieur d'une salle de massage ? Attends, attends, je vois quelqu'un.

— Arrête de gigoter. Tu me fais glisser.

Je resserrai ma prise autour de ses bas brillants.

— Pourquoi ris-tu ainsi ?

Les jambes de Marie chancelèrent, et elle renifla.

— La Danseuse Fantôme. Tu sais, celle qui porte toujours cet œillet rouge ?

— Ouais, quoi ?

— Elle a un peignoir en satin à petites fleurs avec des chaussons assortis. Et des taches de rousseur et des rides ; il devrait y avoir une loi contre ça.

— Qui vois-tu d'autre ?

— Personne. Seulement la manucure qui se prépare à fermer. Non, attends. La Princesse du Bal est-elle grande et mince et…

— Ressemble-t-elle à Candice Bergen ?

— OK, elle est ici. Étendue avec des rondelles de concombre sur les yeux. Pouvons-nous y aller ?

*   *   *

En nous approchant de l'escalier pour descendre jusqu'à notre cabine, nous aperçûmes Edie Greenbaum, qui attendait l'ascenseur en tenant un plateau rempli de grosses crevettes fraîches, de petites quiches, de tapas et de rondelles de calmar. Un serveur, portant une cafetière et le nécessaire pour dresser la table, la suivait. Je lui trouvai quelque chose de familier.

— Bernie a des problèmes de dos. Je n'arrête pas de lui dire qu'il devrait laisser des plus jeunes bouger toutes ces choses lourdes, expliqua Edie en se léchant les doigts, couverts de sauce cocktail. Je doute que nous puissions nous rendre au buffet de minuit, mais je ne veux pas mourir de faim.

Elle remercia Marie, qui maintenait la porte de l'ascenseur en position ouverte, et pénétra à l'intérieur de la cabine.

Je pinçai le bras de Marie.

— Attends. N'était-ce pas notre garçon de cabine ? Virgilio ?

— Tu veux dire celui qui sculpte des animaux avec tes sous-vêtements ? Oui, c'est lui.

— Ne m'en parle pas. Mais ne sont-ils pas assignés à un pont spécifique ? Edie est sur le pont G. Ne devrait-elle pas avoir son propre garçon de cabine ?

— Mon Dieu ! s'exclama Marie en plissant les yeux, deviendrais-tu possessive et à cheval sur les principes, maintenant ?

— Oh, tu sais bien ce que je veux dire ! Il est habituellement trop occupé pour aller ailleurs.

— Je te l'ai déjà dit. Les Greenbaum sont comme en famille, ici. Et je suis prête à parier qu'ils donnent de bons pourboires. Tout le personnel est aux petits soins pour eux. Je suis claquée, je ne monterai pas ces escaliers la prochaine fois, ajouta-t-elle en sortant la carte magnétique de son sac pour ouvrir la porte.

Quelques instants plus tard, je m'écroulai sur mon lit et éteignis la lumière. La lampe Lava de Marie projetait des ombres sur les murs de la cabine. Je levai les yeux pour la regarder. Elle était en train de retirer son timbre de nicotine.

— Tu ne m'as pas dit ce qui s'est passé plus tôt avec la femme qui a fait une miniattaque.

Marie bâilla et répondit :

— Bien. Comme avec les autres. Les symptômes avaient presque disparu quand nous l'avons examinée, et il a été difficile de diagnostiquer une miniattaque, selon le docteur. Nous les avons renvoyées avec une quantité suffisante d'aspirine pour finir la croisière et nous leur avons demandé de venir faire vérifier leur pression artérielle chaque jour.

— C'est certainement dû à une nourriture trop riche, dis-je en bâillant à mon tour.

— Ou à l'effet produit par Luke Skywalker.

— La ferme !

La sonnerie du téléphone nous réveilla une heure plus tard.

Marie grommela en enfilant sa jupe-culotte froissée et sa vareuse de marin.

— À cette heure-ci, ils n'auront pas droit à la casquette de marin.

— Qu'est-ce que c'est ?

— Une autre miniattaque. Que veux-tu que ce soit ? Tu sais, quelquefois, ça ne fait pas de bien, les buffets à volonté.

Elle attacha son sac banane et ferma la porte derrière elle.

J'observai les boules orange de la lampe Lava s'étirer, se détacher, puis s'élever, et je me rappelai le jour où le docteur avait diagnostiqué que grand-mère Rosaleen souffrait de miniattaques. Elle avait de légères pertes de mémoire, des faiblesses subites, et ils ont fini par réaliser que c'était bien plus que ça. L'année passée, son état avait encore empiré. Une douleur familière envahit ma poitrine. J'avais tellement de difficultés à accepter les changements qui survenaient chez ma brillante et courageuse grand-mère. C'était un peu comme si je la perdais.

Elle avait perdu tant de facultés. Physiquement, elle était toujours là, bien sûr, dans la chambre d'amis de mon père, non loin de l'appartement de ma mère. Depuis qu'ils ont divorcé, mes parents vivent suffisamment loin l'un de l'autre pour ne pas pouvoir se faire de scènes, mais suffisamment près pour pouvoir faire la fête ensemble, entrer furtivement dans leur chambre respective et regagner leur domicile sur la pointe des pieds sans craindre de se faire arrêter pour conduite avec les facultés affaiblies. Nul besoin de me préciser que mes difficultés relationnelles sont un héritage de ma famille. De toute façon, les nouveaux médicaments ont un peu aidé ma grand-mère, et un beau jour, elle m'a dit : « Oui, bien sûr. Tu es ma petite Darcy. Tu es infirmière, comme moi. » Mais même à cet instant, ses yeux se sont remplis de larmes, comme si elle savait qu'elle perdait quelque chose. Ça me faisait vraiment mal.

J'approchai la main et touchai le verre chaud de la lampe Lava. Je retrouvai la même sensation qu'avec le galon de velours noir qui ornait le chapeau d'infirmière de ma grand-mère.

« Un galon bleu quand tu études en soins infirmiers, Darcy, puis noir quand tu as récité le serment de Florence Nightingale avec la main levée. »

Attendez. Avais-je bien levé la main ? J'essayai de me souvenir, mais c'était le trou. Si je n'avais pas levé la main en prêtant serment, pouvait-il être annulé ?

Le petit galon. C'était un ruban noir accroché sur la partie rigide du chapeau d'infirmière, de la largeur exacte de mon ongle quand j'avais quatre ans. Doux comme un chaton. Grand-mère était venue me garder après avoir travaillé toute la nuit, et j'avais entendu le bruit de ses bas blancs frottant l'un contre l'autre à son arrivée. Après s'être assise dans le fauteuil à bascule, elle m'avait prise dans ses bras et m'avait serrée contre le devant plissé et amidonné de son uniforme. Elle avait souri, découvrant un petit espace entre les incisives identique à celui que j'avais moi-même : « Nous, les femmes Cavanaugh, pouvons agir comme un vrai diable quand c'est nécessaire, ma chérie. Ne l'oublie jamais. »

Elle avait hoché la tête patiemment pendant que je comptais pour la énième fois la petite rangée d'épinglettes dorées : une épinglette de l'Emmanuel Hospital pour sanctionner la fin de ses études, diverses épinglettes pour souligner ses années de service, des reconnaissances spéciales et des formations avancées. Quand j'essayais son chapeau d'infirmière, elle souriait en voyant mes nattes dépasser et disait que presque plus personne ne portait de chapeau. Elle disait aussi que beaucoup d'autres choses étaient en train de changer — Oh, grand-mère, si tu savais ! —, mais que ces changements pouvaient être bénéfiques et que le métier d'infirmière resterait toujours « une noble vocation ». Ou peut-être simplement en voie d'extinction, comme ce petit galon de velours.

Je fus réveillée vers deux heures du matin par Marie, qui revenait. J'allumai alors la lampe de chevet en clignant des yeux.

— Je suis désolée, j'ai essayé de ne pas faire de bruit, murmura Marie en souriant. Elle sentait le tabac.

— Ce n'est pas grave. Mais, tu sembles bizarre, qu'y a-t-il ?

Elle se laissa tomber sur son lit. On aurait dit qu'elle allait pleurer. Pleurer ? Voilà qui ne lui ressemblait pas. Marie lançait les choses, mais elle ne pleurait pas.

— C'était la Princesse du Bal.

— Elle est morte ? m'exclamai-je en portant les mains à ma bouche.

— Non, pire que ça.

Marie lança son sac banane à travers la pièce et se mit à frapper sur la lampe Lava. Je réprimai un sourire. Voilà qui lui ressemblait plus.

— Qu'est-il arrivé ?

— Quand elle a repris connaissance après son attaque, elle m'a accusée de lui avoir volé ses bijoux.

CINQ

— A LORS, ON DIRAIT BIEN QUE JE VAIS DEVOIR RENDRE MA casquette de marin ! s'écria Marie par-dessus son épaule pour être entendue malgré le vacarme.

Je hochai la tête tout en traversant à sa suite le café Coney Island sur le pont Lido en portant mon plateau. Le brouhaha des vacanciers qui prenaient leur petit-déjeuner était plus bruyant que le signal des cornes de brume. La buée qui se dégageait des nombreux chauffe-plats en argent s'était déposée sur les vitres. Nous allions avoir de la difficulté à trouver une table ce matin puisqu'il n'était pas possible de s'installer à l'extérieur. Le capitaine avait signalé le code Alpha à six heures du matin, car une des membres du club de yoga avait glissé sur les fesses sur toute la longueur de la piscine du pont et avait brisé ses lunettes.

— Des prunes, marmonna Marie, en s'emparant d'une table près d'un cheval de manège grandeur nature.

— Quoi ?

— On sait toujours quand c'est le cinquième jour en mer, dit-elle en désignant les femmes installées à la table adjacente, devant une demi-douzaine de compotiers en cristal. De la compote de prunes. Il n'en reste plus.

— Ne change pas de sujet.

J'étalai de la marmelade d'orange sur mon croissant et l'observai de l'autre côté de la table. Elle avait une mine affreuse après une nuit presque sans sommeil.

Ils l'avaient appelée pour assister à la réunion au sujet du code Alpha, puis lui avaient demandé de rester pour parler avec les agents de sécurité.

— Qu'ont-ils dit ?

— Ils m'ont posé un tas de questions, puis m'ont suggéré de prendre mes jours de congé plus tôt que prévu, pour ma propre « sécurité ».

Marie haussa les épaules et souffla sur son café.

— Il ne me restait plus qu'une journée à travailler, de toute façon. Tu sais bien que j'ai demandé à être libre pendant les prochains jours pour que nous puissions faire les visites aux escales.

— Et alors, cette Sorcière du Bal, qu'avait-elle à dire ? demandai-je en époussetant les miettes de mon cardigan.

Marie garda les yeux fermés pendant un instant, comme si elle avait mal à la tête.

— Loretta Carruth, des Carruth de Newport, a dit qu'il lui manquait un collier avec des topazes et un bracelet assorti dont elle a hérité et, bien sûr, son sac à main Judith Leiber.

Elle porta la main à ses sourcils et ajouta :

— Ah, j'oubliais ! Avec le diamant d'Afrique du Sud de deux carats qu'il contenait.

— Oh, mon Dieu ! Et sa tiare ?

— En zirconium et toujours sur sa tête.

— Mais…

— Attends, il y a mieux.

Marie posa sa tasse de café sur la table d'un geste brusque et regarda autour d'elle.

— Si tu vois un serveur, appelle-le ; j'ai vraiment besoin d'un peu de Bailey's dedans. Il semble que la Princesse du Bal ne soit pas la seule à avoir signalé des objets volés.

— Que veux-tu dire ?

— Tu te souviens de ces publicités avec Elizabeth Taylor au sujet des coffres de cabine ? Eh bien, apparemment, il y a eu une véritable épidémie de vols dans les dernières semaines ainsi que des achats portés frauduleusement sur les cartes des vacanciers.

— Où… qui… comment ?

— Facile, Nancy Drew ! Tu crois qu'ils me l'ont dit alors que je suis considérée comme suspecte ?

— Je n'y crois pas.

Je bougeai la tête dans tous les sens. J'avais toujours mal au cou depuis ma chute sur le tapis roulant. Une personne assise à une table tout près, qui faisait de grands signes, retint mon attention, et je poussai un gémissement.

— Oh, non ! Ce sont les Greenbaum.

Bernie portait un de ces bandages élastiques pour le dos par-dessus son survêtement, ce qui lui donnait un air plus pathétique que jamais.

Marie leur fit un signe en retour, et je suivis le mouvement en essayant de trouver une politesse à dire.

— Nous avons vu votre imitation d'Elvis hier soir, Bernie. C'était, hum, vraiment unique.

Bernie sourit et retroussa la lèvre d'un côté, en laissant voir sa dent en or.

— Euh, merci, merci beaucoup.

Il s'étira et se mit à trembler sur sa chaise. Je me forçai à sourire et murmurai :

— Qu'est ce que c'est que ça, un rappel ou une mini-attaque ?

Pour la première fois depuis douze heures, Marie éclata de rire.

Je remerciai intérieurement les Greenbaum quand ils retournèrent à leur table pour reprendre de la compote de prunes et quand je vis un couple âgé, vêtu du même survêtement Bar Harbor, s'arrêter à leur table.

*   *   *

— Un singe volant, dit Marie après avoir ouvert la porte de notre cabine, en désignant une sculpture de satin drapée autour d'un cintre suspendu au plafond.

— C'est mon jupon. Incroyable ! Virgilio. Pourquoi fait-il cela ? grommelai-je en regardant Marie. Et si tu dis « chacun fait ce qui lui plaît », je te cloue le bec avec du ruban adhésif. Ne me tente surtout pas.

— J'allais dire « expression artistique », mais maintenant je réalise qu'il s'agit probablement de la folie qui se manifeste inévitablement chez ceux qui passent leurs journées dans les profondeurs comme une taupe. J'ai entendu dire que beaucoup de garçons de cabine font la même chose.

Puis, elle se laissa tomber lourdement sur son lit, ferma les yeux et s'écria :

— Je suis épuisée.

— Ah, non ! Tu ne dormiras pas tant que tu ne m'auras pas raconté le reste de l'histoire de la Princesse du Bal. As-tu réellement vu ses bijoux et son sac à main quand elle était à l'infirmerie ?

— Tout le monde me pose la même question. La vérité est que je n'ai pas fait attention. Tu sais que je n'attache aucune importance aux bijoux et que je ne les remarque jamais. Elle portait encore le peignoir du spa quand elle est arrivée. Je me souviens de sa tiare ridicule, mais de ses bijoux de famille ? Absolument pas.

Je m'assis sur mon lit et me penchai vers elle.

— Attends un peu ! Tu veux dire qu'elle a eu son attaque cardiaque au spa ?

— C'est ce qu'a dit le docteur. Des membres de l'équipage l'ont mise sur un fauteuil roulant et l'ont descendue jusqu'à l'infirmerie en utilisant l'ascenseur. Elle avait encore des rondelles de concombre collées sur le côté de son visage plein d'arrogance. Je m'en souviens très bien.

— Alors, est-ce que quelqu'un d'autre se souvient si elle avait ses objets de valeur avec elle ?

— Aucun membre de l'équipage. Mais le problème est qu'elle, madame Carruth des Carruth — Dieu sait qui ils sont —, clame qu'elle s'en souvient très clairement.

— Peut-elle vraiment s'en souvenir ?

— Quand je suis arrivée, elle avait repris connaissance. Elle était encore un peu désorientée et se plaignait d'être faible et endolorie, mais elle bougeait toutes les parties de son corps et était assez lucide pour savoir la date et le nom du président. Tu connais l'exercice.

— Elle était désorientée ?

— OK, c'est une façon polie pour dire « étourdie par les vapeurs d'alcool », répondit-elle en souriant et en hochant la tête. Le forfait du spa inclut les mimosas au champagne à volonté. De plus, quelqu'un se souvient de l'avoir vue boire avant cela, à la discothèque.

— Avec Luke Skyler.

— Quoi ?

— C'est la raison pour laquelle j'étais sur le pont. Je cherchais la Princesse du Bal parce qu'elle était sortie avec lui, tu t'en souviens ? Bon sang, je le savais !

— Attends, Darcy !

Marie hocha la tête en me regardant tandis que je glissai mon tee-shirt rose dans mon jean et vérifiai mon maquillage dans le miroir.

— Je savais qu'il préparait un mauvais coup, marmonnai-je en mettant du rouge à lèvres. Au nom du Ciel, pourquoi est-ce que je me pomponne autant ?

Marie sourit et se laissa retomber sur le lit.

— Tu ne peux pas prouver qu'il a quelque chose à voir dans tout cela, pas plus que je ne peux prouver que je ne suis pas responsable du vol.

— Bien sûr, mais je t'assure que je vais essayer, rétorquai-je en attrapant mon sac et ma veste en jean et en me dirigeant vers la porte.

— Où vas-tu ?

— Eh bien, ma chère, je pense que je dois des excuses à un certain animateur de

danse, n'est-ce pas ? Pour cet horrible accident, lorsque je lui ai marché sur le pied, répondis-je en faisant une révérence et en affichant un sourire sirupeux.

— Oh, merde ! Pourquoi ai-je un mauvais pressentiment ? s'écria Marie en bâillant.

— Va te reposer.

— Darcy ?

— Hummm ?

— Détache le singe volant, veux-tu ? Il va me donner des cauchemars. Tu sais, comme dans le Magicien d'Oz, quand Dorothée est transportée au royaume des nains ?

*   *   *

J'analysai le bulletin du bateau affiché dans l'ascenseur qui m'amenait vers les ponts inférieurs. Journée à bord. Quelles activités étaient au programme aujourd'hui et que fait un animateur de danse pendant la journée ? Ou bien devrais-je me demander où se cache un voleur de bijoux ?

La première chose à faire était de respirer profondément pour me calmer et de ne pas monter sur mes grands chevaux, comme a l'habitude de dire mon exterminateur de père. Mais Dieu que ça me rendait furieuse de voir Marie impliquée dans cette affaire ! S'il y avait quelqu'un en qui j'avais une confiance aveugle, c'était bien Marie Whitley.

Bien sûr, les gens étaient souvent gênés par ses blagues et son irrévérence folle. Il faut bien l'avouer, il y avait encore des personnes à l'esprit étroit qui ne pouvaient accepter ses préférences sexuelles, y compris ses parents, et j'avais mal de la voir affronter courageusement cet obstacle insurmontable. Une partie de moi, la pathétique mangeuse de macaronis au fromage, enviait beaucoup ce qu'elle partageait avec Carol. Ironiquement, c'était probablement le couple le plus conventionnel que je connaisse. Une union de dix ans. Les miennes ne duraient pas plus de dix mois. Ouais, Marie avait ce dont rêve chacune d'entre nous — une barrière de piquets blancs. Je souris à ce souvenir. Elle l'avait fait. Elle avait passé des semaines à construire une barrière, et pas une en plastique préfabriquée, mais une qui m'avait obligée à retirer les échardes de ses doigts pendant une heure. Elle avait fait tout cela pour Carol, le printemps après qu'elle a eu craint d'avoir un cancer du sein. C'est la seule fois où j'ai vu Marie réellement effrayée. À mon avis, c'est cela, le vrai amour. Et s'il y avait un moyen d'aider mon amie à se sortir de ce pétrin, j'allais le trouver. Même s'il me fallait pour cela bavarder avec cet idiot de Luke Skyler.

Les ponts inférieurs, de A à C, étaient un peu spartiates et abritaient la majorité des cabines de l'équipage, l'infirmerie, la buanderie, et ainsi de suite. Je risquais de me faire remarquer si j'allais traîner dans ce coin-là, surtout depuis que je savais que je pouvais croiser beaucoup plus d'agents de sécurité dans les corridors. Marie avait mentionné ce matin que les responsables de la croisière avaient engagé une nouvelle équipe de sécurité. Des Népalais, est-ce bien ce qu'elle avait dit ? Oups ! J'en vis deux tourner le coin et venir vers moi. De petite taille, à l'allure militaire, vêtus de noir et équipés de radios. Et de revolvers. Je montai dans l'ascenseur et appuyai sur le bouton pour monter.

Il y avait une démonstration de sushis sur le pont du Pêcheur, une partie de bingo dans le théâtre situé sur le pont principal et un jeu qui consistait à nommer les musiques jouées par les musiciens à la discothèque. Je ne le trouverais certainement pas là. Je devais penser comme un Népalais impénétrable. Des treize ponts, du pont A au pont Soleil, qu'est-ce qui pourrait attirer un gigolo ? Des femmes riches. Et où se trouvaient-elles ?

« Très bien. »

La porte de l'ascenseur s'ouvrit sur le pont Promenade, et je vis le panneau doré *Vente aux enchères*. Je souris. Je l'imaginai, le sosie de McConaughey, en train d'observer les femmes portant des tailleurs Chanel, arborant leurs bijoux de famille et agitant leur main gantée de blanc pour enchérir sur des Monet, des Renoir et *Nuit étoilée* de Van Gogh. Il devait être là.

Quatre-vingt-dix minutes plus tard, mon estomac se mit à gronder pendant que je faisais un dernier tour dans les bars avant de retourner dans la salle des enchères. Où était ce type ? Il ne pouvait pas vraiment quitter le bateau, et pourtant je m'étais rendue dans tous les endroits où il était susceptible de se trouver.

J'observai les passagers qui se pressaient dans la salle des enchères jusqu'à ce que les yeux me brûlent ; je n'arrivais pas encore à croire que cette grand-mère en survêtement de yoga avait surenchéri sur toutes les autres. Une tapisserie dans un cadre Art déco représentant la circoncision de la statue de David par un rabbin ? C'était assez. J'allais descendre au café Java prendre pour Marie quelques-uns de ces macarons fourrés au chocolat dont elle raffole, une sorte de baume pour lui faire oublier le triste échec de ce matin.

Je me frayai un chemin parmi la foule massée devant la galerie de photographies. Tous les passagers devaient avoir posé avec le capitaine. Je dépassai l'entrée de la bibliothèque lorsque la voix de Luke me surprit.

— Vous avez acheté quelque chose ?

À mon grand déplaisir, je sursautai.

— Quoi ? lui demandai-je en me tournant vers l'entrée de la bibliothèque où il se tenait.

— À la vente aux enchères. Vous êtes restée si longtemps devant ce tableau.

Il portait des lunettes de lecture à monture métallique, et je pouvais voir son regard rieur à travers les lentilles.

— Michel-Ange aurait intenté un procès, vous ne croyez pas ?

Mon visage s'empourpra. M'avait-il observée ? M'avait-il observée pendant toutes ces heures alors que je le cherchais ?

Je souris et écartai une mèche de cheveux de mon visage, en m'arrêtant un moment pour reprendre ma respiration.

— Non, je n'ai rien acheté. Mais je suis contente de vous rencontrer. Je vous dois des excuses.

Il retira ses lunettes et m'adressa un autre sourire. Il portait un chandail de pêcheur de couleur pâle sur un col roulé turquoise qui accentuait le bleu profond de ses yeux. Des eaux tropicales sur une plage de sable blanc, bleu, chaud et fluide. *Fille facile, n'oublie pas que c'est un ennemi. Comment crois-tu qu'il dupe toutes ces femmes ?*

— Vous n'essayez pas de me déséquilibrer pour pouvoir me marcher sur les pieds une fois de plus, n'est-ce pas ?

— Je le jure, dis-je en souriant, et croyez-moi sur l'honneur.

Mon estomac gronda comme une bête sauvage, et Luke éclata de rire en me prenant par le bras.

— Déjeuner ?

*   *   *

La glace avait disparu du pont arrière Lido et le soleil perçait à travers les nuages. Nous portâmes nos plateaux jusqu'à une table située près d'un four sur pied, à portée de main de la rampe. Au loin, on pouvait apercevoir la côte de la Nouvelle-Écosse, à travers la brume, resplendissant dans les couleurs d'automne — cuivre, jaune et rouge grenade —, comme si quelque bûcheron imprudent avait mis le feu. Je n'étais pas disposée à admettre que c'était romantique. Je n'étais pas aussi désespérée.

J'émiettai un morceau de muffin au blé sur la surface de ma bisque de crabe, les yeux fixés sur la vapeur qui s'en dégageait.

— Ma grand-mère faisait la même chose, me dit Luke avec un sourire doux.

Le col de son manteau de laine noir était relevé, et la brise fraîche soulevait ses cheveux et rougissait ses joues bronzées. Il avait oublié de raser une petite surface située sous la ligne de sa mâchoire, et la barbe à cet endroit était dorée comme le soleil couchant.

Je sentis ma respiration se calmer et m'imaginai Luke en petit blondinet tirant sur le bord du tablier de sa grand-mère. J'observai son visage et sentis la chaleur envahir le mien. Attendez, qu'étais-je en train de faire ?

Je baissai les yeux vers mon bol de soupe en serrant les lèvres. Maudit soit-il ! Ce type ne me duperait pas. J'étais vaccinée contre son charme. Des souvenirs d'enfance ? Bien sûr. Qu'allait-il inventer la prochaine fois, des histoires de chiots et un récital des slogans des scouts ? Je ne serai plus aussi stupide. Ses belles paroles au sujet de sa grand-mère pouvaient être jetées aux orties avec les belles histoires du pompier Sam au sujet de ses « colocataires ». Ce dont j'avais besoin, c'était des informations pour aider Marie. Et ce, dès maintenant.

Je m'éclaircis la gorge pour parler, mais je vis que Luke avait tourné la tête pour regarder une femme qui s'engageait sur le pont. Elle était âgée d'environ soixante-dix ans, ses cheveux laqués étaient teints au henné et un manteau de fourrure était posé sur ses épaules. Un steward plaça une main sous son coude pour l'aider, et deux serveurs se précipitèrent comme des bourdons autour de la reine des abeilles. V.I.P. ? Cette femme avait quelque chose de familier. Mais où l'avais-je déjà vue ?

Le steward lui offrit une chaise, et elle s'assit, éloignant d'un geste de la main l'essaim bourdonnant des serveurs. Elle se baissa pour sortir une paire de lunettes de soleil jaunes de son sac à main et les ajusta sur son nez de sa main gauche. Des diamants de la taille de bourgeons éclos étincelèrent dans la lumière du soleil. Mes yeux étaient rivés sur le visage de Luke. Repérait-il sa prochaine proie ? Il se tourna vers moi.

— Je suis désolé ; vous disiez ?

— J'allais vous poser une question, répondis-je lentement.

Je devais être subtile et ne pas porter d'accusations. Simple curiosité entre passagers. Son regard me perturba à nouveau.

— Oui ?

— Alors, à quel jeu jouez-vous avec toutes ces vieilles femmes riches ?

Oh, mon Dieu ! J'aurais voulu pouvoir ravaler ces mots. Avais-je vraiment dit cela ? Je fermai les yeux et sentis mon visage s'empourprer. Qu'est-ce qui n'allait pas ? Si je m'étais trouvée dans une rue de Londres en face de Jack l'éventreur, lui aurais-je demandé : « À quel jeu jouez-vous avec toute cette tuerie ? »

Luke Skyler étouffa un rire dans sa gorge et remua sa soupe.

— C'est présenté avec beaucoup de délicatesse, dit-il en levant les yeux vers moi avec un sourire. Je suis animateur de danse. Cha-cha-cha, mérengué, rumba et danse en ligne ? Vu la façon dont vous n'avez cessé de me regarder, j'imaginais que vous le saviez. Et, maintenant, j'aimerais savoir ce que vous faites.

J'hésitai avant de répondre — désolée, grand-mère :

— Je suis représentante en matériel orthopédique.

Son sourire s'évanouit, il releva la tête et haussa les sourcils comme si j'avais dit quelque chose de totalement inattendu.

— Du matériel orthopédique, expliquai-je, le genre de choses prescrites par un orthopédiste ? Pour les problèmes de pied, les affaissements de la voûte plantaire, les problèmes avec les muscles fléchisseurs.

Je ressentis un besoin urgent de jeter un coup d'œil par-dessus mon épaule pour observer la Reine des Abeilles.

— Les prothèses pour les aînés ?

Luke avait retrouvé une expression neutre et me souriait en respirant doucement.

— Bien. Vous voulez qu'ils puissent danser longtemps. Et votre amie, mademoiselle Whitley, combien de temps va-t-elle rester à bord ? Elle n'est pas employée à plein temps, n'est-ce pas ?

J'avalai ma salive et le regardai fixement. Mais qu'est-ce qui se passait ? C'était moi qui étais censée poser les questions. Que font-ils lorsque cela arrive au cours d'une de ces émissions télévisées de « tribunal en direct » ? Ils reposent la question.

— Mais ce n'est pas aussi intéressant que ce que vous faites, monsieur Skyler.

— Luke, dit-il en me regardant dans les yeux.

— Luke.

Je sentis mon visage s'empourprer de nouveau et j'espérai qu'il pense que c'était dû au soleil.

— Naviguer sur les océans en prenant soin des passagers, n'est-ce pas vivre un peu comme un gitan ? Vous êtes beaucoup plus jeune que les autres animateurs de danse, et j'ai cru comprendre que vous n'êtes même pas payé.

Émoussé, mais j'avais réussi à revenir à mon sujet. Voyons ce qu'il allait dire.

Derrière nous, la Reine Abeille se mit à rire, et Luke se tourna furtivement pour l'observer avant de répondre à ma question.

— Non, je n'ai pas de salaire, mais c'est une excellente façon de rencontrer toutes sortes de personnes et de visiter divers endroits. J'ai reçu un peu d'argent, donc toucher un salaire n'est pas vraiment important.

Je me mordis les lèvres pour réprimer un gémissement. *Je suis sûre que vous avez reçu un peu d'argent, monsieur.* Je m'apprêtais à lui poser une autre question quand un brouhaha et un bruit de verre brisé se firent entendre derrière nous. Luke se leva hâtivement et alla s'agenouiller devant la Reine des Abeilles.

La femme s'excusa pour le dérangement, d'une voix juteuse comme le miel, et expliqua qu'elle avait fait pencher le plateau par maladresse à cause du moule en fibre de verre dans lequel était glissé son bras droit. Un moule ?

Je regardai la femme qui montrait son bras blessé, glissé dans une écharpe de fourrure. À présent, je me souvenais d'elle. Je l'avais remarquée à la vente aux enchères parce qu'elle avait fait une des plus hautes offres de la journée. Je serrai les dents en voyant Luke lui adresser un grand sourire. Il surveillait les enchères, après tout, assis dans la bibliothèque pour ne pas se faire remarquer. Malin comme un serpent.

Luke rejoignit la table quelques minutes plus tard et baissa les yeux vers sa montre. Il s'apprêtait à dire quelque chose, mais je lui coupai la parole.

Ah non, tu ne vas pas partir ! Pas de pitié, maintenant. J'avais encore quelques questions à lui poser.

— Donc, je me demande si…

La Reine des Abeilles se leva et fit un pas en direction de la porte. Luke se leva à son tour. Il baissa les yeux vers moi en souriant.

— Non, c'est moi qui me demande, maintenant.

Son sourire s'évanouit.

— Je me demande si vous avez découvert tout ce que vous vouliez savoir.

Ma gorge devint sèche. *Agis de façon décontractée.*

— Que voulez-vous dire ?

— La nuit dernière, répondit-il d'une voix neutre, quand votre amie et vous étiez en train de fouiner et de surveiller ce qui se passait au spa.

SIX

— TU LUI AS DIT QUE NOUS NETTOYIONS LES HUBLOTS ?
Marie baissa ses énormes lunettes et me regarda fixement.

— Nettoyons les hublots ?

Son visage s'empourpra et ses articulations blanchirent.

— Tu ne vas quand même pas me lancer ces choses à la figure, n'est-ce pas ? Je savais que tu allais réagir de cette façon. Tu comprends pourquoi je ne t'ai rien dit avant ce matin ? grommelai-je en hochant la tête.

— N'aurais-tu pas pu trouver une explication plus crédible ? Après tout, il nous a vues à l'extérieur du spa ! Je vais être arrêtée, c'est certain.

Marie releva le capuchon de son coupe-vent et regarda par-dessus le bastingage du pont du Pêcheur les manœuvres d'amarrage du navire dans le port d'Halifax.

— Non, attends. J'y ai pensé toute la nuit. J'admets que c'était stupide, mais j'ai dû réfléchir vite. Cependant, j'ai analysé la situation. Pourquoi Luke Skyler irait-il dire à quelqu'un que nous étions là-bas ? Les hommes ne sont pas autorisés à entrer dans le spa, alors pourquoi prendrait-il le risque de laisser savoir qu'il traînait là-bas, lui aussi ?

— Parce que tu l'as mal jugé et que c'est tout simplement un bon samaritain ?

Elle désigna le quai.

— Regarde les joueurs de cornemuse.

— Un bon samaritain ? Cela m'étonnerait. Tu as bien vu comment il tournait autour de la Reine des Abeilles hier soir pendant le spectacle.

Marie grimaça et siffla entre ses dents serrées.

— Pourrais-tu arrêter avec ces surnoms stupides ? On dirait…

Ses traits s'adoucirent, et elle s'approcha de moi pour poser une main sur mon épaule.

— Je suis désolée, j'ai vraiment besoin de me retrouver sur la terre ferme. Tu as bien pris nos billets pour la visite du cimetière ? Je vois les autocars qui attendent sur le quai.

Je toussotai et marmonnai.

— Quoi ? Tu les as bien, n'est-ce pas ? dit Marie en plissant les yeux.

Oh, mon Dieu ! Il allait bien falloir que je lui avoue toute la vérité. C'était pour le bien de Marie, après tout. Je rayonnai et essayai d'avoir l'air enthousiaste.

— Je les ai échangés pour quelque chose de mieux.

— Quoi ?

— Ce n'est pas sain de toujours penser à des catastrophes, alors je les ai échangés contre des billets pour la visite de Peggy's Cove.

Je fis semblant de remettre en place le bas de ma veste en suède.

— Peggy's Cove ?

Je sortis la brochure de ma poche.

— Un pittoresque village de pêcheurs sur la côte touristique de Nouvelle-Écosse. Le phare le plus photographié…

— Le phare le plus photographié au Canada, se moqua Marie en me coupant la parole. J'y suis déjà allée deux fois.

— Mais pas avec moi.

Marie sourit et attrapa son sac à dos.

— Tu as raison. Viens. Nous pourrons en profiter pour nettoyer les fenêtres du phare.

Nous nous mêlâmes à la foule qui se pressait pour rejoindre les autocars garés au loin. Un groupe de musiciens faisaient résonner leurs cornemuses et invitaient les passagers à se rendre à la boutique de cadeaux du port. Je repérai le panneau que le guide affecté à la visite avait placé juste après la sortie, nous obligeant ainsi à passer devant les comptoirs chargés d'une variété étourdissante de tartans, de survêtements portant les logos des équipes de hockey et de petits flacons de sirop d'érable.

— Trouves-tu que mon visage est trop rond pour mettre un de ces chapeaux de la police montée ? demanda Marie en me tirant par la manche. Attends. Qu'y a-t-il de si urgent ? Tu ressembles à un limier qui a flairé une piste.

Elle reposa le chapeau à bord rigide et me fixa intensément.

Je souris et haussai les sourcils.

— Je suis sûre qu'il y a quelque chose. Peux-tu me dire la vérité au sujet de ce changement de programme ?

— Voilà, je suis encore en train de sauver tes fesses. Est-ce que ça te va ? répliquai-je en souriant. La nuit dernière, pendant le spectacle, j'ai entendu la Reine des Abeilles parler de la visite de Peggy's Cove.

— Et ?

— Oh, pour l'amour du Ciel, Marie ! Ne vois-tu pas que c'est sa prochaine cible ? Je te parie tout ce que tu veux qu'ils sont déjà installés dans l'autocar. Je veux être assise près d'eux pour pouvoir entendre les boniments qu'il lui raconte.

L'autocar pour Peggy's Cove était le dernier de la file, et Marie leva le nez en passant devant le groupe qui montait à bord de celui en partance pour le cimetière du Titanic. Nous montâmes à la suite de deux femmes du club de yoga et avançâmes lentement vers les quelques places restantes à l'arrière de l'autocar.

La Reine des Abeilles, qui portait une veste en mouton retourné et une écharpe assortie, était assise au milieu de l'autocar du côté du conducteur, côté couloir, près d'Edie et de Bernie Greenbaum. Luke Skyler n'était pas à bord.

— Bien, dit Marie alors que nous nous faufilions entre les sacs de la boutique de cadeaux pour rejoindre les sièges inoccupés. J'imagine que cela va à l'encontre de ta théorie. J'aurais pu aller au cimetière des victimes du Titanic, avec un chapeau de la police montée sur la tête.

Je gardai le silence pendant que les portes de l'autocar se fermaient et que le conducteur s'engageait dans la circulation.

— Désolée, finis-je par marmonner.

Après avoir allumé le micro, la guide s'éclaircissait la voix et se préparait à faire une annonce lorsqu'elle faillit perdre l'équilibre quand le conducteur donna un coup de frein brusque.

Les passagers furent projetés vers l'avant, et des cris de protestation fusèrent de toutes parts, tandis que le conducteur se confondait en excuses.

Les portes s'ouvrirent, et Luke Skyler monta à bord.

— Le fait qu'il soit dans l'autocar ne prouve pas qu'il s'intéresse à elle, murmura Marie en regardant Luke déambuler dans l'allée. Alors, lâche ta proie, minette.

— Pour quelle autre raison serait-il là ? répliquai-je, avec un petit sourire satisfait.

— Le homard et la tarte aux bleuets. Tout comme moi.

— Bien.

Je donnai un coup de coude à Marie et étouffai un cri en voyant Luke s'arrêter près de la Reine des Abeilles et poser une main sur son épaule. Il lui adressa quelques mots en souriant, et nous pûmes l'entendre glousser et ricaner alors que l'autocar démarrait. Luke s'installa sur le dernier siège resté libre, juste derrière elle.

— Marie ?

— Ouais ?

— Je viens juste de penser à une autre raison pour laquelle il ne veut dire à personne que nous étions à l'extérieur du spa.

— OK, pourquoi ? répliqua Marie en se frottant les yeux.

— Peut-être parce qu'il doit d'abord découvrir quelque chose.

Je baissai la voix et sentis la chair de poule s'étendre sur mes bras.

— Quelqu'un lui a peut-être *dit* que nous étions là, et il doit maintenant découvrir si nous l'avons vu voler les bijoux de la Princesse du Bal.

Luke se retourna pour observer les passagers, et son regard s'arrêta sur moi, puis il sortit un magazine de ski de son sac à dos et ne leva plus la tête pendant tout le reste du trajet jusqu'à Peggy's Cove.

— Réveille-toi, nous sommes arrivées, murmurai-je en donnant un coup de coude à Marie, qui ronflait doucement contre mon épaule. Et en essayant de ne pas attacher d'importance aux gloussements et aux sourires entendus des passagers.

Je pressai Marie de nouveau.

— Pousse-toi. Tu m'enlèves toute chance de rencontrer un homme en Nouvelle-Écosse.

Luke ferma son parka, attrapa son sac à dos et sortit de l'autocar à la suite de la Reine des Abeilles, Marie et moi sur ses traces.

— Il ne pourra rien faire aussi longtemps qu'elle sera avec les Greenbaum, dit Marie en ajustant la courroie de ses jumelles. Regarde, Edie est suspendue à son seul bras valide.

— Tu as raison, acquiesçai-je en me croisant les bras et en me souvenant de ce jour dans la salle de gymnastique ; pour un Munchkin aux cheveux roses, Edie Greenbaum avait une forte poigne. Que fait Bernie à bouger les bras comme ça ?

— On dirait qu'il reprend son rôle dans la comédie musicale *Annie Get Your Gun* présentée hier soir. Il n'arrête jamais, n'est-ce pas ?

Luke passa près de nous. Il m'adressa un signe de tête, et quelques mèches rebelles de sa chevelure dorée se soulevèrent. Je sentis ma gorge se serrer. Il portait un parka bleu glacier et une chemise de rugby à rayures bleu marine. Il s'arrêta un instant pour retirer ses lunettes de soleil sport. L'odeur de son eau de Cologne, mêlée à l'air salé, emplissait l'air, et je pris une légère inspiration en réalisant que mes mains tremblaient.

Maudit soit-il ! Je sortis mes gants de ma poche et les enfilai comme une cuirasse, me redisant à moi-même que Luke Skyler était dangereux. Je gardai un œil sur lui pendant qu'il se dirigeait vers le phare et attrapai Marie par le bras en serrant les dents. Il suivait les Greenbaum.

Nous empruntâmes un chemin couvert d'algues rousses qui passait devant un monument maritime orné d'un ange aux ailes ciselées, avant d'arriver sur les rochers entourant le phare. Je levai la fermeture éclair de ma veste et sentis le vent humide coller des mèches de cheveux sur mes lèvres, tandis que j'observais le petit village de pêcheurs niché au creux de la baie Margaret.

Pas étonnant qu'il soit représenté dans beaucoup de calendriers, il est vraiment magnifique. Il évoque les cirés des pêcheurs, le sel de la mer et le café arrosé de brandy servi dans des tasses anciennes. Même sous le ciel nuageux, le village de Peggy's Cove, baigné de couleurs, ressemblait à une palette de peintre. Mes yeux se posèrent sur les bateaux délabrés et les stands de pêche qui semblaient liés entre eux par un mucilage magique de peinture lourde : rouges primaires, bleus comme des denims délavés et jaunes comme de la moutarde. Des casiers à homards étaient empilés sur le quai, et les pêcheurs avaient soigneusement enroulé leurs cordes tressées autour de leurs poings. J'imaginais des enfants aux visages couverts de taches de rousseur portant des pastèques et je pouvais presque entendre le claquement de leurs pieds nus sur le quai chauffé par le soleil. Marie ne pourrait pas se plaindre que j'aie choisi...

— Je n'irai pas plus loin, me dit-elle en s'arrêtant.

Le sentier menant au phare s'était mis à grimper et à se rétrécir, et la terre sablonneuse avait fait place à de solides rochers, superposés de telle façon qu'ils faisaient penser à des carapaces de tortues.

— As-tu vu ? demanda Marie en désignant une plaque très ancienne devant nos pieds.

AVERTISSEMENT

Des visiteurs imprudents ont été blessés et ont trouvé la mort.
L'océan et les rochers sont traîtres.
Admirez la mer à distance.

— Mais les autres... dis-je en levant la tête vers le sentier et en voyant plusieurs passagers continuer leur chemin.

— Pas avec les chaussures que je porte, répliqua Marie en secouant la tête et en baissant les yeux. Nous avons une très belle vue d'ici.

Le phare était une tour de béton blanche, de forme octogonale, d'environ quinze mètres de hauteur, avec trois fenêtres disposées verticalement et surmontée d'une coupole rouge. Derrière les fenêtres, son projecteur envoyait des rayons de lumière verte dans le ciel nuageux.

Je me penchai pour examiner le chemin et les rochers. Où étaient passés les Greenbaum et la Reine des Abeilles ? Je les avais perdus de vue. Et Luke ?

Je testai l'adhérence de mes bottes Doc Marten sur le premier rocher venu.

— Ils exagèrent avec cette plaque. Aperçois-tu les Greenbaum ?

J'étirai la courroie contre le cou de Marie et levai les jumelles devant mes yeux pour observer les abords du phare encore une fois.

— Hé, tu me fais mal. Et non, je ne crois pas qu'ils soient assez fous pour aller plus loin, dit Marie en reprenant les jumelles et en s'éloignant.

— Attends, où vas-tu ? criai-je contre le vent.

— Admirer la mer à distance. Au café, devant un bon café irlandais.

— Bon, je monte là-haut, déclarai-je en désignant le phare.

— Oh, allez, viens, insista-t-elle en fronçant les sourcils. J'ai entendu dire que la vue là-haut n'est pas si belle que cela.

— Tu es venue ici deux fois et tu n'es jamais montée ?

Marie frappa un rocher du bout de sa chaussure et regarda vers le haut en grommelant.

— OK, j'ai le vertige.

— Et alors, moi, j'ai peur des baleines. Crois-tu que je vais m'approcher du bord ? Je te promets d'être prudente. Je ne serai pas absente longtemps.

— Tu guetteras le coup de klaxon de l'autocar, d'accord ? Il ne te reste plus qu'une vingtaine de minutes. Et tu n'aimerais pas rater la pause du déjeuner, tu peux me croire.

Je testai la semelle de mes chaussures sur chaque rocher et veillai à éviter les algues et les mares d'eau en effectuant mon ascension. Une rampe courait le long des cent premiers mètres, et ensuite il fallait se transformer en véritable chamois. Au loin, l'océan grondait, et le vent balayait mes cheveux devant mon visage, aussi décidai-je de les attacher à l'aide de mon protège-oreilles. Je pouvais entendre le son d'une cornemuse provenant du café situé plus bas. Je frissonnai. Marie avait peut-être eu raison. Une bonne tasse de café chaud arrosé de Bailey's me tentait bien, maintenant. Mon pied glissa légèrement, et j'écartai les bras comme un funambule. Je réussis facilement à retrouver mon équilibre. Tu vois ? Ce n'est vraiment rien.

Quelques touristes seulement étaient en vue, la plupart sur le chemin du retour. Je m'arrêtai et jetai un coup d'œil vers le café en grommelant. Les Greenbaum. Et la Reine des Abeilles. Près des joueurs de cornemuse. Où était Luke Skyler ?

Rien ne bougeait près de l'autocar, aussi décidai-je de continuer ma route, même si ce n'était pas pour suivre la Reine des Abeilles. Après tout, j'étais là pour visiter, n'est-ce pas ? Et même si je ne l'avais pas avoué à Marie, j'avais planifié de faire un petit rituel destiné à marquer la fin de mon histoire avec Sam. Je tenais absolument à le faire.

Après avoir atteint la base du phare, je pus admirer la baie. Marie avait tort ; cela valait la peine de monter. La vue était spectaculaire.

Je laissai mon regard errer sur l'horizon argenté et revenir sur la baie avec ses maisons de lilliputiens et ses bateaux qui ressemblaient à des jouets. Même notre paquebot de croisière aurait l'air d'un jouet, vu d'ici. Je posai la main sur le mur de béton blanc, froid et humide à cause de l'air marin, du phare qui était fermé, et je levai la tête pour apercevoir le rayon de lumière verte. Je fis le tour du phare pour m'assurer que j'étais seule et allai m'asseoir sur un rocher affleurant à une distance sécuritaire du bord. Une mouette d'un blanc de neige vola juste au-dessus de moi. Je relevai les manches de ma veste et de mon survêtement pour découvrir mon bracelet à breloques en argent d'Italie. *OK, allons-y.*

« Ne l'enlève jamais, m'avait dit Sam alors que nous étions allongés ensemble un après-midi après avoir fait l'amour, et ne cesse jamais de penser à moi. »

Je secouai la tête, et le vent de l'océan gronda dans mes oreilles comme s'il allait balayer le souvenir de ces mots. Il était marié. Et pourtant, nous avions passé tous ces mois ensemble.

Je m'étais déjà posé la question un millier de fois. Pourquoi avais-je accepté aveuglément les conditions de cette relation sans poser la moindre question ? Je ne devais l'appeler que sur son cellulaire ; nous nous retrouvions soit dans mon appartement, soit dans une petite auberge très loin de chez lui. Comment avais-je pu croire ses histoires ridicules de colocataires et de rendez-vous téléphoniques ? Avais-je eu tant besoin de le croire ? Étais-je prête à ne vivre qu'un demi-engagement ? *Ou avais-je tout simplement été stupide ?*

Je secouai la tête, et une mèche libre de cheveux, entraînée par une rafale, vint piquer mes lèvres comme un aiguillon. Le son des cornemuses bourdonnait au loin comme un chant funèbre. Étais-je stupide ? J'avais posé exactement la même question à Sam six mois auparavant, après avoir frappé à sa porte et croisé le regard de sa femme. J'avais frappé sa poitrine avec mes poings en criant : « J'étais stupide et tu en profitais ? »

« Non, avait-il répliqué en essayant de me calmer. Pas stupide, Darcy, seulement confiante. » Dit de cette façon, cela rendait la chose plus supportable, comme si ce n'était pas un échec total. La confiance. Ce mot englobe bien des choses, comme croire à l'honnêteté de Sam ou croire que les problèmes dans le système de santé pourraient être éradiqués avant que je sois obligée de baisser les bras.

Je touchai les breloques l'une après l'autre. L'éclat de diamant, ma pierre de naissance — avril. Une chaussure de sport bleue stylisée que j'avais achetée après mon dernier semi-marathon. Le caducée en or, pour souligner ma carrière d'infirmière. Quel serait le symbole pour une représentante en matériel orthopédique ? Et la breloque rouge — de l'émail cerclé d'or. Un chapeau de pompier. Pour Sam. Ne cesse jamais de penser à moi, Sam.

J'ouvris l'anneau attaché au bracelet à l'aide de mes ongles pour retirer la breloque. Je la tins un moment entre mes doigts et pris une légère inspiration, à titre d'essai. Non, je ne ressentais plus de peine. En esquissant un sourire, je lançai la breloque au loin vers le bord de la falaise. *Adieu, Sam.*

Elle rebondit sur un rocher et y resta accrochée. Merde !

Je testai les rochers devant moi du bout de ma chaussure. Ils étaient secs, même si le brouillard s'était maintenant transformé en crachin. Je rampai pour attraper la breloque. Elle m'échappa des mains et tomba dans une étroite crevasse remplie de mousse. Le vent emporta au loin le son des cornemuses. Je n'avais pas entendu le coup de klaxon de l'autocar, n'est-ce pas ?

Je m'approchai un peu plus près et tendis les doigts. Je pouvais voir au-dessus du bord, maintenant, et par-dessus les rochers découpés qui descendaient jusqu'aux moutons blancs à la surface de l'océan. Je sortis la breloque de la crevasse et poussai un soupir. Je la tins étroitement serrée. *Très bien.*

Je levai la main pour faire une deuxième tentative lorsqu'un coup de klaxon me fit sursauter. La semelle de mes bottes glissa sur la surface couverte de mousse, et mes jambes se dérobèrent sous moi. *Oh, mon Dieu !*

Mon ventre frappa durement la surface des rochers, et mon corps glissa vers l'arrière jusqu'à ce que mes jambes se retrouvent suspendues dans le vide. J'eus de la difficulté à respirer et tentai d'enfoncer mes ongles dans la surface rocheuse. Il n'y avait aucune aspérité à laquelle je pouvais me raccrocher. Mes cris furent étouffés par des quintes de toux douloureuses. *Pitié, mon Dieu !*

Des jambes apparurent devant moi, mais je n'osai pas lever la tête de peur de recommencer à glisser. Je clignai des yeux et concentrai mon attention sur tout ce que je pouvais. Un blue-jean, des bottes de randonnée. Une voix profonde. Familière ? Oh, non ! Pas Luke. Il allait me jeter par-dessus bord.

SEPT

– NE VOUS DÉBATTEZ PAS, GROGNA-T-IL.
Mes doigts fouillèrent à la recherche d'une crevasse entre les rochers, et je levai la main pour frapper les
bras de Luke. Il allait y avoir toute une bagarre s'il essayait
de me pousser.

— Non !

Je poussai un hurlement et tentai de caler le bout de
ma chaussure contre quelque chose de solide, dans l'espoir
de trouver un appui pour me donner une chance de m'en
sortir.

Un autre coup de klaxon résonna au loin et… *Qu'est-
ce que c'était ?* Des pas qui se rapprochaient ? Luke tourna
la tête, mais tint fermement le haut de mes bras, les manches de son parka balayant mes lèvres.

— C'est bon, je la tiens, cria-t-il contre le vent.

Il me tient ?

Luke donna un coup sec et tira sur mes bras de toutes
ses forces.

— Si elle veut bien arrêter de se débattre.

Il regarda vers le bas, assura une double prise et fronça les sourcils.

— Vous alliez me *mordre* ?

Il m'aurait été difficile de le nier alors que ma bouche était refermée sur sa manche.

En quelques secondes, je fus debout. Mes jambes étaient faibles, et je tremblais d'une façon incontrôlable. Les mains me brûlaient, et je claquais tellement des dents que je me mordis la langue en essayant de parler : « Je… » Mon corps fut traversé par un autre frisson alors que le vent balayait mes paroles au loin. Je regardai le petit groupe d'hommes, sans doute des pêcheurs et un gardien du parc en uniforme, et tentai de sourire. Au lieu de cela, les larmes emplirent mes yeux. *Oh, mon Dieu !* Que venait-il de se passer ?

— Redescendons, dit Luke d'une voix soudainement douce.

Puis, voyant que je grelottais, il m'enveloppa dans son parka qu'il ferma jusqu'en haut. Il libéra les mèches de cheveux pris dans le col et rit doucement. Son visage était près du mien, et je sentis son souffle chaud contre ma peau.

— C'est une vraie histoire de fous, vous savez. Attaquer son sauveteur ?

Marie avait grimpé jusqu'à l'endroit où s'arrête la rampe, et, en nous approchant, je la vis s'agiter furieusement. Elle baissa la main et ouvrit de grands yeux en voyant le bras de Luke enrouler mes épaules. J'allais devoir lui donner quelques explications.

— Ne me pose pas de questions maintenant, grommelai-je tandis que Marie et moi passions devant les Greenbaum dans l'allée de l'autocar pour rejoindre nos sièges.

Elle me donna un coup de coude en voyant Luke aider la Reine des Abeilles.

Je serrai mes yeux fermés en frottant délicatement mes mains égratignées. Je ne savais que penser. Luke était-il vraiment venu au phare pour me sauver ou les pêcheurs et le gardien du parc avaient-ils interrompu… une tentative de meurtre ? Avait-il volé les bijoux ou m'étais-je totalement trompée ? Je ressentais des élancements dans la tête comme si j'avais bu trop de tequila bon marché.

Je fixai l'allée tandis que l'autocar démarrait. Luke s'était assis à côté de la Reine des Abeilles. Je ne voulais plus penser à tout cela. Je voulais juste fermer les yeux. Une bouche de chauffage était située sous mon siège, et c'était si bon de se sentir bien au chaud. Je souris ; heureusement, Marie était déjà en train de discuter au sujet du dîner.

*   *   *

L'entrée du Sou'Wester Sea Shack avait la forme d'une bouche de baleine, et je fus entaillée par une dent aiguisée en passant entre les mâchoires. Dès notre arrivée, nous fûmes accueillies par l'arôme du sel sur les croustillantes frites françaises et le son d'une guitare.

Marie joignit les mains comme un fidèle s'agenouillant devant un autel.

— Je suis *sauvée*. Musique country et…

Elle désigna d'un signe de tête l'ardoise sur laquelle était inscrit le menu.

— Du homard préparé de sept façons différentes. Dieu merci !

Je m'éclipsai en m'excusant pour me laver les mains et retoucher mon rouge à lèvres et, à mon retour, je découvris que Marie s'était déjà installée à une table recouverte d'une nappe à carreaux rouges et blancs, en compagnie des Greenbaum, de la Reine des Abeilles et de Luke Skyler. Ils avaient tous des bavettes en plastique nouées autour du cou.

— J'ai commandé pour toi, déclara Marie avec un grand sourire. Le classique homard entier. Tu n'en as jamais mangé préparé de cette façon.

— Au homard ! s'écria Luke en levant son verre de bière. Un des rares plats qui vous invite à choisir votre propre victime.

Les Greenbaum levèrent leur verre avec un murmure d'approbation, et la Reine des Abeilles regarda le visage de Luke en frétillant comme une groupie. *Comme grand-mère Rosaleen le faisait avec son charlatan.* Pourquoi ces femmes étaient-elles si stupides et pourquoi personne n'intervenait ?

Je remerciai Marie d'avoir commandé mon chardonnay et en bus une gorgée, sans aucune élégance, tout en observant Luke par-dessus mes lunettes. Victime ? Il avait manifestement planifié de se jouer de nous. Mais, bon sang, nous verrions bien qui aurait le dernier mot.

Je portai mon attention sur le petit groupe assemblé près de la vaste baie dominant l'océan. Des célébrités en tournée, d'après le dépliant. Le meilleur groupe country de Terre-Neuve. Terre-Neuve ? La province où le fuseau horaire diffère de trente minutes de celui escompté. Combien de groupes country pouvait-il y avoir ? Mais, hé, ils étaient bons. Vraiment bons. Je souris au chanteur, un homme dans la quarantaine vêtu d'une chemise western à rayures, et je hochai la tête lorsqu'un de ses collègues, un homme d'environ soixante-dix ans, se mit à jouer de la planche à laver ornée d'une binette jaune tout en soufflant dans un harmonica attaché à son épaule. Ma grand-mère aurait adoré.

Les plats furent servis, et je me retrouvai face à face avec mon homard — d'un rouge vif et avec des pinces comme un boxeur professionnel — posé sur un lit de frites et accompagné d'une salade de chou et de la moitié d'un épi de maïs cuit à la vapeur. Ses deux antennes situées au-dessus de deux petits yeux en boutons de bottine me saluaient, et je fis la grimace. Les Cavanaugh sont le genre de personnes habituées à acheter leur poisson dans des barquettes entourées de film alimentaire et munies d'un code à barres. Pas le moindre penchant pour la chasse ou la pêche. Pour mon père, une « bonne prise » se limite à un nid de termites et un jet de vaporisation, et je suis presque sûre que le coucher de soleil préféré de ma mère est celui qui orne le plafond du Caesar's Palace. Un homard entier est vraiment une spécialité de la Nouvelle-Angleterre.

— Je dois casser ses pattes ? demandai-je d'un ton méfiant. Je suis habituée à ne voir que la queue sur l'assiette, pas de carapace, pas de tête, juste un quartier de citron et un peu de sauce au beurre.

— Il faut d'abord lui donner un *nom*, ma chère. C'est la tradition lorsqu'on en mange pour la première fois. Mais ne vous inquiétez pas, nous allons vous montrer comment faire, s'écria Edie avec un claquement de langue.

Luke prit sa pince à homard métallique d'une façon théâtrale qui me parut parfaitement inutile et cassa les pinces de son homard avec un craquement sonore.

— Pas la peine de la materner, Edie. J'ai vu mademoiselle Cavanaugh à l'œuvre. Elle se débat et elle mord. Décortiquer un homard doit lui sembler bien ennuyeux.

Il leva son verre avec un sourire satisfait et ajouta :

— À votre nouvelle victime, Darcy. Quel nom allez-vous lui donner ?

Je serrai dédaigneusement les deux branches de ma pince à homard et souris en voyant Luke ouvrir de grands yeux devant le fort craquement que je produisis.

— Casanova, répondis-je, en croisant son regard.

— Oh ! grinça la Reine des Abeilles. C'était sa tête, ma chère.

Malgré le carnage, ce fut le plus délicieux homard que j'aie jamais mangé. Chaque bouchée, trempée dans la sauce au beurre, fut succulente. Et après mon troisième verre de chardonnay, j'aspirai la chair des petites pattes comme une vraie pro. Même les incessants calembours de Bernie Greenbaum me semblaient drôles. Je lançai un coup d'œil vers Luke et observai son visage se dédoubler avant de redevenir bien net. Pas évident de faire confiance à un seul d'entre eux.

Il mena la conversation pendant tout le repas en racontant des histoires au sujet de ses voyages, cédant volontiers la parole aux autres et les écoutant avec intérêt. Même Marie, la bécasse, se dévoila et parla de ses parents qui vivent à New York et de ses tâches à bord de paquebots. Il savait vraiment y faire.

Bon, ivre ou non, je n'allai pas accepter d'être prise pour une folle. Non, monsieur !

— Quoi ? dis-je en posant mon verre presque vide.

Pourquoi tout le monde me remarquait-il de cette façon tout à coup ?

— Luke vous a proposé d'aller danser, ma chère, expliqua la Reine des Abeilles en levant les sourcils. C'est trop difficile pour moi, à cause de cette maudite écharpe. Mais allez danser avec lui, surtout depuis…

Elle fit une pause et battit des mains comme si elle avait vu un nuage ayant la forme de la Vierge Marie et reprit :

— ... qu'il vous a *sauvé la vie*.

Il y eut un murmure, puis les applaudissements éclatèrent et quelqu'un siffla en brandissant une carcasse vide de homard.

Le groupe de Terre-Neuve nous fit signe d'avancer, et la salle commença à taper des pieds et à chanter à tue-tête « Hé-ros, hé-ros, hé-ros ! » *Oh, pour l'amour de Dieu !* Que pouvais-je faire d'autre que d'aller danser ?

Mon visage s'empourpra. Debout devant la foule qui hurlait d'enthousiasme, j'attendis un moment que ma tête cesse de chavirer et que les rayures de la chemise de rugby de Luke ne tournent plus comme celles d'une machine à sous. Je lissai mon confortable chandail noir pour m'assurer qu'il couvrait le haut de mes jeans et laissai Luke avec méfiance me prendre la main et m'entraîner vers la minuscule piste de danse.

L'intensité des lumières diminua jusqu'à ce que la salle ne soit plus éclairée que par la lumière pâle du soleil couchant, projetant des ombres sur les murs de bois vieilli et sur le visage anguleux du joueur de planche à laver. La musique débuta sur une demande de la Reine des Abeilles : *Wind beneath my wings*. Génial ! Le chanteur entonna *Did you ever know that you are my hero ?*, et un grand murmure s'éleva de la salle quand Luke me prit dans ses bras.

Il me tint comme... comme un gigolo, je suppose. Comme un homme habitué à enlacer des femmes. Et qui sait faire en sorte qu'elles y prennent du plaisir. Non pas que j'y prenais du plaisir. Ou que j'aimais qu'il tienne ma main si doucement et qu'il soit suffisamment près de moi pour que je puisse sentir la chaleur de sa peau et l'odeur de ses cheveux. Il sentait la pluie fraîche, l'odeur chaude du musc et peut-être la tarte aux bleuets. Enfantin, propre et honnête. *Honnête ?* Bon sang, mais que m'arrivait-il ?

Je sentais la chaleur de sa main nichée au creux de ma taille. Il m'enlaçait d'une façon délicate, pas comme lorsqu'il m'avait saisie durant l'épisode du phare. Chaude, oui. Là, dans le bas de mon dos. Et plus bas, à la limite de mon chandail et… Bougeait-il les doigts légèrement au rythme de la musique ? À propos, bonté divine, le plancher bougeait-il, lui aussi ? Je fis une grimace. Je n'aurais jamais dû boire trois verres de vin. Pourquoi Marie ne m'avait-elle pas arrêtée ?

— Avez-vous dit quelque chose ? demanda Luke, en me repoussant légèrement de façon à voir mon visage.

Ses cils étaient d'un blond foncé, et le bleu de ses yeux était parsemé de petites étincelles de la même couleur, comme la poussière dorée de Californie. Bleu profond ; profond comme un plongeon du haut d'une falaise.

— Non, mais je suppose que je devrais vous remercier. Vous savez, pour ce qui est arrivé au phare.

J'eus l'impression que Luke retenait sa respiration pendant un moment avant de répondre :

— Que s'est-il *passé* là-haut, Darcy ?

Ses sourcils se contractèrent, et je sentis sa main se durcir dans le creux de mon dos.

— Je ne vois pas ce que vous voulez dire.

— Que faisiez-vous là-haut toute seule ? Si près du bord ?

— Rien, je…

Il déplaça ses bras pour me serrer plus fort contre lui. Sa joue était chaude contre la mienne, et ses lèvres effleurèrent mon oreille quand il murmura :

— N'étiez-vous pas en train de lancer quelque chose au loin ?

Je m'arrêtai au milieu d'un pas de danse, et mes jambes semblèrent se dérober sous moi. J'essayai de m'éloigner, mais je trébuchai contre son pied. Il me rattrapa et serra mes bras pour la deuxième fois de la journée. M'avait-il observée ? Pendant combien de temps... et *pourquoi* ?

Je n'eus pas conscience que la musique s'était arrêtée avant d'entendre la foule se mettre à applaudir et nous acclamer lorsque Luke pressa ma main contre ses lèvres.

* * *

Je fus heureuse de rejoindre l'autocar et de retourner au bateau. C'est drôle comme après l'agitation de la journée, j'avais presque l'impression de rentrer à la maison. Cette fois, ce fut moi qui m'endormis sur l'épaule de Marie, dans le siège situé derrière Luke et la Reine des Abeilles, en entendant Bernie Greenbaum interpréter *A Hundred Bottles of Beer*.

Je ne saurais dire si je fus réveillée par l'arrêt de l'autocar ou par les sirènes et les lumières clignotantes. Que se passait-il ?

Je rejoignis les autres qui s'étaient agglutinés derrière les fenêtres de l'autocar pour voir ce qui se passait sur le quai. Nous étions garés le long du paquebot de croisière, et la radio du chauffeur laissait entendre une cacophonie de larsens et de voix autoritaires.

— Nous devons rester à l'intérieur jusqu'au départ de l'ambulance. Alors, asseyez-vous, mais ne chantez plus, pour l'amour de Dieu ! grommela le chauffeur par-dessus son épaule.

— Ce n'est pas juste une ambulance, murmura Marie. Regarde. Il y a des policiers.

Trois voitures de patrouille étaient garées près de l'allée, et je regardai tour à tour les logos sur une des portes bleu foncé — un phare, une feuille d'érable, l'écusson de la Nouvelle-Écosse et l'inscription *Halifax Regional Police*. À l'intérieur du véhicule, un gros berger allemand pressait sa truffe contre la vitre.

Les passagers se relevèrent de leur siège en murmurant, et je tendis le cou pour voir. Des ambulanciers poussaient une civière le long de l'allée. Ils tenaient une réserve d'oxygène et maintenaient un masque sur le visage de leur patient. Un homme âgé qui portait des lunettes s'efforçait de les suivre, le visage pâle et déformé par l'inquiétude.

— Oh, mon Dieu ! cria une des membres du club de yoga postée à l'avant du bus, c'est Helen. Helen Kravitz ! Là, avec eux, c'est son mari, Karl.

Les passagers se ruèrent de nouveau vers les fenêtres, comme un raz-de-marée.

— Kravitz ? dit Marie en posant la main sur mon épaule. N'est-ce pas le vieux couple qui occupe une cabine non loin de la nôtre ? Ceux qui ont mis un panneau sur leur porte pour leur cinquantième anniversaire ?

— Hum, oui, je crois que tu as raison, répondis-je en scrutant les passagers.

Où était passé Luke ?

Le chauffeur de l'autocar alluma le microphone.

— OK, dit-il. Ils vont nous laisser descendre dans quelques minutes. Rassemblez vos affaires.

Puis, il se tourna vers nous et ajouta en baissant la voix :

— Et pendant que nous parlons d'affaires…. je ne devrais pas avoir à vous le dire, mais soyez très prudents, mes amis. Vous voyez ces voitures de police ? Eh bien, il semble que pendant que cette pauvre femme était à l'infirmerie où on la soignait pour une crise cardiaque, quelqu'un s'est introduit dans sa cabine et lui a dérobé quelque chose.

Après nous avoir fait mettre en ligne, la guide nous fit descendre un par un, de façon bien ordonnée. Il était facile de voir que, d'une façon ou d'une autre, Luke avait trouvé le moyen de descendre avant nous.

HUIT

– **D**IS DONC, JE ME DEMANDE QUI PEUT BIEN ENVOYER DES fleurs à la princesse Leia ? s'écria Marie.

— Quoi ?

Enveloppée dans mon vieux peignoir en chenille, je sortis de la salle de bain embuée en me frictionnant les cheveux avec une serviette. Je restai bouche bée.

Marie referma la porte avec son pied. Elle tenait dans les mains un énorme vase de fleurs, une composition automnale de chrysanthèmes de couleur bronze, de rameaux de morelles et de gueules-de-loup multicolores, entourés de chatons dorés et de branches graciles d'érable aux feuilles flamboyantes. On aurait dit qu'un esprit de la forêt avait volé une poignée de Nouvelle-Écosse pour en faire une présentation fantaisiste. Un autocollant représentant un petit homard brillait sur une enveloppe attachée à la tige d'un chaton.

— Essayons de deviner.

Marie baissa le vase et pressa l'enveloppe contre son front comme un pandit.

— Attends, je vois quelque chose. Euh, euh, le docteur Foote ?

Elle sourit en voyant l'expression de mon visage.

— Non ? Alors, peut-être Virgilio, notre petit paresseux ? Pour s'excuser de ne pas avoir fait de sculpture avec ta lingerie aujourd'hui ?

Elle désigna d'un signe de tête ma chemise de nuit en satin qui était posée sur la chaise et qui n'avait, bizarrement, pas été touchée.

J'arrachai la carte en sentant une chaleur me monter au visage, puis je m'assis sur le bord de mon lit en ouvrant l'enveloppe. Ce n'était pas possible ? Était-ce possible ?

— Alors ? me pressa Marie.

L'écriture m'était inconnue. Elle disait : *Voulez-vous souper avec moi dans une galaxie très, très lointaine, au Starlight Bistro, à vingt heures ? Luke.*

Je tendis la carte à Marie et cachai mon visage entre mes mains. Les éraflures au creux de mes mains, souvenir de l'épisode de ce matin avec Luke et de la confusion qui continuait à me hanter, me piquaient encore.

— Tiens, tiens ! Et alors vas-tu y aller ?

— Tu es drôlement pressée de me voir disparaître avec un sombre personnage, n'est-ce pas ? m'exclamai-je en lui lançant ma serviette.

— Eh, ce n'est pas moi qui ai exposé cette théorie la première, Darcy ! Et, de plus, ajouta-t-elle en souriant, l'animateur de danse était en train de casser une carapace de homard devant une cinquantaine de témoins au moment où le vol a été commis.

Elle leva les bras dans les airs et entama un pas de danse.

— Et j'étais là, moi aussi, n'est-ce pas formidable ? Oui ! Merci, madame Kravitz. Je vais peut-être pouvoir remettre ma casquette de marin.

Je baissai les yeux vers la carte. Marie avait raison au sujet de Luke et du vol. Mais cela écartait-il vraiment les soupçons ?

— Et que vas-tu faire si j'accepte de souper avec lui ?

— Que vais-je faire ? s'écria Marie en consultant sa montre.

— Nous avons l'habitude de souper ensemble. Je ne me sentirais pas bien si je t'abandonnais.

— Pour tout te dire, j'allais t'abandonner aujourd'hui, répondit-elle en haussant les épaules. Il y a cette partie de poker, tu sais. Howie, l'infirmier de nuit, m'a demandé de l'accompagner.

Il va essayer de récupérer une partie de ses pertes — je te jure qu'il prendrait des paris sur les lectures de thermomètre s'il pouvait trouver quelqu'un pour gager. Mais la vraie raison pour laquelle j'ai décidé de sauter le souper ce soir, c'est parce qu'il y a toutes sortes de choses au menu, comme des ailes de poulet cuites au barbecue, du fromage frit et des piments farcis, grommela-t-elle. Tu sais, de la vraie nourriture.

— Attends. Cette partie de poker a bien lieu au Havana Club, le salon de cigares, n'est-ce pas ?

Marie tapota le cadran de sa montre.

— Tu ferais mieux de te dépêcher, princesse. Nous ne voulons pas avoir l'air d'avoir été récupérées par des dauphins, n'est-ce pas ?

* * *

Le Starlight Bistro était situé sur le pont Promenade. C'était un des trois restaurants de spécialités auxquels il fallait réserver en raison du nombre de couverts limité. Il était situé à l'arrière du paquebot et se vantait d'avoir un immense plafond de verre en forme de dôme comme celui d'un observatoire astronomique, qui pouvait s'ouvrir quand le bateau naviguait dans des eaux chaudes. À la différence de la salle à manger traditionnelle, l'ambiance était intime et les tables étaient décorées de rameaux de saule blanc sur lesquels étaient fixés des coquillages et des petites lampes en forme d'étoiles. La lune brillait à travers les parois de verre, et la pièce baignait dans la lumière des bougies. Des accords de musique, *Les quatre saisons* de Vivaldi, flottaient dans l'air. Oui, c'était le décor parfait pour un gigolo.

Je jetai un coup d'œil à ma montre — *trop tôt* — et pénétrai dans les toilettes des dames situées près de l'entrée du bistro. Qu'étais-je en train de faire ? J'observai mon reflet dans le grand miroir entouré d'étoiles de mer brillantes. Allais-je me ridiculiser une fois de plus ?

J'étalai de la poudre sur l'ecchymose de ma joue pour la masquer et mis du rouge à lèvres. Ma robe bustier comprimait ma poitrine et sa couleur turquoise faisait paraître mes yeux plus turquoise que verts dans cette lumière. Je baissai les paupières ; il y avait juste assez d'ombre brillante. Sam aurait dit « par-r-fait ». Mais Sam était un menteur. Demandez donc à sa femme.

Je levai la main et laissai mes doigts courir sur ma joue avant de rejeter une mèche de cheveux par-dessus mes épaules. Son visage contre le mien quand nous dansions. Et ses doigts, là, au creux de ma taille… Mais que m'arrivait-il ? Je relevai le menton et serrai les lèvres. J'étais immunisée contre les boniments d'un beau parleur comme Luke Skyler. Une expérience de mort imminente sur une falaise ne pouvait rien y changer. Et il me restait tant de questions à lui poser au sujet de son implication auprès des femmes âgées. J'étais prête.

La porte s'ouvrit derrière moi, et deux femmes plus âgées pénétrèrent dans les toilettes et s'arrêtèrent pour me regarder.

— Oh, regarde, Gracie ! Elle s'est faite belle pour l'animateur de danse. N'est-ce pas mignon ?

L'une d'elles s'approcha de moi et tirailla mon bustier de ses doigts crochus comme des pattes d'oiseaux. Et alors ? Pour l'amour du Ciel, de quel droit les aînés se permettaient-ils de toucher les gens ainsi ?

— Vous pouvez y aller, ma chère, roucoula-t-elle. Il vous attend. À la table.

Je réprimai à grand-peine un grognement, rangeai mon poudrier dans mon sac et me dirigeai vers la porte. Impossible d'avoir un peu d'intimité.

— As-tu vu cela, Gracie ? demanda la femme en ouvrant la porte d'une toilette. Les *miens* se tenaient aussi bien que cela avant, de vrais appâts, je te le jure. Maintenant, ils sont plats comme des galettes.

*   *   *

Luke se leva en voyant le maître d'hôtel me conduire à notre table. Je sentis les battements de mon cœur s'accélérer et résistai à l'envie soudaine de m'enfuir. Fallait-il vraiment qu'il ait cette allure-là ?

Il était là, avec l'air un peu idiot d'un héros romantique, avec ses larges épaules, une veste pied-de-poule, la lumière des bougies jouant sur son visage et une expression véritablement admirative. Le tableau qu'il formait faisait penser au prince charmant des contes de fées que ma grand-mère m'avait lus des milliers de fois.

Parfait. J'étais préprogrammée pour une relation suicidaire.

— Vous êtes magnifique, Darcy, me dit Luke dès que je fus assise, et je suis très heureux que vous soyez venue.

Il sourit et secoua la tête.

— Je n'étais pas très sûr que vous accepteriez mon invitation.

Je pris une profonde inspiration et lui rendis son sourire. Je n'avais aucune raison d'être nerveuse. Ce n'était pas comme si je pouvais éviter tous les hommes. Lancer une breloque italienne dans l'océan — d'accord, essayer — n'agissait pas comme une formule magique qui les ferait tous disparaître de la surface de la Terre. J'étais guérie ; j'étais plus sage. Et après tout, peut-être voulais-je tout simplement en savoir plus sur cet homme ? C'était possible.

— C'est avec grand plaisir que je suis ici, et je tiens à vous remercier pour vos fleurs. Elles sont magnifiques.

— C'est pour m'excuser, répondit-il avec son accent traînant. Je crois que nos relations ont démarré sur un mauvais pied.

— Quelle diplomatie ! Je suppose que vous pensez à la façon dont je vous ai écrasé le pied et dont je me suis débattue comme un chat sauvage chaque fois que vous étiez à portée de main, dis-je en éclatant de rire.

— Et je suis prêt à parier que vous battiez vos frères au bras de fer.

Je ris de nouveau en pensant à eux, Will et Chance Cavanaugh.

— À chaque fois. Mais attendez. Comment savez-vous que j'ai des frères ?

— Simple question de chance. Mais une femme se doit d'être… sur ses gardes de nos jours, non ?

Le sommelier arriva et nous présenta une bouteille de pinot noir. Luke le goûta, approuva d'un signe de tête et attendit que le vin soit versé dans les verres avant de reprendre :

— Elle doit veiller à ce que l'on n'abuse pas d'elle. Et pas seulement les hommes, mais tout le monde. Mon père aurait dit : « Nous vivons des temps difficiles. »

Je bus une gorgée de vin et gardai le silence pendant un moment. *Une femme devait veiller à ce que l'on n'abuse pas d'elle* ? Où voulait-il en venir ? Jouait-il encore avec moi ? Je l'observai lever son verre. La lumière des chandelles étincelait sur son visage. Indéchiffrable.

— Vous pensez à cette femme, madame Kravitz, celle qui a été dévalisée ? dis-je en levant les sourcils. Au fait, comment avez-vous fait pour que le chauffeur vous laisse descendre de l'autocar avant tout le monde ?

J'observai sa pomme d'Adam monter et descendre avant que ses lèvres dessinent un sourire.

— Alors, je vous ai manqué ? J'en suis flatté.

— Pas vraiment. Comment avez-vous fait ?

— Me croiriez-vous si je vous disais que j'avais une leçon de danse à donner ? Une urgence de cha-cha-cha ?

— Non.

Avec un sourire, il tint son verre par le pied et fit tournoyer le liquide rouge foncé.

— Oh, mais il le faut ! Tout comme je dois croire que votre métier est de vendre des pansements pour les oignons.

Il regarda au loin tandis que le serveur arrivait pour prendre notre commande.

Avant l'arrivée du dessert, nous nous étions trouvé un nombre étonnant de points communs, y compris un goût pour la musique, du classique au bluegrass, une faiblesse secrète pour les sandwichs bien garnis, et le fait que nos grands-mères nous aient donné des fessées avec des cuillers en bois.

— Je le jure sur la tête de Dieu !

Je ris en le regardant presser sa fourchette sur les dernières miettes de noix de pécan grillées. Il avait de grandes mains.

— Grand-mère Rosaleen devait être la « tapette » la plus rapide de l'Ouest. Avez-vous déjà été frappé avec une cuiller encore… enduite de quelque chose ?

Je fis la grimace rien que d'y penser.

— De la pâte à beignets, dit Luke, en scandant chaque syllabe. Et avec des grumeaux ! Cela faisait vraiment mal !

J'observai son regard pendant que le serveur remplissait nos tasses de café et déposait le pot à sucre et le pot à crème en argent sur la table. Une sensation de chaleur envahit ma poitrine, et je pris une profonde inspiration pour tenter de la faire disparaître. *Sois prudente, Darcy.* Que se passait-il avec cet homme ? Comment pouvait-il être si… Quoi ? Vrai ? Bon, d'accord, vrai et *chaleureux*, vraiment. Abordable. Et voilà que tout d'un coup il devenait muet comme une carpe. Non, c'était plus que cela. C'était comme s'il faisait marche arrière et s'échappait. Comme s'il faisait le tour de sa proie en reniflant comme un prédateur. Qu'est-ce qu'il manigançait ?

Il soupira doucement et se pencha vers moi, augmentant encore ma confusion.

— J'aimerais encore danser avec vous, Darcy.

Le piano-bar adjacent avait un petit plancher de danse, des palmiers en pot et un décor de style marocain avec des ventilateurs suspendus au plafond qui tournaient lentement. Sans cesser de jouer, un pianiste en smoking nous accueillit avec un grand sourire et un signe de la tête au son d'une chanson très connue de Sinatra. Moins d'une douzaine de personnes étaient éparpillées dans la salle, et un seul couple dansait.

— Maigre butin pour un animateur de danse.

Le sourire de Luke s'évanouit devant cette remarque, et je m'en voulus aussitôt d'avoir prononcé ces paroles. Non, pas une remarque, plutôt un coup bas. *Arrête de jouer au bras de fer, Darcy.*

— Je suis désolée, c'était une plaisanterie.

Il patienta pendant que je me débarrassais de mon étole et de ma pochette de soirée, puis me prit la main et me conduisit sur la piste de danse. Il avait juste la bonne taille pour que nous puissions danser confortablement. Mon menton était légèrement sous son épaule sans qu'il ait besoin de se baisser ou sans que j'aie besoin de me mettre sur la pointe des pieds. Si ce n'était de mon état d'esprit cynique, j'aurais dit que nous formions un couple parfait.

Je sentis sa main descendre jusqu'à ma taille pour me serrer contre lui, et nous nous mîmes à bouger au rythme de la musique. Sa veste en laine était douce sous mes doigts, et j'étais suffisamment près pour sentir ses cuisses bouger contre les miennes pendant que nous évoluions sur la piste. Sa joue était posée contre la mienne, et je sentais le parfum d'amidon de sa chemise mêlé à un soupçon d'eau de Cologne.

— Je ne le suis pas, murmura-t-il à mon oreille.

— Pas quoi ?

J'ouvris les yeux, n'ayant pas eu conscience jusqu'à cet instant de les avoir fermés.

— Je ne suis pas animateur de danse.

Je me penchai légèrement en arrière. Que venait-il de dire ? Grand Dieu, passait-il aux aveux ? Je le savais bien.

— Pas ce soir.

Il baissa la tête en souriant, et ses yeux incroyablement bleus se plissèrent.

— Ce soir, je suis un membre de la confrérie des survivants de la cuiller en bois.

Il m'attira vers lui en pressant ses doigts chauds contre mon dos et chuchota à mon oreille :

— Et celui qui a le privilège d'avoir la belle Darcy Cavanaugh dans ses bras.

Le pianiste savait parfaitement bien jauger son public. Il enchaîna les chansons romantiques les unes après les autres jusqu'à ce que je ne sache plus depuis combien de temps j'étais dans les bras de Luke. Je savais seulement que ma tête était trop lourde pour quitter le doux refuge de son épaule et que mes bras s'étaient enroulés autour de son cou jusqu'à ce que je puisse sentir la douce caresse de ses cheveux sur ma main. Les mouvements du bateau firent légèrement chanceler la piste de danse, et je pus sentir la vibration des cordes du piano lorsque nous passâmes à sa hauteur.

D'une certaine façon, les pulsations de mon cœur s'accordaient à celles du piano, et les deux rythmes se fondaient jusqu'à ne plus faire qu'un. Les lèvres de Luke se posèrent sur mon cou.

— Nous devons être suffisamment loin de la côte maintenant pour avoir une vue magnifique sur Halifax, murmura-t-il. Voulez-vous sortir admirer le paysage ?

Le pont arrière était sombre et presque désert, même si des bruits de voix provenant du pont des Sports, situé au-dessus, et du pont Lido, situé en dessous, nous parvenaient. Quelques chaises longues étaient libres, et des appareils de chauffage à infrarouge étaient disposés près du bastingage. Des haut-parleurs diffusaient la musique du piano-bar. Vue d'ici, la ville d'Halifax scintillait de mille feux, comme — *merci, grand-mère* — le royaume de Cendrillon. Cette pensée me fit sourire.

Luke m'aida à m'envelopper de mon étole ornée de perles, ses mains s'attardant sur mes épaules. Près de nous, les appareils de chauffage rougeoyaient.

— Alors, dit-il d'une voix douce, la prochaine escale est la ville de Québec. Y êtes-vous déjà allée ?

— Jamais, répondis-je d'une voix rauque qui me surprit.

— C'est une belle ville, poursuivit-il en me souriant. Très pittoresque, très française. Vieux candélabres, boulangeries, calèches tirées par des chevaux et patinoire dans le parc.

Il se pencha pour retenir mon étole qui glissait et la replaça tendrement sur mes épaules.

— J'aimerais vous la faire visiter.

J'entendais les notes de musique s'égrener au-dessus de nous, le ronronnement du moteur du bateau et des rires étouffés provenant des ponts supérieurs. Une ambiance romantique. Une image digne d'être mise en bouteille. Je repensai à la sensation des bras de Luke m'enlaçant sur la piste de danse et me dis qu'après tout j'étais venue pour me relaxer, oublier et prendre un nouveau départ. Qui aurait pu nier qu'une plaisante distraction comme Luke Skyler n'était pas exactement ce dont j'avais besoin ? À condition d'être prudente, bien entendu. Je levai les yeux et remarquai une lueur d'amusement sur son visage.

— Pourquoi me regardez-vous ainsi ? demandai-je en souriant.

Luke chercha ma main, s'en saisit délicatement et glissa son pouce le long de la paume. Son visage était éclairé par la lumière de la lune, et il esquissa un sourire.

— Je pensais qu'il était bien agréable d'être si près de vous sans avoir à me méfier de vos pieds ou de vos dents ou…

J'ouvris la bouche pour parler quand Luke posa un doigt sur mes lèvres pour me faire taire.

— Chut… attendez. J'étais sur le point de dire que cela me redonnait un peu d'espoir.

Il sourit et écarta une mèche de cheveux de mon visage, en laissant ses doigts caresser ma joue.

— Espoir ?

Je sentais des picotements courir sur ma peau et mon pouls battre dans ma gorge. Je ne connaissais que trop bien ces signes. J'étais condamnée.

— Pour ceci, ajouta Luke en se penchant vers moi et en pressant légèrement ses lèvres à la commissure de ma bouche.

Puis, il s'écarta un peu pour me regarder dans les yeux en haussant les sourcils.

Avant que je ne puisse réagir, on entendit de grands hurlements provenant des étages supérieurs, et le côté du bateau fut soudain éclairé comme en plein jour par la lumière blanche de puissants projecteurs. Le système de sonorisation du paquebot commença à diffuser une série de signaux, courts, puis longs.

Que se passait-il ?

Luke se détacha de moi en regardant dans la direction éclairée par les projecteurs.

— Allez à l'intérieur, Darcy. *Tout de suite*, m'ordonna-t-il d'un ton brusque.

— Mais…

Mon cœur battait à tout rompre dans ma poitrine. Les ponts supérieurs résonnaient de bruits de pas. La porte située derrière nous s'ouvrit, et des douzaines de passagers se précipitèrent en se bousculant pour regarder au-dessus du bastingage. Je vis Luke tourner la tête dans tous les sens, les yeux plissés, les mâchoires serrées, d'un air agité. Désespéré ?

Je fus emportée par la foule et le perdis de vue. Je dus combattre pour conserver mon équilibre jusqu'à ce que mon corps finisse par être comprimé contre la rampe extérieure. Je plissai les yeux et levai la tête jusqu'à ce que je puisse voir dans quelle direction ils regardaient tous.

Le corps d'un homme sans vie était suspendu dans le vide depuis la rampe du bastingage supérieur. Une corde entourait son cou, son visage était gris-bleu dans la lumière des projecteurs et ses yeux étaient révulsés. Ses bras et ses jambes se balançaient le long de la coque du navire, comme un pantin.

— C'est ce petit garçon de cabine, murmura une femme à côté de moi. Vous savez, celui du pont D, Virgilio.

Le navire tangua sous nos pieds, et mon estomac se révulsa. La tête me tournait. Comment était-ce possible ? *Oh, mon Dieu, Virgilio !* Je m'accrochai au bastingage et scrutai la foule de passagers. Où…? Luke était parti.

NEUF

— **B**ON, RIEN DE TEL QU'UN HÉLICOPTÈRE ATTERRISSANT SUR le toit à minuit pour vous ouvrir l'appétit, s'écria Marie en s'asseyant et en me tendant une saucisse.

— Non merci, grimaçai-je, je suis encore toute barbouillée à cause de tous ces évènements. Tu ne l'as pas vu se *balancer*. Son visage…

— Non, mais j'ai déjà vu beaucoup de visages dans cet état lorsque j'étais au service des urgences. Et toi aussi. Ça fait partie du métier.

— Et alors, cela explique mon point de vue. Pourquoi je suis lassée de ce travail, pourquoi vendre du matériel orthopédique me semble préférable à être infirmière dans un service d'urgence, rétorquai-je en plantant ma paille dans mon jus de raisin.

— Ils ne meurent pas tous, Darcy. Tu n'étais pas responsable de cette vieille femme qui se mourait. Personne n'aurait pu savoir ce qui allait se passer. Nous en avons vu bien d'autres, murmura Marie en me jetant un regard insistant.

— J'étais responsable de la salle et je n'ai pas pu lui trouver un lit. Cette patiente — elle avait un nom, elle s'appelait *Anna Lozano* — est morte seule dans le corridor parce que personne n'y a prêté attention avant qu'il ne soit trop tard, insistai-je en soupirant. *N'essaie pas* de me faire croire que tout va bien.

— Hé, écoute. Son état était stable lorsqu'elle est arrivée, non ? Et tu sais très bien qu'il n'y avait pas d'infirmières disponibles pour rester auprès d'elle. Qui allais-tu faire sortir pour lui faire une place, l'enfant de deux ans avec les convulsions ? L'homme sous respirateur ? Que leur serait-il arrivé si tu n'avais pas été là pour t'en occuper ? Arrête de t'en faire, Darcy. Tout le monde sait que tu es la première à te soucier des cas désespérés et la dernière à abandonner. Tu es la meilleure infirmière en chef que nous ayons eue. De plus, elle avait bien précisé qu'elle ne voulait pas être réanimée. Tu serais donc allée à l'encontre de ses souhaits.

Je mordis ma lèvre inférieure et pris une profonde inspiration en tressaillant devant cette logique. J'avais revécu ce moment un millier de fois. Vouloir « mourir en toute dignité » ne signifie pas mourir seule. Et je ne pouvais pas oublier cette tragédie.

La vue de la rubrique nécrologique du journal m'avait atteinte comme un coup de poing dans l'estomac. J'avais roulé la feuille en boule et l'avais jetée au loin sans la lire, craignant, de façon irrationnelle, que mon nom n'apparaisse à la mention *Cause du décès*. Dans la soirée, j'avais retiré la feuille de la poubelle et, après avoir éliminé le marc de café qui s'était déposé dessus, j'avais glissé un doigt fébrile le long des colonnes. J'avais retenu mon souffle quand j'avais lu ce qui était écrit au sujet d'Anna Marie Lozano, enseignante à la retraite, pianiste et jardinière émérite. « Plus de trois cents tulipes dans son jardin. Bien-aimée grand-mère. » Enfin, le mardi, j'avais mis des vêtements noirs et des lunettes de soleil et m'étais rendue dans la petite église de San José. C'était la première fois que j'assistais aux funérailles d'un de mes patients. Le chapelet dans les mains, j'étais restée au fond de l'église, près d'une corbeille en osier garnie de tulipes en soie, indifférente à ce qui m'entourait, en fredonnant, encore et encore, la berceuse irlandaise que ma grand-mère avait chantée à sa patiente mourant du cancer.

— Elle est morte seule, et ce n'est pas correct. Ce n'est pas pour cela que je me suis engagée dans cette carrière. Je ne peux pas l'accepter.

Marie garda le silence pendant un instant, puis posa sa main sur mon avant-bras. Elle hocha lentement la tête, puis saisit la saucisse et la glissa entre ses lèvres comme un petit cigare.

— Hé, je t'ai donné les résultats de la partie de poker, mais tu ne m'as pas parlé de ta performance au souper hier soir.

Je sentis une chaleur envahir mon visage. Mon manque de sommeil était dû en partie seulement au pauvre Virgilio. En réalité, je n'avais cessé de penser à Luke. Bien sûr, j'avais passé en revue la façon dont nous avions ri durant le souper, le plaisir que j'avais ressenti à être dans ses bras sur la piste de danse et sa tentative surprenante pour m'embrasser. Attendait-il que je lui en donne la permission ? Mais ce qui m'avait tenue éveillée avait été d'analyser ma propre réaction. Si cet épouvantable accident n'était pas survenu, que se serait-il passé ?

J'évitai le regard inquisiteur de Marie en sentant mon pouls s'accélérer. Où était-il allé la nuit dernière ? Et où était-il ce matin ? Il avait paru si sincère et s'était conduit comme un vrai gentleman, attentif et presque protecteur. Et, subitement, il avait disparu ? L'avais-je mal jugé ?

— Alors ?

— Le jury est encore en délibération, répondis-je, prête à changer de sujet. Mais en ce qui concerne Virgilio, je me demande s'il s'agit d'un suicide. T'avait-il semblé dépressif ?

— Non, je ne dirais pas ça, à moins que faire de l'origami avec des sous-vêtements soit un symptôme de dépression. Mais j'ai entendu dire des choses sur lui pendant que je faisais la file pour le petit-déjeuner.

— Quoi donc ?

Je parcourus la salle des yeux. Toujours pas de Luke.

— J'ai entendu Edie Greenbaum parler avec quelques femmes du groupe de yoga. Elles disaient que Virgilio avait des problèmes de couple, qu'il avait découvert que sa femme le trompait quand il était en mer.

— Ouch ! A-t-il laissé une note ou autre chose ?

— Je n'en sais rien. Il a peut-être juste laissé un pliage fait dans un bas-culotte.

— Juste Ciel ! Veux-tu que je demande un boulot pour toi au docteur Foote ? Tu es plutôt dure !

— D'accord, mais j'en ai entendu de toutes les couleurs avec ces femmes ; la Princesse du Bal a même comparé les symptômes de son attaque avec ceux de deux autres patients. Vraiment intéressant.

— Qu'ont-elles dit d'autre ?

— Elles parlaient de coupons gratuits du spa Sirène. Les enveloppements aux herbes sont *fab-uu-leux*, ma chérie, les masques au concombre et tous ces délicieux mimosas, répondit-elle en plissant les lèvres et en adoptant une voix nasillarde pour les imiter.

— Et ?

Je tapotai mon verre du bout des doigts en scrutant une fois de plus la salle à manger. Où pouvait-il être ?

— Et, poursuivit Marie, elles disaient qu'elles étaient réticentes en ce qui concerne les piqûres de vitamines, mais qu'elles avaient décidé de les faire et qu'elles se demandaient maintenant si cela, en plus du champagne mimosa, de la vapeur et tout le reste, les avait trop détendues. Que peut-être tout cela mis ensemble leur avait déclenché une miniattaque.

— Les piqûres de vitamines ?

— C'est ce qu'elles ont dit.

— Les employés du spa sont autorisées à faire des piqûres ?

— Pas à ma connaissance. L'acupuncture, d'accord, car ils ont une spécialiste. C'est peut-être ce à quoi elle faisait allusion. Mais n'est-ce pas ton prétendant ?

Je levai la tête en priant le ciel pour que Marie ne se soit pas aperçue que ma respiration s'était accélérée. C'était bien Luke, mais pourquoi avait-il cet air-là ?

Il posa son plateau devant le distributeur à café et remplit une des deux grandes tasses. Il portait la même chemise bleue et le même pantalon que la veille, sans la cravate et la veste, et ses cheveux étaient aussi froissés que ses vêtements. Il n'était pas rasé, et son visage affichait un air sombre. Il se frotta les yeux et étouffa un bâillement.

— On dirait qu'il a dormi dans un canot de sauvetage, murmura Marie. Ou peut-être que l'hélicoptère l'a tenu réveillé, lui aussi. L'as-tu entendu atterrir de nouveau vers quatre heures du matin ? On aurait dit que la troupe du *RiverDance* dansait sur le toit. Il devait transporter le corps du pauvre Virgilio, mais pourquoi est-il revenu ?

— Hein ? Ah oui, je ne le sais pas non plus.

Je baissai les yeux pour que Luke ne s'aperçoive pas que je l'observais. Il venait vers nous. Qu'allais-je lui dire ?

Je n'eus pas à m'inquiéter davantage. Il fit un signe de tête d'un air absent dans notre direction et apporta le plateau à l'extérieur de la pièce sans un regard en arrière. Je sentis mon visage s'empourprer.

— Tu en es restée bouche bée. Ce type n'est pas très loquace. Le Clint Eastwood des animateurs de danse.

Je chiffonnai ma serviette en papier et la glissai dans mon verre vide. Que se passait-il ? Il n'était même pas venu me saluer. Je me sentais comme une idiote. Non, j'étais une idiote. Je continuais dans la même lignée. J'émis un grondement entre mes dents serrées.

— Je suis bien d'accord, fit Marie. Alors, que se passe-t-il avec lui ?

Je plongeai ma tête entre les mains pendant un court instant et essayai de sourire.

— Toujours la même histoire. Il a probablement une femme et quatre enfants cachés quelque part sur le pont inférieur. J'ai besoin d'aller m'entraîner. Veux-tu m'accompagner ?

Nous croisâmes les Greenbaum dans le corridor. Edie portait son justaucorps à rayures zébrées et des chaussures de sport, et Bernie s'inclina et me lança un sourire enjôleur, qui fit briller sa dent en or.

— Relève la tête, Cavanaugh. Pourquoi voudrais-tu Eastwood alors que tu as Elvis ?

Il y avait foule au gymnase, et je dus attendre qu'un tapis roulant se libère tandis que Marie s'installait sur un simulateur d'escalier. Je roulai des yeux à la vue d'une femme qui, tout en marchant sur un tapis roulant, dévorait une viennoiserie. Elle tourna la tête, et je pus me rendre compte qu'il s'agissait de la Reine des Abeilles, dont l'écharpe à pois qui soutenait son bras était assortie à son short. Elle me regarda avec un sourire chaleureux et retira ses écouteurs.

— Vous pouvez prendre celui-là, ma chère. Edie a insisté pour que j'essaie cet appareil, mais ce n'est vraiment pas mon divertissement préféré.

— Non, vraiment, je peux attendre, répondis-je en réalisant pour la première fois que son sourire ressemblait à celui de ma grand-mère. Je vois bien que vous venez à peine de commencer.

— Je sais, et Edie a été très gentille de me montrer comment m'en servir et de faire tous les réglages, mais en réalité je préfèrerais aller faire un tour dans les boutiques. Voilà, j'appuie sur le bouton d'arrêt.

Je remerciai la Reine des Abeilles et branchai mon casque d'écoute dans la prise radio du tapis roulant. J'avais finalement pensé à l'apporter bien qu'il semble que cet appareil ne propose qu'une station. De la musique des années quarante, on aurait dit. Pas vraiment ce que je préférais, mais mieux que rien. Ce dont j'avais besoin était de ne plus penser à rien et de courir. Transpirer et laisser mon cœur s'emballer. *Sans* l'aide de Luke Skyler. Que je sois maudite si je perdais encore du temps à penser à son comportement quelque peu schizophrène !

Je courus environ deux kilomètres en seize minutes — bonne cadence — et notai que mon pouls restait stable à cent trente. Très bien. La musique n'était pas mauvaise non plus ; les vieilles chansons, avec beaucoup de cuivres, avaient juste le bon tempo. Mais que se passait-il ?

Mes écouteurs se mirent à crachoter, et la musique s'arrêta. Ouch ! Le volume était trop fort. Je soulevai les écouteurs et regardai autour de moi pour voir si quelqu'un d'autre avait le même problème. Ce ne semblait pas être le cas. Les crachotements cessèrent pour laisser place à une voix de femme.

« Ma chère, dit une voix sirupeuse qui me sembla vaguement familière, c'est votre jour de chance. Vous êtes sur le point d'être chouchoutée comme une vedette de cinéma. » Un rire de gorge se fit entendre et je reconnus la voix. C'était celle du sosie d'Elizabeth Taylor, comme dans la publicité. Qu'était-ce ?

« Vous avez gagné une séance gratuite au spa Sirène. Massage, enveloppement aux herbes et mimosa à volonté, ma chère. Une enveloppe contenant un coupon et tous les détails sera livrée à votre cabine aujourd'hui même. Toutes nos félicitations, madame Thurston. »

La musique reprit, et je hochai la tête. Madame Thurston ? De quoi s'agissait-il ? Je balayai le gymnase du regard. Tout semblait normal : des personnes marchaient sur les tapis roulants, et Marie était sur le simulateur d'escalier. La chaîne de télévision du bateau diffusait une publicité sur le spa ; peut-être qu'elle s'était court-circuitée avec ma station de radio. Ce devait être cela.

Je remis le casque sur mes oreilles et m'exerçai encore pendant quelques minutes, les yeux fermés. Lorsque je les rouvris, Luke se tenait devant moi. Il sourit en désignant les écouteurs. Je laissai le casque tomber autour de mon cou et agrippai les poignées.

Le capteur afficha la vitesse de mon pouls, en chiffres rouges pour plus d'humiliation. Cent cinquante. Je ralentis le rythme de la machine au niveau de la marche.

— Désolé, dit-il, je ne voulais pas vous forcer à arrêter.

Il s'était changé et, fraîchement rasé, il portait maintenant sa tenue d'entraînement, un pantalon à taille basse fermé par un cordon et une veste de kimono. Il parlait d'une voix calme qui faisait ressortir son léger accent traînant. Il passa la main dans ses cheveux encore mouillés après la douche et me sourit de nouveau.

J'essayai d'ignorer la bonne odeur de propreté qui émanait de lui et le fait que — *oh, mon Dieu !* — la veste de son kimono était entrouverte sur sa poitrine. Non, il ne me plaît pas, il ne me plaît pas...

Je retirai précipitamment mes mains du capteur avant qu'il ne se mette à sonner et attire l'attention de tous les stupides usagers du gymnase.

— Ce n'est pas grave, dis-je en essayant de garder un ton désinvolte et distant. J'avais... terminé... de toute façon.

Respire, Darcy.

— C'est juste que je... commença-t-il avant de marquer une pause pour me regarder me tapoter le visage avec ma serviette. Vous êtes si jolie. Bref, je voulais m'excuser d'être parti si vite la nuit dernière.

Je descendis du tapis roulant. Je ne tenais pas à écouter ses explications ou ses excuses ou quoi que ce soit qu'il eût à me dire. Je n'aimais pas l'effet qu'il me faisait. Ce ne pouvait pas être bon. C'était le genre de chose qui conduisait à jeter un objet du haut d'un promontoire avec un phare.

— Pas de problème.

Je commençai à m'éloigner, mais il me retint par le bras. Je baissai les yeux vers sa main et les levai vers lui. Il laissa retomber sa main.

— Désolé. Je ne voulais pas que vous pensiez que je vous avais abandonnée.

Je le regardai droit dans les yeux et levai le menton d'un air arrogant. J'allais lui clouer le bec et m'en aller d'ici.

— Je ne vois pas ce que vous voulez dire, répondis-je en plissant les yeux. Je suis une femme prudente et sur ses gardes, vous vous souvenez ?

Puis, avec un sourire dédaigneux, j'ajoutai :

— C'est à peine si je me suis rendu compte que vous étiez parti.

Je jetai négligemment ma serviette sur mon épaule, puis lui tournai le dos et m'éloignai. Je savais qu'il me regardait. Zut, le gymnase au grand complet nous observait. Je pouvais sentir son regard sur moi, mais je n'en avais cure. J'avais eu cette sorte de révélation en courant sur le tapis roulant. J'avais entrevu la vérité, au rythme de la musique préférée de ma grand-mère. Je n'étais responsable d'aucune de ces personnes : les veuves âgées et leurs bijoux, le pauvre Virgilio, l'humiliation constante de Bernie Greenbaum sur la scène, et *surtout* je n'étais pas responsable d'analyser le comportement erratique de Luke Skyler. Chaud-froid, menaçant, séduisant, peu importe. Je n'en étais pas responsable. Une personne ne peut espérer faire une grande différence, et c'était aussi vrai dans ma carrière. N'était-ce pas ce dont j'essayais de me convaincre ? Si je l'avais cru auparavant, je me trompais moi-même. Je m'approchai du sac de boxe et prit une paire de gants.

— Finalement, c'est la raison pour laquelle les infirmières finissent par souffrir d'épuisement professionnel, ne le vois-tu pas ? m'écriai-je trente minutes plus tard, couverte de sueur, en donnant un dernier coup dans le sac.

Marie attrapa mes poignets et les serra entre ses mains.

— De quoi parles-tu ? dit-elle en me tendant une serviette. Tiens, essuie-toi. Ta queue de cheval est trempée.

— Nous avons trop de responsabilités, nous sommes trop confiantes, nous voulons trop arranger les choses…

d'une façon presque compulsive, éclatai-je en prenant la serviette, ce qui nous rend vulnérables à…

Je jetai un rapide coup d'œil vers les bancs d'entraînement. *Enfin parti.*

— Aux animateurs de danse ? dit Marie en haussant les sourcils.

— Quoi ?

— Tu as dit qu'en tant qu'infirmières, nous étions vulnérables à…?

Je lançai la serviette vers Marie d'un air menaçant.

— Grand Dieu, d'où te viennent ces idées folles ? Est-ce que j'ai l'air vulnérable ? Et fais bien attention, je peux montrer les dents, aussi. Nous sommes invincibles. Retournons à notre cabine et mettons les gueules-de-loup à la poubelle. Je pense que j'y suis allergique.

Nous arrivâmes à notre cabine juste au moment où les Népalais de l'équipe de sécurité en costume noir en sortaient.

DIX

— ALORS, VOUS VENDEZ DES CHAUSSURES AUX PERSONNES âgées ? Est-ce exact, mademoiselle Cavanaugh ?

Je lançai un regard incrédule vers Marie, qui était interrogée à l'autre bout de la petite cabine. Bon sang, c'était un véritable interrogatoire. *Juste une vérification de routine*, mon œil. Ces types avaient des matraques et des pistolets. Qu'est-ce que tout cela signifiait ?

— Mademoiselle Cavanaugh ?

L'agent de sécurité — *Gombu*, pouvait-on lire sur son badge — tapota son crayon sur son carnet et s'éclaircit la voix.

— Des chaussures ? Non, je ne vends pas de chaussures. Je suis infirmière.

— Vous n'êtes pas représentante en matériel orthopédique ? poursuivit-il en effaçant certains passages inscrits sur son carnet.

— Je vous ai dit...

Tout ceci frôlait le ridicule. Où diable avait-il eu... ? Mon estomac se contracta, et j'eus la chair de poule.

Je croisai les bras et plissai les yeux.

— Je crois que je ne devrais pas en dire plus sans la présence de mon avocat.

Même si je n'en avais pas. *Merde !* Je sentis ma gorge se nouer et ma bouche se dessécher.

Le visage de Gombu se contracta dans ce qui, à son avis, pourrait passer pour un sourire.

— Ce ne sera pas nécessaire. Comme nous vous l'avons déjà dit, il ne s'agit que d'une vérification de routine.

— Marie ! m'exclamai-je en m'agitant et en forçant ma voix comme si je manquais d'oxygène à Katmandou. Nous ne répondrons plus à aucune question sans l'assistance d'un conseiller, d'accord ?

Les dernières bottes de combat quittèrent la pièce. Marie ferma la porte derrière elles et me regarda m'écrouler sur mon lit en grommelant.

— Que diable se passe-t-il, Marie ?

— Juste un moment, je réfléchis.

— Je ne peux pas réfléchir. Mon cerveau va éclater. Cette vérification de routine n'en était pas une, n'est-ce pas ?

— Je ne le pense pas. Du moins, je n'en avais jamais eu auparavant, répondit Marie en glissant ses doigts dans ses cheveux.

Je me levai et me dirigeai vers le vase de fleurs. Je touchai une feuille du bout des doigts et m'aperçus que ma main tremblait. Je me retournai vers Marie.

— Quel genre de questions t'ont-ils posées ?

— Des questions de routine pour commencer : confirmer mon adresse, etc. Puis, des questions bizarres, comme est-ce que j'aime le baseball et est-ce que j'ai déjà utilisé les cages d'entraînement sur le pont des Sports.

Je pris un bouton de gueule-de-loup entre mes doigts et le regardai s'ouvrir.

— Ils m'ont demandé si j'étais représentante en matériel orthopédique.

— Tu as *dit* cela aux gens ?

— Non. Je ne l'ai dit qu'à une seule personne. Luke Skyler.

— Mais pourquoi aurait-il répété cela aux Hommes en Noir ? s'étonna Marie en s'asseyant sur son lit après avoir poussé une pile de bas pour faire de la place.

— Peut-être parce qu'il a été interrogé et que nous avons été vus ensemble la nuit dernière ? Je ne sais pas. Je crois que nous devons commencer par découvrir sur quoi ils enquêtent exactement.

— Je pense qu'il s'agit des vols, dit Marie. Tu sais, la Princesse du Bal et les autres.

— Et pas le vol de la femme qui a eu une attaque cardiaque ?

— Pourquoi le feraient-ils ? Nous n'étions même pas à bord.

— Mais sa cabine n'était pas très loin de la nôtre.

Le coup frappé à la porte nous fit sursauter. C'était le nouveau garçon de cabine, le remplaçant de Virgilio, qui nous apportait deux énormes boîtes en carton.

— Vos costumes pour la fête de ce soir.

— Bonté divine ! La fête d'Halloween. J'avais complètement oublié. Quel costume as-tu pris pour moi, Xena ou Catwoman ? grommelai-je pendant que Marie fermait la porte et posait les boîtes sur la table.

Marie ferma les yeux.

— Bon, d'accord, je vais jeter un coup d'œil à l'intérieur, dis-je.

C'est alors que Marie me prit par le bras.

— Attends, Darcy. J'ai en quelque sorte… euh, oublié. Jusqu'à la dernière minute.

— Que veux-tu dire ?

— Je veux dire que nous n'avons pas eu ce que nous avions choisi.

*   *   *

Debout devant le miroir qui couvrait tout le mur de la salle de bain, je me demandais à quoi ressemblait mon costume. Des paillettes, des volants et des écailles de poisson. Une sirène ?

Je drapai l'immense queue de satin sur mon bras et me dirigeai d'un pas hésitant vers la porte. Le tissu scintillant était tendu sur mes hanches et ses quatre livres de macaronis au fromage. Mon décolleté, incrusté de petits coquillages, se soulevait comme la marée haute à chacune de mes inspirations. Je tirai le tissu d'un coup sec pour couvrir le petit trèfle tatoué sur mon sein gauche. Mardi gras, l'adolescence — une énorme erreur. Aurait-ce pu être pire ? Je fermai les yeux en ressentant une impression de déjà vu. Oui. C'était possible.

Halloween 1980, première année. École de l'Esprit Saint. J'avais presque oublié. J'avais six ans et je n'avais rien dévoilé sur mon costume. J'avais eu une diarrhée du tonnerre à l'idée de le montrer. C'était la réplique exacte, entièrement faite à la main, de l'uniforme d'infirmière de ma grand-mère : des bas blancs, en passant par le chapeau au ruban noir et la cape doublée de satin que portaient toutes les infirmières de l'hôpital. Le jour venu, dans la cour d'école, je m'étais retrouvée entourée de toutes sortes de héros de bandes dessinées, qui hurlaient et gesticulaient : Batman, trois Superman, Spiderman et la prétentieuse petite Missy Foster déguisée en Wonder Woman.

Missy portait des bracelets magiques et un lasso doré, et moi j'avais un thermomètre en plastique.

J'avais mis les mains sur mes oreilles pour ne plus entendre les moqueries et les quolibets de mes camarades. « Est-ce une cape ? Une cape ! Hé, vous autres, Darcy Cavanaugh pense que les infirmières sont des super-héros ! » J'avais réussi à garder mon calme et à retenir mes pleurs alors qu'ils me suivaient en scandant : « Infirmière, infirmière, Darcy Cavanaugh est notre infirmière ! » Mais quand cet horrible garçon revêche de troisième année, Rusty Daniels, déguisé en Darth Vader, s'était emparé de mon chapeau et avait soulevé sa cape pour me montrer son derrière en criant « Hé, infirmière Cavanaugh, veux-tu prendre ma température ? », j'avais craqué. En poussant des cris et des hurlements de sorcière, j'avais planté ma petite chaussure blanche à lacets dans le postérieur de Vader en le bousculant de toutes mes forces… Rusty s'était blessé au menton en heurtant l'asphalte de la cour de récréation, et il avait fallu onze agrafes pour suturer la plaie. J'ai ainsi été la première élève de six ans à être suspendue de l'école. J'allais certainement finir en enfer, mais ça m'était bien égal, car j'étais sûre d'y retrouver Rusty Daniels. Et je lui avais donné un autre coup de pied au derrière.

Je tirai sur l'étroit corsage vert en roulant des yeux. Une sirène. Marie ! J'allais la tuer… à condition que je réussisse à sortir de la salle de bain.

— Au moins, tu ne ressembles pas à une vache Holstein ! s'exclama Marie en me voyant apparaître.

Je mis les mains devant ma bouche et éclatai de rire jusqu'à ce que je trébuche sur la queue que j'avais laissée tomber.

— Ça me servira de leçon. La prochaine fois, je n'attendrai pas le dernier moment pour faire les choses, se moqua Marie en tournant lentement sur elle-même pour me faire admirer son costume, une masse étourdissante de taches noires et blanches. Sois honnête. Ça ne te donne pas envie de manger du fromage ?

— Bon sang, mais que portes-tu aux pieds ? articulai-je entre deux éclats de rire.

— Mes bas ? Ils ne font pas partie du costume. Je suis fière de dire qu'ils m'appartiennent. Ils vont bien avec, non ?

— Tu les avais déjà ? m'étonnai-je en regardant ses bas parsemés de taches noires et blanches.

— C'est un cadeau d'une amie qui a bon goût, répondit-elle en tortillant ses pieds. Tu aimes ?

— Mais pourquoi y a-t-il dix petits doigts roses ? On dirait… Oh, non !

— Affreusement *cool*, non ?

J'appuyai sur le bouton de l'ascenseur et enveloppai mes épaules dénudées dans le filet de pêcheur qui me servait de châle. J'avais l'impression d'être nue.

Marie fit tournoyer sa queue qui se terminait par une touffe de poils.

— Au moins, l'escouade des *ninjas* devront y penser à deux fois avant de nous considérer comme suspectes. Personne, habillé ainsi, ne pourrait être assez intelligent pour voler des bijoux.

— Tu veux bien arrêter ? Je me rends à cette fête uniquement parce que je meurs de faim et parce que je pense que ça paraîtrait suspect si nous demandions à être servies dans notre cabine. Que je sois damnée si je me laisse intimider par ces agents de sécurité !

— Oh ! Tu ressembles vraiment à un petit poisson globe quand tu te fâches, ma belle !

*   *   *

Des volutes de nuages de glace sèche s'échappaient de l'entrée de la discothèque, et le volume de la musique d'orgue d'église nous obligea à crier pour nous entendre.

— Alors, crois-tu que les animateurs de danse chanteront *The Monster Mash* ? cria Marie en désignant la piste de danse d'un signe de tête.

— Je ne veux voir aucun animateur. Je veux juste manger quelque chose, répondis-je en arrangeant une petite étoile de mer sur mon décolleté et en lui adressant un sourire. Et peut-être faire une petite enquête pour savoir si d'autres personnes ont été interrogées et pour quelle raison.

— Mais pas de regards indiscrets par les hublots. D'accord ?

— D'accord, dis-je en repérant une table laissée vacante par deux sorcières qui venaient de quitter leur siège. Viens, asseyons-nous. Voyons voir ce qu'il y a dans ce grand chaudron sur le bar.

C'était un mélange contenant du rhum, qui se mit à fumer lorsque je le remuai avec une cuiller à cocktail. Et Dieu que c'était fort ! Je ressentis un sévère bourdonnement alors que nous étions à la moitié de la file pour le buffet.

Je jetai un coup d'œil devant moi pour voir les plats ; qu'y avait-il au menu ? Des crêpes au homard, du saumon poché, des côtes levées et un épouvantail entièrement fait de fruits frais. Le paradis ! À condition que je parvienne à rester debout assez longtemps pour l'atteindre. Mon plateau dans une main et la longue queue de sirène en satin dans l'autre, je tentai de conserver mon équilibre en me tournant de côté pour laisser passer les sorcières et Dracula et Catwoman — *hé, c'était mon costume.*

— Il est beau, dit une voix par-dessus mon épaule.

Je me retournai à moitié pour découvrir une redingote violette, une chemise à jabot, un grand chapeau et de longues mèches de cheveux foncés. Une petite boucle d'oreille. Capitaine Crochet ?

— Oui, et la nourriture doit être bonne.

— Non, je voulais parler du *costume*. Votre costume. Il vous va très bien.

Je me retournai d'un mouvement brusque pour lui faire face et sentis ma tête chavirer. Les yeux de l'homme étaient bleus, et les fines ridules parfaitement reconnaissables.

— Vous ! m'écriai-je en serrant ma queue un peu plus fort.

— Je plaide coupable, plaisanta-t-il en s'inclinant et en faisant une profonde révérence avec son chapeau. Capitaine Crochet, pour vous servir.

— Bien, mais il se trouve que je n'ai pas besoin d'être servie. En aucune façon. Merci beaucoup.

Je fis un pas en avant pour découvrir que je me trouvais devant le buffet et que Marie avait disparu. Je scrutai la foule en commençant à remplir mon plateau : le chat dans le chapeau, Alice au Pays des merveilles, Toccata, Tweedle Dee et Tweedle Dum — *mais ce sont les Greenbaum —*, mais pas de vache Holstein.

Mince alors. La salle était pleine à craquer. Je ne réussirais jamais à la retrouver. Et où pourrais-je m'asseoir ? Si je ne mangeais pas bientôt, le cocktail au rhum aurait raison de moi.

— J'ai trouvé une table. Voulez-vous vous joindre à moi ? me dit Luke en désignant une table près de l'aquarium.

J'enroulai ma queue autour de mon bras et le suivis en me disant qu'il s'agissait d'une urgence médicale ; trop d'exercice physique et pas assez de nourriture. Mes besoins étaient primaires, pas sociaux, et ce n'était pas une capitulation.

Une demi-heure plus tard, Luke essaya d'attraper une crevette marinée avec son crochet, et je ne pus m'empêcher d'éclater de rire. Le rhum avait tempéré mes résolutions, et la sensation d'être rassasiée m'incitait à tout oublier. Je savourai le dernier morceau de crêpe fourrée au homard mariné dans une sauce au xérès en souriant au Capitaine Crochet.

— Mmm ! Je suis au paradis, avouai-je en buvant une autre gorgée de rhum.

Je devais arrêter de boire. Cela me rendait euphorique, et mes paroles dépassaient mes pensées. J'étais encore sur la bonne voie pour me ridiculiser.

— Au fait, dites-moi donc où vous étiez passé la nuit dernière.

— C'est ce que je voulais vous expliquer ce matin au gymnase. Mais ma grand-mère, celle qui me poursuivait avec sa cuiller en bois, m'a toujours dit qu'il ne fallait jamais tenter d'expliquer un mauvais comportement à une femme qui porte des gants de boxe.

Je remarquai de nouveau l'accent traînant et sucré comme une crêpe. Il plissa les yeux, et je lui en voulus. Que se passait-il avec ce type ? Était-il sincère ou fourbe ? Et quel besoin avais-je de m'entêter à vouloir le découvrir alors que mon bon sens me disait que la meilleure chose à faire était de lui tourner la queue — pardon, le dos — et de m'enfuir ?

— Alors ?

— Vous voulez savoir où j'étais la nuit dernière ?

— Hum.

Je voyais deux Luke, à présent. Il avait retiré son chapeau et sa perruque, et, sous l'influence de l'alcool, je voyais, comme à travers un kaléidoscope, deux têtes blondes aux cheveux ébouriffés, quatre yeux bleus et deux bouches… mille lèvres sexys. *Oh, mon Dieu !*

— En réalité, c'est une drôle d'histoire. La vérité est que…

— Que vous êtes un vilain garçon !

Miss Piggy, avec les yeux maquillés de bleu, de longs cils, un groin rose et une étole en fourrure, mit un bras autour du cou de Luke et chatouilla son oreille.

Vous m'avez promis une danse et ils vont passer *The Monster Mash.*

J'observai Luke qui essayait de se dégager, puis la femme se retourna et j'aperçus son autre bras glissé dans une écharpe. La Reine des Abeilles.

— Je lui ai promis, me dit-il d'un air contrit. Voulez-vous m'attendre ici ? J'ai quelque chose à vous dire, Darcy.

Avant d'avoir pu répondre, la Reine des Abeilles tira Luke de sa chaise et le propulsa vers la piste de danse. Je réalisai que je serrais les poings. J'étais jalouse d'une femme de l'âge d'or ? Le summum du ridicule !

— Enfin, je t'ai trouvée !

Marie tira une chaise restée libre et s'assit en mordant dans une crevette géante. Elle croisa les jambes et balança le pied au rythme de la musique.

Je baissai les yeux et remarquai ses sandales.

— Qu'est-il arrivé à tes bas ?

— Oh, je les ai mis dans mon sac banane ! Mes orteils transpiraient trop. Et alors, as-tu découvert quelque chose ?

— Hum ?

Ma tête commença à se balancer au rythme des mouvements du bateau. En haut, en bas, en arrière et en avant.

— Au sujet des interrogatoires, insista Marie.

— Non.

Je jetai un coup d'œil vers la piste de danse, pendant assez longtemps pour m'apercevoir que Luke me regardait par-dessus les épaules de Miss Piggy.

— Moi non plus. Je n'ai entendu que quelques rumeurs au sujet de la carte de crédit du bateau d'Edie Greenbaum, qui aurait été rejetée un peu plus tôt au casino. Deux stewards, déguisés en Jawas — tu sais, ces petits humanoïdes vêtus de robes de bure avec une capuche qui cache leur visage et ne laisse voir que leurs yeux qui étincellent dans *La guerre des étoiles* ? Peu importe, on dit qu'elle était déguisée en Tweedle Dee et qu'elle s'était plainte auprès du responsable d'un ton indigné en clamant que c'était une erreur. Ils ont ajouté qu'elle avait fini par sortir une liasse de billets de son sac et qu'elle avait, malgré tout, doublé sa mise. Vivement la retraite !

J'avais à peine ouvert la bouche pour faire une mauvaise plaisanterie au sujet des pensions de vieillesse des infirmières que le paquebot se remit à tanguer. Mon estomac suivit en se contractant au rythme des battements dans ma tête. Des gouttes de transpiration coulaient sur mon front. *Oh, non !*

— Je crois que je vais... murmurai-je en fermant les yeux.

— Oh, as-tu envie de vomir ? me demanda Marie en attrapant un glaçon qu'elle enveloppa dans une serviette. Tiens, pose cela sur ton front et respire fort. Ça va peut-être passer.

— Non. Il faut que je parte. Je vais y arriver.

Je me levai lentement en lançant un regard vers la piste de danse. Luke n'était pas en vue.

Nous nous frayâmes un chemin parmi la foule et empruntâmes le corridor pour nous rendre à l'ascenseur de verre. Plus d'espace, plus d'air. Ah, ça allait beaucoup mieux !

— Veux-tu que je porte ta queue ?

— Non merci, ça va mieux maintenant.

Marie s'arrêta brusquement et fouilla dans son sac banane.

— Attends. Arrête-toi. Je veux prendre une photo de toi devant le spa. Le spa Sirène.

En me retournant, je m'aperçus que nous étions juste devant la porte étincelante du spa. Marie sortit l'appareil photo jetable de son sac.

— C'est vraiment bon. Tu devrais faire de la publicité pour eux, Darcy. Tu pourrais au moins avoir un coupon gratuit.

— J'ai failli en avoir un, dis-je en riant, surtout parce que j'étais contente de ne plus avoir le mal de mer.

— Ne bouge pas. Tu as failli quoi ?

— J'ai cru que j'avais gagné un coupon gratuit pour le spa Sirène aujourd'hui, lorsque j'étais au gymnase, répondis-je en prenant une pose sensuelle alors que Marie levait l'appareil photo. J'ai entendu un message dans mes écouteurs après que la Reine des Abeilles m'eut laissé sa place sur le tapis roulant. Seulement, ils ont nommé quelqu'un d'autre.

Je mis les mains devant ma bouche et regardai Marie fixement.

— Qu'y a-t-il ? Es-tu encore malade ?

— Non, mais la Reine des Abeilles… quel est son *vrai* nom ?

— Ah ! Tu admets enfin que tous ces surnoms sont stupides, hein ?

— Au nom du Ciel, Marie. Quel est-il ? Quel est son nom de famille ?

— Thurston. Pourquoi ?

Je ramassai ma queue et prit Marie par le bras.

— Dépêche-toi, nous devons aller tout de suite à l'infirmerie pour y cueillir des informations.

ONZE

— **A**ïe ! Je trébuchai dans le noir et me cognai le genou contre un seau métallique.

— Alors, en définitive, n'importe qui peut entrer dans l'infirmerie ?

— Hé, calme-toi ! murmura Marie en dirigeant le faisceau de son crayon lumineux vers la poignée d'une porte intérieure en retrait. Oui, je suppose que n'importe qui peut entrer à condition de savoir que cette buanderie communique avec l'infirmerie et de savoir également qu'Howie ne vérifie pas si elle est fermée après son quart de travail.

Marie sourit en voyant la porte s'ouvrir.

— Tu es sûre qu'il n'est pas là, dis-je à voix basse, en faisant un signe de tête vers la salle d'examen.

— J'en suis sûre. Il fait une partie de poker avec les Jawas. Il a son téléavertisseur dans la poche, et le numéro pour l'appeler est inscrit à côté de la porte dans le corridor. Si un passager ou un membre de l'équipage a besoin de lui, il suffit de composer le numéro. Plutôt tranquille, le quart de nuit ; tu peux dormir pendant presque tout le temps. OK, nous y sommes, et nous avons tort, dois-je ajouter. Alors, que cherches-tu ?

— Où sont classés les dossiers ? demandai-je en pénétrant dans la pièce et en regardant autour de moi. Je cherche des informations sur les patients qui ont été victimes d'une miniattaque.

— Attends. Les dossiers médicaux ? Il n'en est pas question, Darcy. Nous ne devrions pas...

— Non, ripostai-je d'un ton vif. Nous ne cherchons pas de noms. Nous voulons seulement savoir combien de victimes il y a eu, ce qu'elles faisaient quand les symptômes se sont manifestés et, le plus important, *où* elles se trouvaient. J'essaie de t'aider, Marie. Nous ne pouvons pas te laisser suspectée de vol, que diable !

— Il y a un registre des soins, mais nous n'ouvrons pas de dossiers. Ne me dis aucun nom de famille, d'accord ?

— Pas de problème.

L'ordinateur et la boîte contenant les dossiers de différentes couleurs étaient posés sur un bureau situé près des armoires à médicaments et du chariot d'urgence. Marie hocha la tête en constatant qu'un des tiroirs du chariot était ouvert.

— Howie est un très bon joueur de poker, mais il n'est pas très consciencieux. Je parie que ce sont les seringues d'insuline d'Edie qui sont posées là.

— Pourquoi le tiroir est-il ouvert ? demandai-je.

— Certainement pour le remplir, pour retirer les médicaments périmés. C'est lui qui s'occupe de cela. Voilà le registre des traitements des derniers mois.

Je vérifiai la liste des soins donnés : des douzaines d'applications de timbres contre le mal de mer, des pansements contre les ampoules, des lavements au savon moussant et des traitements contre les maux de dents. Rien de très excitant.

— Hé, voici une certaine Princesse ! s'écria Marie. Elle était bien au spa. « La patiente a déclaré qu'elle venait de sortir d'un bain de vapeur et se relaxait dans un enveloppement aux herbes quand elle a soudain ressenti une grande faiblesse. »

— Et en voici deux autres, répondis-je avec un sourire en levant les yeux de ma liste. Il y a trois semaines, une certaine madame S. a commencé à sentir une lourdeur dans les bras et les jambes et a eu de la difficulté à bouger après un massage au spa Sirène.

— Eleanor F. est venue pour faire prendre sa pression. Elle était inquiète parce qu'elle avait ressenti une grande faiblesse au spa la veille. Celle-ci n'est même pas répertoriée dans les cas de miniattaques, Darcy. On peut se demander s'il y a eu beaucoup de cas semblables.

— C'est vrai. Et je ne pense pas que ce soit une coïncidence, répondis-je en saisissant un stylo pour prendre des notes.

— Tu crois que les esthéticiennes du spa ont pu être négligentes au point de servir trop d'alcool à ces femmes ?

— Pire que cela, répondis-je en sentant mon cœur battre plus vite. Je pense que ces soi-disant miniattaques et les vols ont un lien.

— Hein ?… Comment ?

— Je t'ai dit qu'on m'avait offert un coupon gratuit. Bon d'accord, il n'était pas pour moi, mais pour madame Thurston, la Reine des Abeilles. Et c'est la Princesse du Bal qui t'a accusée d'avoir volé ses bijoux. Or, elle avait, elle aussi, gagné un coupon gratuit. Tu te souviens que Luke l'a mentionné ?

— Mon Dieu ! s'écria Marie en écarquillant les yeux. Alors, tu dis que toutes les patientes qui ont eu des mini-attaques pourraient également avoir été victimes de vol ? Mais comment…

— Comment allons-nous le prouver ? l'interrompis-je en glissant ma feuille de notes dans le bustier de mon costume. Nous allons simplement prendre notre liste de renseignements et…

— Oh, merde ! s'écria Marie en désignant la porte.

Je frissonnai en entendant des pas s'arrêter devant la porte et la poignée être actionnée de bas en haut. Il y eut un bruit de voix étouffée et de cliquetis, et une carte fut insérée dans la porte de l'infirmerie pour l'ouvrir. Marie fouilla dans son sac banane et en sortit son crayon lumineux. Elle me poussa vers la buanderie et ferma la lumière dans la pièce.

Quelques secondes plus tard, je tendis le cou pour voir par-dessus son épaule ce qui se passait à l'intérieur de l'infirmerie par l'entrebâillement de la porte. Ma bouche devint sèche, et mon pouls fit un bond.

Qu'avais-je cru ? Fouiller dans les dossiers est interdit par la loi. D'ailleurs, à l'école d'infirmières, on nous en informe avant même de nous enseigner à faire la toilette des personnes alitées. Et, dernièrement, le gouvernement avait décidé de durcir les sentences.

Marie me donna un coup de coude. La porte de l'infirmerie s'ouvrit, et la lumière jaillit. Trois agents de sécurité népalais pénétrèrent dans la pièce en faisant résonner leurs bottes sur le sol ciré. Deux d'entre eux se dirigèrent immédiatement vers l'ordinateur et le registre des soins. Le troisième inspecta le chariot d'urgence et s'empara de sa radio en se tournant vers le bureau. C'était Gombu.

— C'est bon, vous pouvez l'amener, dit-il.

On entendit un autre bruit de pas, et un homme de grande taille, vêtu d'une chemise à volants, d'une veste de brocard, d'un cache-poussière et d'un chapeau de cow-boy entra dans la pièce. Howie. Je pus entendre la respiration de Marie s'accélérer.

— Alors, monsieur Carson, vous avez dit que vous n'étiez pas venu dans cette pièce depuis plusieurs heures ? dit l'homme au costume noir, en posant une main gantée sur son pistolet et en faisant de grands gestes avec l'autre tandis qu'il marchait d'un bout à l'autre de l'infirmerie. Cette pièce était fermée et est exactement dans l'état où vous l'avez laissée avant d'aller à la fête ?

— Je suis sur appel, répondit Howie en tapotant son téléavertisseur. Mais c'est exact, je ne suis pas venu ici depuis environ huit heures du soir et j'ai fermé la porte à clé en partant. Je vous l'ai déjà dit.

Les deux autres agents s'écartèrent pour lui permettre d'avoir une vue d'ensemble de la pièce. Howie ouvrit de grands yeux.

— Vous avez laissé ces dossiers sortis ? Et ces tiroirs ouverts ? continua Gombu en désignant le chariot d'urgence.

— Pas du tout ! s'exclama Howie en s'approchant et en agitant les mains. Je vous jure que je ne sais comment cela a pu se produire. Avez-vous demandé au docteur ?

Gombu le fixa d'un air impénétrable sans répondre. Il se détourna et observa un des autres agents qui ramassait quelque chose sur le sol.

J'entendis Marie pousser un soupir. *Oh, mon Dieu !* Un bas avec des taches noires et blanches ? Elle en avait laissé tomber un ?

Gombu grimaça à la vue des cinq pis et tendit le bas à Howie.

— Et *ceci* se trouvait là quand vous avez si soigneusement fermé la porte ? ajouta-t-il d'un ton suffisant.

Puis, se tournant vers les autres agents, il ajouta :

— Peut-être allons-nous demander à monsieur Carson de nous accompagner à notre bureau.

Marie attendit que les bruits de pas aient disparu depuis plusieurs minutes avant d'ouvrir la porte qui donnait sur le corridor.

— Il n'y a personne, chuchota-t-elle. Nous devons partir d'ici avant qu'ils ne reviennent. Séparément. Vas-y la première. Prends l'ascenseur ; je prendrai l'escalier.

— Marie, je suis désolée.

— Vas-y ! Écoute, je veux quitter ce déguisement et appeler Carol. Puis, me soûler à la bière. *Seule*. Tu ne m'en veux pas ?

Les portes de l'ascenseur se refermèrent, et mon estomac tomba au-dessous du niveau de la mer. Je retins ma queue de sirène ainsi que mon souffle, et mon front se couvrit d'une sueur froide. L'ascenseur s'arrêta à l'étage suivant pour laisser entrer un passager vêtu de noir des pieds à la tête. Attendez — non, pas un Népalais. Flora Perkins, déguisée en panthère noire. Il fallait que je trouve un appui, vite.

J'avais été vraiment stupide d'entreprendre cette expédition d'espionnage. Et, maintenant, à cause de ce bas, les soupçons allaient se porter encore plus sur Marie. Non, pas à cause du bas, à cause de moi. Que pouvais-je faire pour arranger les choses ?

— Oh, que le diable m'emporte ! s'écria Flora alors que les usagers se déplaçaient vers le fond de la cabine pour faire de la place à un autre passager qui venait d'entrer. Si ce n'est pas ce cher Capitaine Crochet !

Je détournai mon regard fixé sur les paillettes vertes de ma queue et levai les yeux. Luke.

— Alors, qui a abandonné qui ? murmura-t-il en reculant pour rester près de moi. Je croyais que vous deviez m'attendre jusqu'à ce que je me débarrasse de Miss Piggy.

— Je...

J'avalai ma salive avec difficulté et battis des paupières, étonnée de sentir mes yeux se remplir de larmes. Oh, non ! Il ne manquait plus que ça ! Je devais absolument descendre de cet ascenseur.

— Hé, je plaisantais !

— Non, ce n'est rien.

Outre le fait que j'étais en passe de devenir l'ennemie publique numéro deux.

La porte s'ouvrit. Luke me prit la main et se fraya un chemin parmi les passagers.

— Excusez-nous. Nous descendons à cet étage.

J'essayai de me dégager en me penchant en avant, mais la panthère me retint.

— N'est-ce pas mignon ? Le Capitaine Crochet avec une sirène !

Les rires et les exclamations couvrirent mes protestations, et je pus enfin descendre de l'ascenseur.

— Je me sens complètement idiote, avouai-je en baissant la tête vers mon bustier incrusté de coquillages et en sentant les larmes me monter aux yeux. Et j'ai l'impression de faire partie de la distribution de *Trouver Nemo*. Mais je vous remercie. Il fallait vraiment que je sorte de cet ascenseur. Où sommes-nous ?

Luke n'avait pas lâché ma main et il la serra doucement.

— Premièrement, vous êtes magnifique, un peu comme… comme un fabuleux… rêve de marin, dit-il en rougissant d'un air embarrassé, et il lâcha ma main en détournant les yeux. Deuxièmement, nous sommes sur le pont des Sports. Quelques personnes jouent au basketball, mais il n'y a pas foule. Et il y a un bar, juste là. Puis-je vous offrir un verre ?

Il avait raison. Il n'y avait presque personne dans le corridor. Les portes du gymnase étaient fermées, et on n'entendait que quelques bips provenant des machines en position de veille de la galerie des jeux vidéo. Nous atteignîmes l'entrée entourée d'un cadre en bambou d'un bar décoré sur le thème de la Polynésie, et Luke ouvrit la porte et s'effaça pour me laisser entrer.

Nous nous installâmes à une table entourée de chaises en rotin située près d'un aquarium garni de poissons exotiques. De la musique, probablement de la mandoline, flottait dans l'air et se mélangeait aux effluves de gingembre et de noix de coco.

Je me laissai aller dans les coussins à fleurs avec un sourire sur les lèvres. Je jetai un coup d'œil vers Luke et observai la lumière d'une chandelle flottante qui se reflétait sur son visage tandis qu'il passait notre commande.

— Ça va mieux maintenant ? me demanda-t-il en se tournant vers moi.

Il avait retiré sa redingote et avait roulé les manches à poignets de dentelle de sa chemise. Il n'avait gardé de son déguisement que la boucle d'oreille. Ça lui allait très bien, de toute façon. Comme le roi des pirates.

— Beaucoup mieux, répondis-je en souriant.

Qu'avait cet homme pour que j'aie envie de… de quoi au juste, *de m'y intéresser* ? C'était une sensation nouvelle, et j'étais persuadée que je ne devais pas lui faire confiance.

Mais Sam était si différent, le genre d'homme qui pouvait être sérieux et drôle à la fois. Romantique et rustre à la fois.

J'observai Luke qui tendait son verre vers moi. Sam n'aurait jamais dit « magnifique comme un fabuleux » je ne sais quoi. La seule fable que Sam Jamieson ait jamais connue était celle qui parlait de fidélité conjugale.

— À tous les enfants qui ont connu les cuillers en bois, dit Luke avec un grand sourire, et aux quelques-uns qui en ont réchappé.

— Et alors, dans quelle partie du Sud avez-vous grandi ? m'enquis-je en prenant une gorgée de vin. Du chardonnay de Californie. Chez moi. À condition que je n'aille pas en prison.

— En Virginie. À Charlottesville... le domaine Monticello de Jefferson ? À la campagne.

— Fils de fermier ? blaguai-je, incapable de me l'imaginer dans cette position.

— De propriétaire terrien. Les chevaux. Vous ne pouvez pas avoir deux sœurs et vivre en Virginie sans être entouré de selles, de seaux à grains et de montagnes de fumier. Vous avez devant vous un homme qui sait manier la pelle.

— La conjointe de Marie possède des chevaux, dis-je en désirant soudainement voir encore cette lueur dans ses yeux.

Sœurs, grand-mère... Qu'y avait-il qui m'attendrissait dans la façon presque révérencieuse dont il parlait de ces femmes ?

— En réalité, elle avait un cheval et un âne. Marie m'a emmenée monter une fois. Bien sûr, j'ai dû monter l'âne. Je ne peux pas dire que j'ai été impressionnée.

— Un âne ? s'exclama Luke, qui éclata de rire en se laissant aller sur le dossier de sa chaise. Vous n'avez rien vécu tant que vous n'avez pas monté un pur-sang, à cru, sans selle ni licou, et galopé à travers les grasses prairies et tant que vous n'avez pas ressenti la sensation grisante du vent sur votre visage et toute cette puissance entre vos jambes.

Oh, mon Dieu ! Je me sentis rougir.

— Ça va bien ?

Semblant ne pas avoir, Dieu merci, remarqué mon trouble, Luke se pencha vers moi et me tendit une serviette. Que pouviez-vous espérer d'une femme vêtue de paillettes ?

— Vous entendez ?

— Quoi ? demandai-je en m'éventant avec la serviette et en serrant les genoux.

— La musique… venant du piano-bar du pont en dessous. Où nous avons… dansé l'autre soir ?

Je m'éventai plus rapidement. Ouais, et où nous avons aussi… attendez une minute. Je glissai un regard en coin vers la fenêtre.

— Nous sommes sur le pont des Sports. N'est-ce pas là que…

— Le garçon de cabine s'est pendu, m'interrompit-il.

Je me penchai vers lui au-dessus de la table alors que tout me revenait en mémoire. Le corps sans vie de Virgilio, la disparition de Luke, la fouille de notre cabine et l'interrogatoire des Népalais.

— Oui, articulai-je lentement, et ne craignez pas de me dire où vous étiez passé ce soir-là, Luke, peu importe si l'histoire est bizarre. Contentez-vous de me dire pourquoi vous avez parlé de moi aux agents de sécurité.

DOUZE

– **V**OUS AVEZ QUELQUE CHOSE À CACHER ? DEMANDA Luke, qui m'observait attentivement en passant son doigt sur le bord de son verre.

— Non, je…

Je serrai les poings sur mes genoux. Maudit soit-il, c'était encore lui qui me questionnait ! Comment s'y prenait-il ? Sincère et chaleureux au début, puis vous sautant à la gorge l'instant d'après. Qui était cet homme ?

Je soupirai lentement et m'efforçai de sourire. Je ne me laisserais pas prendre à son jeu cette fois-ci. Et je ne me laisserais pas non plus dissuader ; Marie avait des problèmes.

— Évidemment, je n'ai rien à cacher. C'est juste que j'ai été déroutée de découvrir ces hommes dans notre cabine et d'avoir dû subir un tel interrogatoire.

— Et vous croyez que j'ai quelque chose à voir avec tout cela ?

— L'un d'entre eux, un certain monsieur Gombu, m'a demandé si je vendais des chaussures.

— Des chaussures ? s'étonna-t-il d'un air imperturbable.

— Il a cherché une page dans son carnet et m'a demandé si j'étais représentante en matériel orthopédique. Je ne l'ai dit à personne d'autre qu'à vous.

Je guettai une réaction sur son visage. Rien.

— C'est ultrasecret ? Comme de faire partie de la CIA ? s'écria-t-il en éclatant de rire.

— Bonté divine.

Je lissai les plis de la nappe et me redressai sur ma chaise. Une petite étoile de mer se détacha de mon bustier et alla rouler sur la table.

— Ce que je dis, c'est...

Mes mots furent couverts par les grands éclats de rire d'un groupe de personnes déguisées en personnages de Disney, qui vinrent s'installer à la table voisine. Un Goofy avec ses grandes oreilles ballantes donna un coup de coude à Minnie Mouse en désignant mon décolleté.

— Voilà ce que j'appelle un déguisement, marmonna-t-il derrière son masque aux grandes dents.

Trois des sept nains tapèrent des mains et poussèrent de grands cris, l'un d'entre eux perdant sa barbe sous l'effort.

Luke se leva et tira ma chaise.

— J'ai besoin de prendre l'air. Pas vous ?

Il m'aida à poser mon châle en filet de pêcheur sur mes épaules et lança un regard courroucé au groupe de la table voisine, qui se calma sur-le-champ.

Dehors, bien que ce fût le soir, le ciel était clair et parsemé d'étoiles, et des palmiers en pot, ornés de lampes scintillantes, reprenaient le thème de la Polynésie. Trois appareils de chauffage sur pied dispensaient une douce chaleur, et il faisait une température agréable sous l'avancée en bois.

— Je suis désolé, Darcy, murmura Luke tandis que je me frottais les mains sous la lumière orange de l'appareil de chauffage. Je ne devrais pas vous taquiner ainsi. Je suppose que j'en ai pris l'habitude à force de vivre avec mes sœurs, mais ce n'est pas une excuse. Vous parliez sérieusement.

Je n'avais pas réalisé qu'il était si près de moi. Je m'enveloppai un peu plus dans mon châle comme pour me protéger.

— Pourquoi avez-vous dit toutes ces choses sur moi à Gombu ? demandai-je.

— Ils ont interrogé beaucoup de personnes, pas seulement vous deux. Et je devais prendre en compte le fait que nous avions été vus dansant ensemble la veille. Gombu croyait que vous étiez infirmière comme Marie, et je lui ai dit qu'il se trompait. C'est tout. Je suis sincèrement désolé si cela vous a déplu, répondit-il en posant doucement la main sur mon épaule.

— Je suis infirmière.

Mon cerveau était en ébullition. Pourquoi les Népalais voulaient-ils le savoir ?

— Mais ne m'avez-vous pas dit…

— J'ai menti, avouai-je en haussant les épaules. Mais peut-être n'était-ce pas un vrai mensonge ; un peu comme de mettre la charrue avant les bœufs. En effet, j'envisage de changer de carrière. Cette croisière est une sorte d'intermède. C'est peut-être la même chose pour vous ?

— Ça vous met hors de vous, n'est-ce pas ?

— Quoi ?

— De voir un homme sain et robuste tel que moi perdre son temps à faire l'animateur de danse.

— Mais vous…

— ... pourriez aussi bien porter un insigne disant : *Une danse contre un repas ?*

— Je n'ai pas dit...

Luke m'empêcha d'aller plus loin en mettant un doigt sur mes lèvres.

— Vous n'avez pas besoin de le dire. Ça se voit. Parce que vous êtes une jeune femme très indépendante, très intègre et avec un sens profond du bien et du mal. Il n'y a absolument rien de mal dans tout cela, ce serait même plutôt de belles qualités.

Il retira le doigt de mes lèvres et le laissa glisser sur une mèche de cheveux le long de mon visage et poursuivit :

— Et oui, c'est aussi pour moi une sorte d'intermède au cours d'une carrière très respectable. Alors, êtes-vous d'accord ? ajouta-t-il en glissant son doigt sur ma joue, qui devint brûlante sous cette caresse.

— D'accord pour quoi ?

— Pour que je vous embrasse ?

Il prit mon visage entre ses mains et le releva de façon à pouvoir me regarder dans les yeux. Je retins mon souffle et sentis mon pouls s'accélérer. Je secouai légèrement la tête et fermai les yeux. Le pont chavira sous mes pieds, et je n'étais pas certaine que ce soit à cause des mouvements de la mer.

Il attira mon visage vers le sien tout en faisant courir ses doigts sur ma nuque et dans mes cheveux. Sa joue était un peu rugueuse à cause de sa barbe naissante, mais ses lèvres étaient douces et chaudes lorsqu'il les posa sur mes sourcils, puis sur le bout de mon nez. Je l'entendis rire doucement après avoir déposé un baiser à la commissure de mes lèvres.

— Je n'avais encore jamais embrassé une sirène, murmura-t-il en approchant ses lèvres des miennes.

Je souris, et ses lèvres se posèrent sur les miennes. J'entrouvris mes lèvres, sa langue trouva la mienne, et je lui rendis son profond baiser. Il me serra plus fort contre lui, et je vacillai en sentant un flux de riches émotions monter du plus profond de mon être — barbe, lèvres, langue, velours contre paillettes… chaleur de la peau, air froid et salé, les mouvements de la mer et… Est-ce que je respirais ? Quelle importance ?

— Votre queue, murmura-t-il enfin, semblant lui aussi à bout de souffle.

— Qu-quoi ?

Ma voix était hésitante, et mes yeux refusaient de s'ouvrir. Je ne pouvais pas penser… et je ne le voulais pas.

— Faites attention. Je crois que je marche dessus.

Je fis un pas en arrière, mais il pesait de tout son poids sur la queue de mon costume, et le coup sec tira mon bustier vers le bas.

— Oh, non ! m'exclamai-je en essayant de conserver mon équilibre et en tentant de couvrir le haut de mon corps à moitié dénudé.

— Je suis désolé.

Luke durcit sa prise pour me retenir, puis s'arrêta et écarquilla les yeux.

— Qu'est que *c'est* ?

Mes mains se posèrent sur ma poitrine. Que voulait-il dire ? S'agissait-il de ce stupide tatouage ?

Une feuille de papier s'envola et tomba sur le pont. Luke s'en empara avant que j'aie pu faire le moindre geste. Une *feuille* ?

— Et alors, à quel endroit une sirène pourrait-elle garder sa liste d'épicerie ? C'est parfaitement logique ! s'écria-t-il en riant et en levant la feuille vers la lumière. Voyons voir…

Oh merde ! La liste des informations sur les victimes. Comment expliquer cela ?

— On dirait que vous allez mourir de faim, bougonna Luke, puis il me tendit la feuille en haussant les épaules.

Il se tourna vers la porte du bar, et je remarquai que sa voix avait changé de ton. Analytique, professionnel ? *Il changeait une fois de plus d'attitude.*

— En parlant de cela, je meurs de faim. Voulez-vous aller au buffet voir ce qu'il reste ?

Je remis la feuille de papier dans mon bustier et acquiesçai d'un signe de tête.

Que le diable m'emporte ! N'aurais-je pas pu prendre mon fabuleux sac, imitation Kate Spade ?

*   *   *

Nous prîmes l'ascenseur pour descendre au pont Lido, et un lourd silence s'installa entre nous. Était-ce mon imagination ? Il aurait été difficile de parler au milieu du bruit que faisaient tous les passagers entassés dans la cabine. Un vampire émit un sifflement en aspirant une sorte de jus rouge, et les gens éclatèrent de rire quand un passager laissa tomber un sac de friandises dont le contenu se répandit sur le sol. Je jetai un regard furtif vers Luke. Peut-être était-ce mon imagination. Il ne pouvait pas comprendre la raison de la présence de tous ces noms, de toute façon. Nul besoin de m'inquiéter.

Nous sortîmes de l'ascenseur, et je prétextai un besoin urgent de me rendre aux toilettes pour appeler Marie. Je laissai le téléphone de la cabine sonner une douzaine de fois avant de raccrocher. Elle était peut-être encore au bar en train de boire sa bière, extrêmement inquiète à l'idée d'être prochainement arrêtée. Même si j'avais voulu dire la vérité à Luke, comment l'aurais-je pu ?

Si quelqu'un apprenait que nous étions dans l'infirmerie et si cela revenait aux oreilles des agents de sécurité... Non, je ne pouvais le dire à personne. Pas encore.

La foule s'était dissipée, mais le buffet avait été renouvelé et les desserts en occupaient la plus grande part à présent. Luke me sourit d'un air penaud et remplit son assiette : de la tarte aux noix de pécan, des crêpes aux pommes, des griottes au chocolat et des abricots fourrés à la crème.

Comme nous nous installions autour de la table, le steward s'approcha et nous servit du café chaud. Je serrai les doigts autour de ma tasse en observant Luke du coin de l'œil.

— Vous ne m'avez pas dit de quelle carrière respectable il s'agit.

— Vous savez que c'est la curiosité qui tue les chats ? répondit-il avec un sourire malicieux, en léchant un morceau de chocolat sur sa lèvre inférieure.

Puis, il toucha une étoile de mer sur mon bustier et ajouta :

— Est-ce que cela s'applique aussi aux sirènes ?

— Vous ne voulez pas me le dire ?

— Non. Oh, regardez ! C'est cette femme qui refuse toujours de danser avec moi.

La Danseuse Fantôme, qui avait mis un loup de satin noir en l'honneur de la fête, évoluait seule sur la piste de danse, avec son œillet rouge bien en place derrière son oreille. Elle claquait des doigts au rythme de la musique, comme si elle avait tenu des castagnettes, et la bordure en perles de sa robe se balançait sur ses jambes.

— Elle refuse chacune de mes invitations.

— Elle est assez âgée pour être votre grand-mère.

— Cela n'a rien à voir. C'est une question de fierté. Pour Herb et Dan, les autres animateurs. Pas pour moi, bien sûr.

— Elle a réussi à entraîner Edie Greenbaum.

J'éclatai de rire en désignant le côté opposé de la piste de danse. Tweedle Dee, avec son corps rembourré, son grand col, son nœud papillon et son bonnet, nous donnait sa propre version d'un solo de danse.

Luke tourna la tête pour parcourir la salle du regard.

— Qui cherchez-vous ? lui demandai-je.

— Bernie. Il n'est pas le Tweedle Dum ?

— Il l'était, mais il est à la maison hantée, sur le pont du Pêcheur, celle construite pour le spectacle de l'équipage. Il va certainement sortir d'un cercueil telle une réincarnation d'Elvis avec une dent en or. On ne peut pas le blâmer d'avoir besoin d'un exutoire. Je ne voudrais pas vivre avec Edie.

Le D.J. fit jouer un *slow*, et Luke me conduisit sur la piste de danse. Je levai les yeux vers lui au moment où il baissait les siens vers moi en me souriant. Il me paraissait déjà bizarre de l'avoir considéré comme un bel arrogant inaccessible. *Et dangereux ?* Il n'avait plus du tout cet air-là. Mais beau, assurément. J'observai la masse indisciplinée de cheveux blonds, la fine cicatrice sur son menton. Pas vraiment parfait. Mais digne de confiance ? Je sentis la chaleur de sa peau quand il se rapprocha légèrement pour poser sa joue contre la mienne et caressa mon cou. Je fermai les yeux. Une partie de moi voulait lui faire confiance, mais je ne devais pas oublier que j'avais aussi fait confiance à Sam.

J'ouvris les yeux et découvris que nous étions le seul couple sur la piste de danse. Edie Greenbaum était allée rejoindre des amis, et la Danseuse Fantôme avait quitté la piste. Je souris tandis que Luke portait mes doigts à ses lèvres, mais c'est alors que quelque chose accrocha mon regard et que je cessai de danser. J'étouffai un soupir.

Un groupe d'environ dix agents népalais traversait la discothèque dans un grand bruit de bottes et se dirigeait vers la porte donnant sur le pont. L'un d'entre eux parlait dans sa radio et faisait de grands gestes pour inciter les autres à le suivre. C'était Gombu, et il tenait dans sa main gantée de noir le bas avec des taches noires et blanches.

— Quelque chose ne va pas ? demanda Luke en suivant mon regard.

— Rien, je…

Mon pouls se mit à résonner dans ma tête. Où allaient-ils ?

Ma main se mit à trembler, et je la retirai précipitamment de celle de Luke pour qu'il ne le remarque pas.

— Je viens de me souvenir que je dois prendre des nouvelles de Marie. Elle n'allait pas très bien quand je l'ai quittée.

Je ramassai ma queue pour m'éloigner, mais Luke me retint par le bras en regardant vers la porte où avaient disparu les agents de sécurité d'un air inquiet.

— Attendez, Darcy. Que se passe-t-il ? Où allez-vous *vraiment* ?

Je dégageai mon bras et le regardai, le menton levé.

— Je vous ai dit que j'allais dans ma cabine.

Je ne pouvais effacer de ma tête la vision de Marie menacée par ces hommes terrifiants. De toute façon, que faisaient-ils avec ces choses ?

— Je dois y aller maintenant.

— Pouvez-vous attendre un moment ? Je dois voir le D.J. au sujet des cours de danse de demain soir et ensuite je pourrai aller avec vous.

— Non, restez. Je dois y aller.

Je tapotai rapidement son bras et m'empressai de partir aussi vite que ma queue de satin me le permettait. Où était Marie ? Je devais la trouver avant les *ninjas*.

Les réjouissances d'Halloween tiraient à leur fin, et les stewards démantelaient les tas de paille et faisaient rouler les citrouilles comme les boules d'un jeu de quilles jusque dans des sacs de linge. Quelques passagers déguisés avaient retiré leur masque et sirotaient un cocktail devant le casino.

Aucune lumière ne perçait derrière la porte de verre du spa Sirène. Je me précipitai vers l'ascenseur. J'allais commencer par aller voir si elle était au salon de cigares et dans le cas contraire je retournerais à notre cabine.

*   *   *

Je fis la grimace en me rendant compte que j'avais oublié mon sac, qui contenait la carte pour ouvrir la porte, et je commençai à frapper à la porte de la cabine au moment même où les sirènes du bateau se mirent à résonner. Quoi encore ? Je tambourinai de plus belle et priai pour que Marie soit à l'intérieur.

— Ce n'est pas très subtil, ronchonna Marie en me catapultant à travers la pièce.

Son haleine sentait la bière, et elle tenait une chope à demi pleine dans une de ses mains recouverte du bas à taches noires et blanches restant. Elle glissa ses doigts dans les pis et laissa échapper un rot.

— Par-*don*. Où sont passées mes bonnes manières ? J'aurais dû dire « Meuh » !

— Oh, mon Dieu ! m'écriai-je, en tournant la tête dans tous les sens pour vérifier qu'il n'y ait personne dans le corridor. Où as-tu la tête ? Débarrasse-toi de ce bas !

Je le retirai de sa main d'un coup sec.

— Où pourrais-je le cacher ?

Je sursautai en entendant résonner à nouveau les sirènes du bateau et j'enfouis le bas dans le bustier de ma robe. La feuille de papier se froissa et égratigna ma poitrine. Mes seins étaient devenus une véritable scène de crime.

— Je *ne* vous connais *pas*, marmonna Marie en s'écroulant sur son lit.

Je fermai les yeux et passai la main sur mon front moite.

— Les Hommes en Noir, murmurai-je. Je les ai vus avec ton autre bas. Ils parlaient dans leur radio.

— Alors, qu'allons-nous faire ?

Marie se releva et, en appui sur son coude, se mit à jouer avec la fermeture de son sac banane. Un briquet portant l'effigie VW roula sur le couvre-lit, et je le suivis des yeux en réfléchissant rapidement.

— Le brûler, répondis-je brusquement en fixant le briquet et en fouillant dans mon décolleté.

— Quoi ?

— Nous allons brûler le bas et la liste de renseignements.

Je regardai autour de moi, et mon regard s'arrêta sur la salle de bain.

— Dans la douche. Et nous nous débarrasserons des cendres en tirant la chasse d'eau. Dépêche-toi.

— Promets-moi que tu ne boiras plus jamais de rhum, dit lentement Marie en se levant.

Le papier prit feu rapidement, mais il fallut plusieurs tentatives avant que le bas fasse des étincelles, puis grésille et finisse par s'enflammer. Les taches noires se mélangèrent

aux taches blanches et les pis se recroquevillèrent en dégageant un épais nuage de fumée âcre.

— On pourrait se prendre pour Catherine O'Leary des
Chicago Fire. Quelle est cette odeur ?

— C'est l'acrylique. Ne respire pas. Attends, quel est
ce bruit ?

Je fis de grands gestes de la main pour dissiper la
fumée et passai la tête par la porte de la salle de bain. Des
voix dans le couloir ? *Merde.*

— Allez, vite. Mets les cendres dans la toilette et tire
la chasse d'eau.

— Je ne vois rien… cria-t-elle alors que sa voix était
couverte par les hurlements du détecteur de fumée. Bon
plan, poursuivit-elle en se mettant à genoux à côté de moi
pour m'aider à rapidement ramasser les cendres.

Quelques minutes plus tard, des coups retentirent à la
porte de la cabine. Nous laissâmes la douche couler, et je
m'emparai d'une serviette pour essuyer la trace de suie sur
la joue de Marie avant qu'elle n'ouvre la porte. Des douzaines de passagers se trouvaient dans le corridor et des
douzaines d'autres passaient devant notre cabine en parlant d'un ton excité. Avaient-ils appelé des membres de
l'équipage ?

— Tout va bien, criai-je.

— Pardon ?

Drapée dans un peignoir en chenille, la Panthère Yoga,
qui portait encore les traces de son maquillage — truffe
peinte et moustaches — s'arrêta en haussant les sourcils.

— Je vous remercie de vous être inquiétée, mais tout
va *bien*. Le détecteur de fumée ? Quelqu'un a frappé à
notre porte ?

Je regardai derrière la femme pour voir si les agents de
sécurité se manifestaient.

— Je ne sais pas de quoi vous parlez. Quelqu'un voulait certainement vous tenir au courant des dernières nouvelles. Nous allons essayer d'en apprendre plus.

— Les dernières nouvelles ?

Je lançai un regard en coin vers Marie, et ma gorge se noua.

— Il y a eu un autre vol, annonça la Panthère Yoga en fronçant sa petite truffe noire, mais avec un pistolet cette fois.

TREIZE

— UN REVOLVER ? DIS-JE EN REGARDANT FIXEMENT MARIE, qui fermait la porte de la cabine.

— Au moins, elles n'ont pas dit que quelqu'un s'était étouffé avec une bouchée de pis de vache en acrylique.

Marie s'assit sur la couchette et me regarda fouiller dans le placard.

— Que fais-tu, Darcy ?

Je me retournai en tenant des pantalons noirs et un chandail imprimé de dentelle en cachemire.

— Je vais monter voir de quoi il retourne. Nous devons savoir ce qui se passe.

— D'accord, je viens avec toi.

Marie se leva en chancelant et écarta les bras pour retrouver son équilibre.

— Il n'en est pas question, dis-je en secouant la tête. Tu peux à peine te tenir debout, et, franchement, moins on te voit, mieux c'est. Saurais-tu par hasard si quelqu'un d'autre avait un costume de vache ?

Marie me lança un regard mordant.

— OK, c'était une question stupide. Même pas quelque chose s'y rapprochant ?

— Comme un habit de dalmatien ?

— Ça n'a pas d'importance, dis-je en enfilant mon chandail. Restons positives. N'importe qui peut posséder un bas avec des taches noires et blanches, n'est-ce pas ? Cela ne pointera pas nécessairement vers toi.

Je lançai un regard vers l'étourdissante masse de tissu noir et blanc sur le sol et fis la grimace.

— Mais nous devrions nous mettre d'accord sur une histoire à raconter, juste au cas où.

— Tu veux dire au sujet de la raison de ma présence dans l'infirmerie ce soir-là ? J'y ai déjà pensé.

— Et ?

— Je pourrais dire que j'avais oublié de remplir certains papiers et que je suis revenue pour le faire ?

Je me postai devant le miroir pour attacher mes cheveux en queue de cheval et vérifier la tenue de mes boucles d'oreilles en argent et onyx.

— Révise un peu ta version, d'accord ? Pendant ce temps, je vais monter et essayer d'avoir plus d'informations au sujet de ce vol et voir où sont précisément les agents de sécurité.

Les ascenseurs étaient remplis de personnes âgées en chemise de nuit, en pyjama et en pantoufles, et je décidai d'emprunter les escaliers. J'observai deux femmes avec des bigoudis et des épingles dans les cheveux qui marchaient d'un pas lourd. On aurait dit une soirée-pyjama pour personnes de l'âge d'or. Une soirée-mystère. Ils étaient tous aussi curieux que moi.

Je montai les escaliers recouverts de moquette en tapotant mes ongles sur la rampe en laiton, très contente de pouvoir bouger sans avoir à traîner une queue. Une sirène et une vache. Aurions-nous eu tous ces problèmes si Marie avait pensé plus tôt à se procurer des déguisements décents ? Je n'avais pas le temps d'y penser maintenant. Je consultai ma montre qui affichait vingt-trois heures. Les bars devaient être encore ouverts. Je m'arrêtai donc sur le pont Lido et me retrouvai au milieu d'un océan de pyjamas.

Une femme énorme en costume de ballerine était le centre de l'attention. Le mascara coulait sur son visage. Je passai la tête entre une veste de smoking bordeaux et une veste d'intérieur imprimée de style hawaïen pour mieux voir.

— Le revolver était pointé sur mon cou, expliqua-t-elle en pleurant, son tutu se soulevant à chaque sanglot.

De la peau pâle passait entre les mailles de ses bas résille comme une enveloppe de saucisse trop remplie.

— Et une grosse voix a dit…

Elle marqua une pause pour gémir et agiter une baguette brillante dans les airs.

— « Donne-moi ton sac, grosse mémère, sinon je te tue. » Et je crois que… son autre main s'est attardée sur ma poitrine, ajouta-t-elle en reniflant.

La foule était en haleine. Les flashes des appareils photo crépitaient, et le visage de la victime s'éclaira d'un sourire qui accentua ses fossettes.

— Avez-vous vu son visage ? demanda un homme, Bernie Greenbaum, placé devant moi. Pouvons-nous identifier ce pervers ?

— Eh bien, non ! Je…

La femme se tourna vers deux agents de sécurité qui s'approchaient d'elle. Gombu lui chuchota quelque chose à l'oreille et agita les bras pour disperser la foule.

— Mesdames et messieurs, la situation est maîtrisée. Comme vous pouvez le voir, mademoiselle…

— Bliss, Serena Bliss, gloussa la ballerine.

— Merci. Mademoiselle Bliss, poursuivit-il en fronçant les sourcils, est en état de choc, mais heureusement elle n'est pas blessée. Donc, nous prenons les choses en main. Nous allons enquêter sur tous les indices pouvant se rapporter à cette malheureuse affaire.

Je baissai la tête et sentit mon estomac se nouer. Des indices ? Comme une intrusion dans l'infirmerie ? Étions-nous maintenant soupçonnées de vol à main armée ? Je devais absolument sortir d'ici avant que Gombu ne remarque ma présence. Je fis un pas en arrière et marchai sur le pied de quelqu'un.

— Aïe ! Voilà que vous recommencez.

Je me retournai et vis Luke, qui me souriait. Il s'était changé et portait maintenant des pantalons et un chandail. Un col noir en V, sans chemise, et les manches relevées sur ses avant-bras. Chaque centimètre de peau exposée — vous pouvez me croire, mon attention n'aurait rien raté de cela — était d'une couleur brun doré. Ses cheveux paraissaient avoir été fraîchement lavés, et il me sembla percevoir une odeur subtile de tabac à pipe.

— Alors, comment se sent-elle ? me demanda-t-il.

— Qui ?

— Votre amie, Marie ! N'étiez-vous pas partie précipitamment pour aller la voir ?

— Bien sûr, je… Elle va bien. Un début de grippe. Probablement la grippe bovine.

— Quoi ? Bon, c'est vous l'infirmière. Mais alors, on dirait qu'il est plus prudent d'aller prendre un café. Et peut-être pourrons-nous écouter du piano ?

Il toucha mon menton, et je sentis un frisson parcourir tout mon corps.

J'hésitai pendant une nanoseconde et lui adressai un sourire. Un café ne pourrait pas me faire de mal, n'est-ce pas ? Marie aurait ainsi le temps de reprendre ses esprits. Et peut-être que j'apprendrais plus de détails sur le crime par les passagers restés à veiller tard.

— Certainement. Mais pourquoi est-ce prudent, alors qu'un malade armé d'un revolver rôde aux alentours ?

— Le seul malade dont vous devez vous méfier, c'est moi. Une sirène m'a rendu complètement fou, s'écria Luke en portant ma main à ses lèvres.

* * *

Nous nous rendîmes au piano-bar au décor de style marocain où nous étions allés cette nuit-là. La nuit où Virgilio s'était pendu. Je frissonnai. Quelle sorte de souvenir de vacances était-ce là ?

Luke me fit asseoir à une table au plateau de mosaïque placée près d'une collection d'urnes peintes et d'un grand palmier en pot. Un ventilateur tournait lentement au-dessus de nos têtes, et le pianiste à la peau sombre jouait *As Time Goes By*. Je souris. *Casablanca*. Le film préféré de ma grand-mère.

Le serveur apporta le café dans une cafetière turque en laiton à long manche noir et versa le liquide fumant, fort, noir et sucré dans de petites tasses.

— Alors, l'*êtes*-vous ? demandai-je en portant la tasse chaude à mes lèvres et en regardant Luke fixement.

— Suis-je quoi ?

— Un fou. Est-ce que cela fait partie de votre « profession respectable » ?

Il hocha la tête et détourna son regard.

— Voulez-vous danser ?

— Dites-moi la vérité. Que faites-vous ?

Luke avala une gorgée de café et garda le silence pendant un instant.

— Vous ne voudriez pas laisser passer ce moment, n'est-ce pas ?

Je secouai la tête.

— Bien, dit-il en plissant le front. Je suis dans une sorte d'intermède, comme je vous l'ai dit.

— Un intermède de quoi ?

— Ça ne vous intéresserait pas vraiment. En majeure partie, des trucs bureaucratiques ennuyeux. Des agrafes, des papiers. Dans le domaine légal.

Je reposai ma tasse et le fixai, la bouche ouverte.

— Vous êtes avocat ?

Il parcourut la salle d'un regard vif.

— Bon sang, vous voulez ternir ma réputation ? Je n'ai pas dit cela, OK ?

Il se leva et prit ma main en faisant un clin d'œil.

— Allons, je suis animateur de danse.

Un joueur de contrebasse s'était joint au pianiste en smoking, et la musique, douce et sensuelle, résonnait au plus profond de nous-mêmes. Chaude et sucrée, comme le café turc.

Je fermai les yeux aussitôt que Luke m'entoura de ses bras. Je ne voulais plus penser aux pendaisons, vols ou indices incriminants. Je ne voulais plus penser du tout. Soudain, tout ce que je voulais, c'était fermer les yeux et me laisser aller au gré de cette merveilleuse musique. Dans ces bras-là.

— C'est agréable ? chuchota Luke à mon oreille.

— Mmm, très.

Je me rapprochai de lui. Il baissa les bras, et une main chaude alla se poser dans le creux de mon dos. Ses doigts se raidirent et m'attirèrent encore plus près de lui, jusqu'à ce que nos hanches s'épousent parfaitement. J'avais l'impression que nous bougions à peine et que tout ce qui nous entourait devenait flou. Plus rien n'existait hormis cette chaleur et cette complicité, le bourdonnement profond de la contrebasse et le souffle de Luke près de mon oreille.

Je me penchai en arrière et le regardai droit dans les yeux.

Je n'étais même plus certaine de ce que je voulais dire. Mais, à présent, parler n'était pas du tout ce que je voulais, n'est-ce pas ? En fait, ce que je voulais, c'était Luke. Tout ce que j'avais dit auparavant au sujet de mon « immunité » n'était que mensonge. Je voulais cet homme. Et soudain, ça me paraissait normal. Alors, quoi ?

Luke baissa la tête et m'embrassa. Je levai la tête vers lui et glissai mes doigts dans ses cheveux. La tête me tourna quand je lui rendis son baiser. Je serais tombée s'il ne m'avait pas tenue si étroitement. Nous arrêtâmes de danser au même moment, et... Oh, mon Dieu ! Quelqu'un applaudissait. Non, pas quelqu'un — *tout le monde*.

Le visage en feu, je m'écartai de lui et je vis que le pianiste et son partenaire applaudissaient, eux aussi. Luke rit et serra ma main.

Le pianiste sourit et parla dans le microphone.

— Nous jouons un programme de musique « romantique », mes amis, et je crois que ces deux personnes en sont la preuve vivante, proclama-t-il avec un clin d'œil. Devrions-nous faire porter une bouteille de champagne dans leur suite ? Qu'en pensez-vous ?

Je couvris mon visage de mes mains et hochai la tête. Aurais-je pu disparaître ? Tout cela alors que j'avais voulu être discrète.

Luke passa le bras autour de ma taille et me fit quitter la piste de danse sous les applaudissements des clients. Je retournai à la table pour prendre mon sac avant de me diriger vers la sortie.

— Ce n'est pas une si mauvaise idée, murmura-t-il en ouvrant la porte.

— De sortir d'ici ? Absolument.

Je sentis ses doigts caresser ma nuque.

Dans le corridor, il m'entraîna vers un coin sombre et m'attira à lui. Il glissa un doigt le long du décolleté de mon chandail avant de se blottir contre mon cou.

— Non, je voulais dire le champagne et la suite. La mienne ? dit-il en se penchant en arrière pour voir ma réaction. Elle a un balcon, et nous pourrons avoir un aperçu des côtes du Canada sous la lune avant d'aller voir la ville de Québec demain. Le Saint-Laurent est magnifique la nuit. Les montagnes, les lumières et…? Ses lèvres entrouvertes cherchèrent les miennes, en quête d'une réponse.

Mes jambes ne me supportaient plus. Traîner une queue de poisson n'était rien en comparaison de cette soudaine sensation. Je me penchai en arrière et le regardai dans les yeux pendant un instant avant de lui rendre son baiser.

— J'ai toujours voulu voir les côtes du Canada, murmurai-je contre sa bouche.

D'accord, c'était banal et pathétique, mais c'était la vérité. Je ne mentais pas, même à moi-même.

Nous dépassâmes toutes les personnes circulant dans le corridor, bien sûr. Je chassai les mains de Luke une bonne douzaine de fois et fis des signes aux passagers qui se rendaient au buffet de minuit — les Greenbaum, la Panthère Yoga, la Reine des Abeilles et la Princesse du Bal. Mademoiselle Serena Bliss, toujours en tutu, paraissait avoir récupéré de son traumatisme. Un vieux gentleman très admiratif, qui portait sa baguette magique, marchait près d'elle en s'appuyant sur une canne.

La suite de Luke était située à l'arrière du pont G, et, pour nous y rendre, nous passâmes devant une porte décorée de ballons et de serpentins.

— Des mariés en lune de miel, m'expliqua Luke en secouant la tête. C'est la troisième fois. Il a quatre-vingt-deux ans.

Le corridor, couvert d'une moquette à motif floral, était vide, et Luke s'arrêta devant sa cabine extérieure et m'appuya doucement contre la porte, hanches contre hanches. Je n'avais pas besoin d'être un génie pour savoir qu'il ne s'agissait pas uniquement de boire du champagne en admirant la côte. Il pressa les lèvres sur ma nuque et les glissa lentement vers le haut de mon cou. Mes jambes se dérobèrent.

— J'ai quelque chose à vous dire, murmura-t-il en posant ses lèvres chaudes sur les miennes.

— Que votre femme et vos deux enfants dorment dans cette pièce ?

Je sentis son souffle sur mon visage alors qu'il éclatait de rire.

— J'allais dire que vous me rendez fou et que je meurs de désir pour vous depuis…

— Depuis mon saut de l'ange sexy sur le tapis roulant ?

Luke glissa un doigt dans le décolleté de mon chandail, et je retins mon souffle comme une jeune vierge.

— Oui. Depuis que je vous ai ramassée par terre ce jour-là et que j'ai pris conscience qu'il était bon de vous tenir dans mes bras. Je n'avais pas réalisé que j'étais attiré par un petit boute-en-train qui mord et qui fait de la boxe.

— Avez-vous remarqué que je ne me bats plus ? murmurai-je.

Les banalités allaient vite devenir ma langue seconde, pensai-je en me rapprochant de lui.

— J'ai remarqué.

Il posa ses lèvres sur ma bouche pendant un long moment. Je réalisai alors que je n'avais jamais été aussi bien embrassée auparavant et me demandai quelles autres surprises il me réservait.

— Et j'ai aussi remarqué que nous sommes toujours dans le corridor.

Il sortit la carte-clé de sa poche et me prit dans ses bras comme une héroïne de film culte.

— Allons boire cette coupe de champagne.

Je posai ma joue sur sa poitrine et laissai mes jambes se balancer délicieusement.

— Alors… pas de femme à l'intérieur ?

Il tourna la poignée et ouvrit la porte de sa suite avec le pied.

— Rien que nous deux, répondit-il en pénétrant à l'intérieur de la cabine.

Les six agents de sécurité népalais apparurent à cet instant et claquèrent des doigts pour attirer notre attention.

QUATORZE

— Ê TES-VOUS SÛR ? JE VEUX DIRE QUE SI VOUS ÊTES MALADE, je peux venir dans votre cabine. N'oubliez pas que je suis infirmière.

Je mis ma main sur le récepteur en clignant des yeux dans la lumière matinale.

Devant moi, sur la jetée, Marie s'impatientait en tapotant sur son casque de vélo.

— Non. Ça va aller. Merci, répondit Luke d'un ton brusque.

— Mais vous allez manquer la visite de Québec.

Et nous étions censés la visiter ensemble, tout comme nous étions censés boire du champagne sur le balcon de sa suite hier soir. *Que se passait-il ?*

— Ne pourrais-je pas venir et vérifier votre, euh, température ?

Je l'entendis soupirer, et mon cœur fit un bond. Mauvais présage. Certainement pas de fièvre ; pas comme celle de la nuit dernière en tout cas. On aurait plutôt dit un soupir d'impatience.

— Non, dit-il. Je pense que c'est peut-être contagieux. Une grippe.

Il marqua une pause, et je tapotai le récepteur du téléphone de courtoisie en me demandant si la communication avait été coupée. Enfin, sa voix retentit de nouveau, froide et sarcastique. Sarcastique ? Était-ce dû à une mauvaise connexion ?

— Peut-être la grippe bovine. N'avez-vous pas dit que votre amie en souffrait ?

Puis, après une autre pause, il poursuivit :

— Au fait, « bovine » veut dire que cela se rapporte à la vache, n'est-ce pas ?

Je le saluai à mon tour et raccrochai, en fixant le récepteur des yeux. *Vache ?* Oh, mon Dieu ! Pourquoi avais-je fait cette remarque stupide ? Mais il ne pouvait pas savoir ce que j'avais voulu dire, n'est-ce pas ? C'était impossible, mais, bon sang, tout avait été si confus la nuit dernière. Me retrouver sous les regards pénétrants des Hommes en Noir après m'être abandonnée dans les bras de Luke m'avait fait l'effet d'une douche froide. Luke m'avait immédiatement demandé de partir et n'avait pas répondu au téléphone quand j'avais essayé de l'appeler à plusieurs reprises jusqu'à deux heures du matin.

— Retiens les chevaux, Marie, j'arrive.

— *Le charme européen de la vieille ville fortifiée de Québec,* cita Marie en rangeant la brochure dans son sac banane et en désignant le panorama qui s'étendait devant nous d'un grand geste de la main. *Et la romantique terrasse Dufferin, qui offre une vue spectaculaire sur le Saint-Laurent.* Mais peut-être n'as-tu pas l'âme romantique ce matin ?

Un jeune couple, les joues rougies par le froid, passa près de nous. Ils parlaient d'une voix douce en français et étaient totalement absorbés l'un par l'autre. La fille se mit brusquement à rire, avec un regard brillant, et donna une tape dans le dos de son compagnon aux cheveux bouclés. Il passa le bras autour de sa taille et se blottit dans son cou. Diable, cela aurait pu être Luke et moi — je pouvais faire semblant de parler français sans problème. Je souris et ouvris la boucle de mon casque.

— Pourquoi tout semble-t-il si parfait en français ?

Marie me fixa en attendant la suite.

— Il dit qu'il est malade, grommelai-je.

— Et alors, il l'est peut-être. Je le serais, moi, après avoir passé une nuit entière avec notre ami népalais. Tu sais, les lumières aveuglantes dans les yeux et les baguettes de bambou sous les ongles des mains — j'espère que ce n'étaient pas les ongles de pieds. Il ne pourrait plus danser.

— Ça suffit. Tu ne crois quand même pas qu'il est soupçonné, n'est-ce pas ?

— Pour l'amour du Ciel, Darcy ! Comment veux-tu que je le sache ? Tu t'adresses à quelqu'un qui a fait brûler un bas dans la baignoire.

— Mais…

Mon cerveau était en ébullition. Je ne pouvais pas encore me tromper. Était-ce possible ?

— Il semble être un homme bien. Je ne crois plus à toutes ces choses, parce que…

Parce que je n'aurais jamais couché avec un escroc ?

— Mais je n'accuse personne ! s'écria Marie en posant la main sur mon épaule. Tout ce que je dis est que quelqu'un sur ce bateau possède un pistolet. Ce n'est plus un simple voleur à la tire ; les règles ont changé. L'équipage et les agents de sécurité sont obligés de minimiser l'importance de cette affaire pour éviter que la panique ne s'installe, mais il est certain que nous devons tous faire très attention.

Marie s'empara de sa bicyclette, l'enfourcha et poursuivit :

— Alors, crois-tu que nous sommes capables de grimper cette côte ?

Lorsque nous atteignîmes le sommet, nos haleines formaient de petits nuages dans l'air matinal. Nous fîmes une pause pour admirer le paysage ensoleillé, le fleuve et son île, l'île d'Orléans, resplendissante dans les couleurs de l'automne, avec les montagnes laurentiennes en toile de fond. Derrière nous, le château Frontenac, avec ses flèches dignes de contes de fées et son toit de cuivre vert, s'élevait au milieu des jardins bien entretenus.

Je suffoquai en inspirant l'air froid et fermai les yeux pendant un instant en ressentant un vertige. Wow, nous avions monté la côte à une telle vitesse.

— Regarde, dit Marie en me présentant la brochure. Ça ne coûte que cinq cent quatre-vingt-cinq dollars la nuit, américains. Je parie qu'ils ont de bons cigares.

Elle reporta son regard sur moi et fronça les sourcils en signe d'inquiétude.

— Qu'y a-t-il ? Quelque chose ne va pas ?

Je levai la main vers mon cou et pris une autre inspiration profonde. Ciel ! Mon cœur battait comme un marteau piqueur, et un autre vertige fit trembler mes jambes.

— Mon cœur, c'est...

Marie laissa tomber sa bicyclette, écarta la mienne et m'aida à m'asseoir sur la pelouse.

— Voilà. Laisse-moi compter les battements de ton cœur, et ensuite nous verrons ce que nous pouvons faire pour qu'ils ralentissent. Tu as bu du café tard hier soir, tu n'as presque rien mangé au petit-déjeuner... As-tu au moins pu dormir un peu cette nuit ?

Elle pressa les doigts contre mon cou et regarda sa montre.

— Au moins cent quatre-vingts. Je vais te faire un massage.

J'essayai de contrôler ma respiration pendant que Marie glissait ses doigts sur mon artère carotide d'un mouvement régulier. Un massage de la carotide. J'avais pu me rendre compte à plusieurs reprises que cela fonctionnait. *S'il vous plaît, mon Dieu, ne me laissez pas mourir.*

— Essayons autre chose. La manœuvre Valsalva. Tu sais ce qu'il faut faire.

Marie m'observa pendant que je retenais ma respiration en grognant puis expirais pour augmenter la pression dans ma poitrine et mon abdomen et pour ralentir les battements de mon cœur.

J'eus conscience de voix qui m'entouraient, mais je les entendais comme dans un brouillard. Était-ce Edie ? La Reine des Abeilles ? Mon cœur s'emballa, s'affola et finit par se stabiliser. *Parfait.* Le sang afflua à mon cerveau comme la pluie après la sécheresse.

— Je vais mieux, maintenant.

— Attends, relève-toi lentement. Ton pouls est redevenu normal.

— Alors, pour l'amour du Ciel, Darcy ! N'êtes-vous pas trop jeune pour ce genre de chose ?

Bernie Greenbaum, portant un béret marron, se pencha vers moi et me regarda d'un air préoccupé.

Il passa sa langue sur sa dent en or et esquissa un sourire en tapotant mon bras nerveusement.

— Dieu merci, Darcy, vous allez bien ! murmura la Reine des Abeilles. Quelle chance que Marie ait été là !

Tenez, ma chère, vous n'êtes pas assez couverte, prenez ma veste en renard.

— Non vraiment, je vais bien. Je voudrais juste boire un peu d'eau. Ce n'est rien de grave.

Je souris et clignai des yeux en sentant l'odeur de naphtaline si près de mon visage. Combien y avait-il de personnes autour de moi ? J'avais l'impression d'être une attraction touristique.

— Un problème de cœur est certainement *très* grave, déclara Edie Greenbaum comme si elle faisait une annonce officielle. Vous ne savez pas comment ça va évoluer, ma chère. Pas plus tard que l'année dernière, ma plus jeune nièce, Rachel...

— Bon, l'interrompit Marie en la repoussant et en écartant la veste de renard, ne vous inquiétez pas, je vais prendre soin d'elle. Vous devriez y aller. Vous ne voulez pas manquer la visite, n'est-ce pas ?

La foule se dispersa, et je me levai lentement. Pas de problème. Solide comme un roc. J'attrapai ma bicyclette et regardai dans la direction que Marie m'indiquait.

— Quelqu'un m'a dit qu'il y avait un café par là, juste après la patinoire. Tu te sens vraiment mieux, maintenant ?

Nous descendîmes la colline à pied, nos bicyclettes à la main. Nous admirâmes les petites boutiques qui longeaient la rue étroite aux entrées décorées de citrouilles, de bottes de paille et de rameaux de morelles douces-amères. C'était comme si toutes les devantures étaient des galeries d'art. Des tableaux aux traits de pinceaux épais mêlant les vermillons, les ocres et les bleus azur y côtoyaient des poteries en terre cuite au four et de simples pots à confiture, qui resplendissaient dans les couleurs d'automne. Les clients flânaient, riaient en se penchant contre les réverbères et parlaient dans cette langue qui ressemble à de la poésie impromptue. J'avais envie de me pincer et de me fondre dans cette ambiance. Québec. Luke avait raison. C'était une ville magnifique.

Nous nous arrêtâmes devant un petit immeuble jaune situé près d'une patinoire extérieure, et la porte s'ouvrit, libérant de délicieux effluves de café grillé et de pâtisseries fraîchement sorties du four. Nous attachâmes nos bicyclettes et entrâmes à la suite de deux jeunes femmes en tenue de ski.

— Regarde, c'est un cybercafé, dit Marie en élevant la voix pour se faire entendre malgré le brouhaha et en désignant une rangée d'ordinateurs à l'arrière de la pièce. Elle me poussa pour que je m'insère dans la file qui s'étalait devant le comptoir.

— Ne discute pas, tu vas prendre un jus de fruits, et pas de café. Pas une goutte de caféine, s'écria Marie.

Puis, elle ouvrit de grands yeux en passant devant le présentoir à pâtisseries et ajouta en souriant :

— Bien évidemment, tu dois manger un de ces gâteaux au fromage et une de ces gâteries aux fruits. Je vais en prendre aussi, pour le soutien moral.

Marie mima notre commande à une jeune fille vêtue de noir portant des boucles d'oreilles en forme de tasses de café et désigna un menu en français écrit à la craie sur une ardoise. J'observai la foule et remarquai le mélange de cultures et de générations, les plus jeunes s'amusant bruyamment aux jeux vidéo. Mon regard se porta ensuite sur la rangée d'écrans d'ordinateur, et je me demandai comment les gens pouvaient supporter d'être si serrés les uns contre les autres.

J'entendis Marie m'appeler et je commençai à me diriger vers elle quand un homme, la tête penchée vers l'écran d'ordinateur le plus éloigné, retint mon attention. Sa main se déplaçait rapidement sur un carnet de notes. Un homme blond avec des lunettes à monture métallique et... Luke. Il m'avait menti.

Je m'approchai de lui, et il m'adressa la parole sans même lever les yeux.

— Entendu, mademoiselle, j'ai presque terminé, marmonna-t-il, me prenant manifestement pour la serveuse.

— Oui, c'est bien ce qu'il me semble, murmurai-je entre mes dents serrées.

Luke releva la tête et resta bouche bée.

— Darcy, je...

— Ne vous donnez pas la peine d'essayer de m'expliquer, poursuivis-je en regardant ses doigts s'activer pour fermer le programme. Je suis contente de voir que vous allez mieux.

Je me détournai pour m'éloigner, mais il attrapa ma main.

— Darcy, attendez s'il vous plaît. Je vais vous expliquer.

Sa voix était douce et compréhensive, sans aucune trace des sarcasmes précédents. Il portait une veste d'aviateur en cuir brun sur un chandail à mailles lâches. Les lunettes de lecture lui donnaient l'air enfantin d'un étudiant de l'*Ivy League*. Pourquoi était-il toujours ainsi — si rusé et imprévisible ? Il caressa la paume de ma main, et je sentis une chaleur familière m'envahir.

J'ouvris la bouche pour parler quand je fus interrompue par Marie, qui arrivait à mes côtés, tenant dans les mains un plateau avec des pâtisseries, du café et une bouteille de jus de fruits.

— Je pense que nous devrons manger en marchant, Darcy, parce que... Luke ?

— Tu as raison, dis-je en dégageant ma main, nous devons prendre l'autocar pour la visite. J'avais presque oublié.

— Mais… dit Luke en se levant.

— Vous aviez raison sur une chose, Luke. Québec est une ville étonnante. Et maintenant je vais partir à sa découverte.

*   *   *

L'autocar sillonna la campagne, les contreforts des montagnes laurentiennes et la région du lac Beauport. Marie était assise près de la fenêtre et prenait des photos, s'extasiant comme un moine grégorien devant la beauté du paysage.

— Un érable à sucre — oh ! — avec des feuilles rouges, jaunes avec les nervures noires, orange comme les flammes, et pourpres… Hé, un arbre peut-il être *pourpre* ?

— Garde quelques photos pour les chutes Montmorency. Il paraît qu'elles sont plus hautes que les chutes du Niagara.

— Ouais, bon, tu me préviendras, d'accord ? Je vais conserver toute mon énergie pour le prochain arrêt, répondit-elle en souriant et en passant sa langue sur ses lèvres. La cabane à sucre. Ils versent du sirop d'érable chaud sur de la neige et il se transforme instantanément en suçon, ma chérie.

Je laissai ma tête reposer sur l'appui-tête et fermai les yeux en m'efforçant de ne plus penser à Luke. Pas de problème, j'allais penser à quelqu'un d'autre. Par exemple, au docteur Foote et à l'emploi qu'il m'avait offert. Quels étaient les produits qu'il m'avait montrés ? Talons compensés, talonnettes qui amortissent les chocs… Ah oui ! Et des semelles orthopédiques faites sur mesure en Allemagne.

Des supports de voûte plantaire en velours ? Oui, c'est ça. Je pouvais très bien imaginer que si je lui parlais de tout ça, Marie se moquerait de moi. Mais, après tout, les gens avaient bien le droit de rechercher le confort pour leurs pieds, n'est-ce pas ? Le docteur Foote — *Philip* — avait même offert de me montrer comment on prenait les mesures du pied en faisant une empreinte en cire. Il m'avait fait retirer mes chaussures et mes bas et… Mes pensées furent interrompues par une voix gutturale provenant de l'autre côté de l'allée.

— Et vraiment, mon cher, j'ai pensé que j'allais mourir, expliquait Serena Bliss au gentleman assis à ses côtés. Vous savez que l'on dit qu'à ce moment-là, on voit défiler toute sa vie ? Eh bien, c'est vrai ! J'ai tout revu : mon gâteau d'anniversaire sur le thème des personnages de Disney pour mes six ans, le bar Mitzvah de mon frère et ce romantique été en Oregon à la fête des Fraises. La plus grande tarte aux fraises du monde.

— Alors, vous aviez le pistolet devant les yeux ? demanda l'homme âgé, le regard flou derrière les lunettes aux verres épais.

Je me penchai légèrement vers l'allée pour mieux entendre.

— Eh bien, je ne l'ai pas vraiment vu, concéda Serena. C'était impossible puisque j'avais un masque au concombre sur les yeux.

— Un masque au concombre ? répéta l'homme en posant sur Serena un regard intense et en rougissant.

— Un masque comme celui qu'ils donnent dans les avions, mais celui-ci est rempli d'eau froide et se pose sur deux fines rondelles de concombre. C'est ce qui nous donne ce regard jeune et innocent. Regardez, touchez ma peau, expliqua-t-elle en battant des cils.

Je me penchai vers Marie et lui donnai un coup de coude.

— Le vol de la nuit dernière a eu lieu au spa Sirène.

*   *   *

Le guide n'avait pas exagéré en parlant des chutes Montmorency. Une masse imposante d'eau blanche comme de la neige coulait en rugissant à partir des falaises et se déversait dans le fleuve Saint-Laurent en formant une cascade d'une hauteur de quatre-vingt-trois mètres. Je sentis mon visage picoter sous la vapeur d'eau cristallisée tandis que, debout au milieu du pont surplombant la cascade, je regardais l'écume danser sur les énormes rochers en contrebas. Je souris. Marie, bien sûr, avait choisi de rester en arrière et de tester la sélection de thés du manoir Montmorency.

— Hé, je sais lever le petit doigt aussi bien que n'importe qui ! avait-elle déclaré en riant. De plus, tu ne pourrais pas être en meilleure compagnie ; Bernie et Edie ont fait cette ascension une bonne douzaine de fois. Cette petite femme grimpe comme un chamois.

Je serrai mon parka fourré contre moi et jetai un dernier regard vers les chutes, les arches du pont et les immenses rochers. Je poussai un soupir, et mon haleine forma un nuage devant ma bouche. J'aurais tellement aimé partager ce moment avec Luke ! Pourquoi était-il si difficile à comprendre ? Il aurait fallu être fou pour tenter d'essayer.

Je suivis le chemin couvert de feuilles jaune-orange qui conduisait au manoir et marquai une pause devant un lit de chrysanthèmes rouges pour relacer mes chaussures. Les pas du dernier groupe résonnèrent derrière moi. Tant mieux, trop de solitude finit par lasser. Je me redressai et heurtai Luke de plein fouet. J'en eus le souffle coupé.

— Bonjour ! Je vous ai trouvée, avança-t-il timidement.

— Comment…

Je ne pouvais détourner les yeux de lui. Son regard était chaleureux, invitant et si différent de celui qu'il avait eu auparavant.

— J'ai eu du succès auprès des guides, expliqua-t-il, et ils m'ont laissé voir l'itinéraire. J'ai attendu le prochain autocar, et me voici. Je dois vous expliquer… non, m'excuser pour commencer. Darcy, je suis désolé.

Je croisai les bras et essayai de nier les émotions que son regard éveillait.

— J'étais inquiète l'autre soir, dis-je en conservant un ton aussi impersonnel que possible. J'ai dû vous téléphoner une bonne demi-douzaine de fois, mais vous n'avez pas répondu.

Je regardai ses yeux. Étais-je encore à même de reconnaître la vérité ?

— Il a fallu que je descende au bureau de la sécurité. J'ai dû répondre à quelques questions pour éclaircir certaines choses.

— Et ?

— Nous les avons éclaircies, répondit-il doucement.

Il avança vers moi, et je fis un pas en arrière.

— Et ce matin ? Votre « maladie » ?

J'observai une série d'expressions animer son visage. Prenait-il trop de temps à répondre ?

— Une excuse boiteuse. J'étais impliqué dans quelque chose, Darcy.

Il remarqua mon regard suspicieux et ajouta en riant :

— Quelque chose, pas quelqu'un. Une chose dans laquelle je suis impliqué, mais dont je ne peux pas vous parler pour le moment. Ça concerne le travail.

— C'est la raison pour laquelle vous étiez au cybercafé ?

— En partie. J'étais venu à votre recherche quand j'ai reçu un appel sur mon téléphone cellulaire. J'ai dû faire des recherches sur Internet.

Il s'arrêta pour me regarder dans les yeux et ajouta :

— C'est la vérité. Croyez-moi, rien ne m'aurait fait plus plaisir que de passer la journée avec vous. Sauf peut-être d'avoir goûté à ce champagne.

— Vous étiez venu me retrouver ? murmurai-je en le regardant dans les yeux, surprise de m'apercevoir à quel point soudain je désirais le croire.

— Je vous le jure, dit-il en soutenant mon regard. Je tiens beaucoup à vous, Darcy. Je n'étais pas vraiment préparé à cela. Et j'espère que je pourrai vous donner une meilleure explication, mais, pour le moment, pourriez-vous vous contenter de me faire confiance ?

Il mit un doigt sous mon menton et leva ma tête vers lui.

— Pouvez-vous y réfléchir ?

Je continuai à le fixer droit dans les yeux, puis je pris une profonde inspiration et me glissai dans ses bras. Je souris et levai la tête, dans l'attente d'un baiser. Que dire de plus ? C'était tellement bon.

Il me prit dans ses bras, et ses lèvres s'unirent aux miennes dans un profond baiser.

Puis, il m'attrapa dans ses bras en riant et me fit tournoyer en secouant une branche de tremble. Des feuilles jaunes s'envolèrent et atterrirent sur le sol. Il me reposa doucement par terre et déposa des petits baisers sur mes sourcils, mon nez, mes joues, puis reprit mes lèvres.

Je lui rendis son baiser, en respirant par le nez pour ne pas être obligée de m'arrêter. Il sentait le savon, le cuir et l'expresso. Je glissai mes bras sous sa veste et sentis les muscles durs de son dos sous son chandail.

Mes mains remontèrent le long de son dos jusqu'à ce que ma main droite rencontre quelque chose. Qu'est ce que c'était ? Du cuir et du métal ! Un téléphone cellulaire ? Dans un... étui en cuir ? *Oh, mon Dieu !* Je sentis un frisson me parcourir, et cela n'avait rien à voir avec le baiser. *Un revolver.*

QUINZE

Ils emmenèrent Marie dès que le paquebot fut entré dans les eaux internationales.

— Ce sont des agents fédéraux, marmonna Serena Bliss, la bouche pleine. Elle désigna le plafond du café avec la main dans laquelle elle tenait son beignet, et du sucre glace tomba sur son bras. Il y a un hélicoptère sur le pont Soleil.

Je me précipitai une fois de plus dans la cage d'escalier. Bon sang ! Les agents de sécurité en interdisaient encore l'accès. Il n'y avait pas moyen de se rendre à l'aire d'atterrissage. Des larmes de colère roulèrent sur mes joues, et je secouai la tête. Marie, cependant, était restée très calme en découvrant ce qui lui arrivait.

Elle avait rassemblé ses affaires dans un petit sac de marin et m'avait dit :

— Écoute, ce n'est pas comme si j'étais en état d'arrestation. Ils vont me poser des questions pour faire avancer l'enquête. Plutôt sympa, non ?

Elle avait gratté le bord de son timbre de nicotine. Ses doigts tremblaient, et elle avait baissé la main d'un geste vif en esquissant un sourire.

— As-tu vu ces types ? Habits noirs et lunettes de soleil ! On dirait que j'ai rendez-vous avec les Blues Brothers !

Je jetai un coup d'œil vers les ascenseurs. Il y avait, là aussi, un agent népalais, qui devait s'assurer que personne ne presse le bouton pour monter jusqu'au pont supérieur. Peut-être aussi pour s'assurer que je ne puisse pas retourner là-haut. Qu'aurais-je pu faire d'autre ? D'accord, tambouriner à la porte du bureau de la sécurité, situé près des quartiers du capitaine, était un peu trop. Mais ils allaient emmener Marie !

Je redescendis vers la salle à manger en baissant la tête. Et voilà, j'entendais le sifflement, reconnaissable entre tous, des pales de l'hélicoptère en train de décoller. *Merde.* Mon estomac se révulsa, et des larmes jaillirent de mes yeux. Je me dirigeai vers l'escalier et m'appuyai contre la rampe.

Tout était de ma faute. Si j'avais fait plus d'efforts pour trouver le véritable coupable, peut-être aurais-je réussi à détourner les soupçons de Marie. Mais au lieu de cela, qu'avais-je fait ? J'avais organisé cette intrusion dans l'infirmerie et laissé tout tomber pour ces embrassades avec Luke. Luke, qui avait un revolver. Et qu'avais-je fait à ce sujet ?

Je relevai la tête en reniflant lorsque je sentis une main se poser sur mon épaule.

— Voilà un mouchoir, ma chère, me dit Edie Greenbaum en souriant.

— Merci.

Je m'essuyai les yeux et je la laissai tapoter mon bras.

— Nous sommes tous contrariés, vous savez. Qui aurait pu se douter des problèmes qu'ils avaient ? D'abord, ce pauvre Virgilio qui se pend parce que sa femme le trompe. Et maintenant, Marie.

Puis, elle tripota la chaîne de ses lunettes comme s'il s'agissait d'un chapelet et ajouta :

— Je viens juste de dire aux autres femmes que si elle avait des ennuis financiers, elle aurait pu en parler à Bernie ou à moi.

Ma mâchoire se contracta. *Quoi ?* C'est ce qu'elle disait aux autres passagers ?

Le sang afflua dans ma tête, et je dus réunir toutes mes forces pour ne pas pousser cette petite fouineuse en bas des escaliers. Mais je me contentai de me moucher et de lui rendre le mouchoir souillé, avant de me détourner et de descendre les marches en courant.

Le café Java, sur le pont Promenade, était presque désert ; la plupart des passagers étaient probablement allés se préparer pour le souper. Je mordis dans un macaron fourré au chocolat et souris. Oui, le souper. La conversation tournerait certainement autour de Marie Whitley, la voleuse de bijoux. Et Edie Greenbaum serait certainement la première à colporter des rumeurs malveillantes. J'étais encore sidérée par ce que j'avais entendu, surtout après toute la gentillesse de Marie envers elle.

— Vous voilà.

Une main se posa sur mon épaule, et je levai les yeux vers Luke. Il portait des pantalons et un blouson décontracté sur une chemise à carreaux ouverte sur sa poitrine. Et un revolver sous son bras ?

Je lui adressai le sourire que je m'étais entraînée à faire dans l'autobus, pendant le retour des chutes Montmorency.

Gentil, sans le moindre soupçon et quelque peu perturbé par les baisers, cette dernière partie étant plutôt facile.

— Vous n'avez pas répondu au téléphone.

Il semblait inquiet. Il baissa les yeux vers mon chandail en coton, mon pantalon décontracté et mes sandales.

— Vous n'allez pas à la salle à manger ?

— Je... Oh, bon sang !

Je ne pus empêcher mes larmes de se remettre à couler. Tout était si compliqué, et, honnêtement, comment oserais-je être avec Luke maintenant ? Je pressai la serviette contre mes yeux, et un morceau de noix de coco qui y était resté accroché me fit cligner des yeux.

— Je suis au courant pour Marie, bien entendu, et, si cela peut vous rassurer, j'ai pu avoir des informations de la part des agents de sécurité.

Sa main caressa mon bras.

— Que voulez-vous dire ?

— Seulement qu'elle devrait être de retour dans vingt-quatre heures au plus tard.

Il détourna le regard et marqua un temps d'arrêt, comme s'il n'était pas sûr de ce qu'il voulait dire.

— Elle est en route pour le bureau du FBI à Boston ; c'est le quartier général pour le nord de la Nouvelle-Angleterre.

— Comment savez-vous tout cela ?

— Hé, je suis sur ce bateau depuis un certain temps. Les gens parlent, et j'écoute. Personne ne se méfie d'un animateur de danse. Enfin, peu importe, on m'a assuré qu'elle allait bien, Darcy.

Il passa doucement la main sur ma joue, et mon cœur bondit dans ma poitrine.

— Maintenant, puis-je vous convaincre de venir souper avec moi ?

Je gardai les yeux fermement serrés pendant un instant. Ce serait si facile d'accepter. Je le désirais plus que je ne voulais bien me l'avouer. Souper ensemble, parler de choses et d'autres devant un café, danser et boire ce champagne tant attendu ! Mais les règles avaient changé, maintenant. Il y avait eu l'hélicoptère sur le pont supérieur et le revolver sous la veste de Luke. Je devais maintenant tirer cette affaire au clair pour aider Marie.

— Je ne le pense pas, répondis-je en voyant la déception s'afficher sur son visage.

— Plus tard, alors ?

Je fixai mon regard au loin, et ma gorge se noua.

— Non. Essayez de comprendre, Luke. J'ai besoin d'être seule pendant quelque temps.

Je le regardai s'éloigner et demandai un crayon au serveur du café. J'attrapai une pile de serviettes en papier à l'effigie du paquebot et commençai à inscrire une liste. Excellente façon d'entrer en action. Logique, prudente et mesurée. Je tapotai le bout de mon crayon contre ma tasse de café et écoutai l'écho lointain d'un quatuor à cordes. Quels évènements étaient intervenus, en ordre chronologique ?

La Princesse du Bal. Les bijoux de famille et le diamant. Dans le spa ? Non, un instant. Je supprimai le mot « spa » en fronçant les sourcils. Je ferais une autre colonne pour inscrire les scènes de crime. Cette première colonne était réservée aux victimes.

Madame Kravitz, la victime d'une crise cardiaque. Je mis le point sur le *i* et mâchonnai le bout de mon crayon. Et Virgilio ? Que diable, il était *mort*. Il était donc assurément, lui aussi, une victime. Mais de quoi ? Pas de vol. De découragement ? Il y avait eu bien assez de racontars disant qu'il s'était suicidé à cause de sa femme.

J'ajoutai le nom de Virgilio à la liste des victimes avec un point d'interrogation. Il était, à tout le moins, victime de rumeurs malveillantes.

Serena Bliss. Assurément une victime, même si elle semblait prendre un certain plaisir à raconter son expérience. Je hochai la tête. Et, d'après ce qu'elle avait dit, il semblait qu'on ne lui avait dérobé que de l'argent liquide. Pour la première fois, on ne lui avait pris aucun bijou.

Nouvelle colonne. Lieux du crime.

Princesse du Bal : probablement au spa. Même si elle clamait que c'était à l'infirmerie, bien sûr. Je repassai la pointe de mon crayon plusieurs fois sur son nom.

Madame Kravitz : dans sa cabine. Après avoir été transportée à l'infirmerie.

Virgilio, écrivis-je en frissonnant. Pendu sur le pont des Sports. Tout près du vert d'entraînement au putt et des cages de baseball. Les cages de baseball ? Pourquoi cela retenait-il mon attention ?

Je bus une gorgée de café et tapotai mon crayon sur le dessus de la table. Les Hommes en Noir n'avaient-ils pas demandé à Marie si elle aimait le baseball ou si elle avait utilisé les cages de baseball ? À quoi tout cela rimait-il ?

Et Serena Bliss : au spa.

OK, ensuite ? Je secouai la tête et sentis une nouvelle vague de culpabilité m'envahir. Les informations récoltées en entraînant Marie dans l'infirmerie cette nuit-là. Les victimes de miniattaques. Et les autres patientes qui s'étaient plaintes de faiblesse après leur visite au spa.

Je ne me souvenais pas de tous les noms, et, Dieu merci, la liste avait été brûlée et avait disparu dans la toilette. Elle devait maintenant servir de nourriture pour les baleines. Avec le bas. Tu parles d'une espionne. Tout ce que j'avais réussi à faire était d'impliquer mon amie encore un peu plus.

Le serveur vint remplir ma tasse de café, et je le remerciai. À contrecœur, j'avais opté pour du décaféiné, car je n'avais vraiment pas besoin de sentir mon cœur s'affoler à cause de la caféine et donner ainsi au chef scout Bernie une raison de plus pour tourner autour de moi. Je pris une dernière gorgée de café, ramassai ma pile de serviettes et sortis en passant près du quatuor. Ils jouaient *This Kiss*. Pour que je n'oublie pas combien j'avais été stupide.

Je me dirigeai vers l'ascenseur en glissant les serviettes dans mon sac. Et en ce qui concernait Luke ? Je n'avais pas soufflé mot du revolver à Marie, car, il faut bien l'avouer, je n'avais pas réussi à m'imaginer pourquoi il en avait besoin. Pourquoi un avocat aurait-il un revolver ? À cause d'un client mécontent, d'un cas dangereux ? Pourtant, il avait dit qu'il était dans une sorte d'intermède.

J'appuyai sur le bouton, et les portes de l'ascenseur se fermèrent et se rouvrirent aussitôt pour laisser entrer les animateurs de danse, Herb et Dan. Ils m'adressèrent un sourire, et je remarquai pour la première fois que Dan portait une perruque et que le pantalon de Herb était luisant à force d'avoir été porté.

Je gémis intérieurement et me posai une autre question. La Grande Question. Celle qui était restée sans réponse à cause des baisers sous la lune, des sourires échangés et de la promesse attirante du champagne. À cause de ma propre faiblesse. Pourquoi diable un avocat travaillait-il comme animateur de danse à bord d'un bateau de croisière ? Réponse : seulement si, d'une certaine façon, il avait des ennuis et cherchait à s'enfuir. Ou bien, pour profiter de sa position.

J'ouvris la porte de la cabine et ressentis une vague de tristesse. Pas de sculpture. Et maintenant, pas de Marie non plus. Qu'allait-il encore arriver ? Un iceberg ?

J'avais allumé la lampe Lava et je commençais à ranger la cabine — assembler des douzaines de paires de bas de Marie — quand quelqu'un frappa à la porte. Je l'ouvris et me trouvai face à un steward portant un uniforme avec le logo du spa Sirène, qui tenait à la main une enveloppe dorée.

— Madame Evanston ?

— Non, je crois qu'elle est dans la cabine voisine.

— Oh, je suis désolé, mademoiselle !

Le steward fit demi-tour et s'éloigna.

Avant de refermer la porte, j'entendis un cri d'excitation provenant de la cabine voisine :

— Oh, mon Dieu ! Harold ! C'est vrai. J'ai gagné. Regarde, j'ai gagné un coupon gratuit ! Est-ce possible ?

Je m'assis près d'une pile de vêtements appartenant à Marie et sortis les serviettes de mon sac. Je sentis la chair de poule envahir mes bras. Je baissai les yeux vers les colonnes que j'avais faites. Victimes. Lieux du crime. Miniattaques. J'avais oublié quelque chose. J'aurais dû ajouter une autre colonne : gagnantes d'un coupon gratuit pour le spa. La Princesse du Bal, madame Thurston — la Reine des Abeilles — et maintenant la femme de la cabine voisine. Combien y en avait-il d'autres ?

Je remis les serviettes dans mon sac et ouvris un tiroir pour y chercher un short de cycliste et un maillot assorti avec une poche arrière. Après les avoir revêtus, je souris en pensant à mon trait de génie. Il existait d'autres façons de recueillir les informations dont j'avais besoin pour compléter toutes les colonnes de ma liste.

Le téléphone se mit à sonner au moment où j'enfilais mon confortable short bleu saphir. Je répondis tout en saisissant mon sac de gymnastique.

— Et pour le dessert, alors ? demanda Luke. De la mousse au chocolat sous les étoiles ?

— Merci pour l'invitation, mais je suis en retard pour mon premier cours de yoga.

SEIZE

— A LLONGEZ-VOUS ET NE BOUGEZ PLUS, MURMURA SERENA Bliss.

Je posai mon sac et allai chercher un tapis de sol avant de rejoindre les femmes allongées sur le dos sur le plancher bien ciré du gymnase. Je doutai que le regard hargneux que me lança l'instructrice puisse mener à une harmonie spirituelle.

— Pour celles qui viennent pour la première fois ou qui sont *en retard*, je m'appelle Gurani, et la posture que nous faisons maintenant est utilisée au début et à la fin de chaque séance.

Je me demandai pendant un moment si grand-mère Rosaleen aurait pu trouver un quelconque bénéfice à tout cela, la camaraderie entre femmes, les extensions du corps et de l'esprit et… le risque de devenir une victime, aussi. Non, il n'y aurait plus de victimes, ni Marie ni aucune de ces femmes. Pas si je pouvais empêcher que de tels drames se reproduisent. Je levai la tête et regardai autour de moi en souriant. Une douzaine de participantes — un étalage de têtes grisonnantes —, vêtues d'un justaucorps mauve, respiraient lentement.

L'instructrice me regarda en fronçant les sourcils. Son front était orné d'un point rouge, et elle me fit un signe de tête en direction du nord. Je reposai ma tête sur le tapis de sol, et une pensée m'effleura l'esprit. La Yoga Nazi. Une femme tendue.

— Et comme je le disais, dans cette posture, non seulement le corps devrait être immobile et relaxé, mais l'esprit devrait être lui aussi au repos, comme l'eau calme d'un lac.

Elle fit une pause pour boire une gorgée d'eau avant de poursuivre :

— Cette posture s'appelle « Shava Asana ». Vous devez la maintenir pendant dix minutes.

— Dix minutes ? murmurai-je alors que l'instructrice se rendait à l'autre bout du gymnase et se contorsionnait dans toute une série de positions incroyables. Avec ses jambes passées au-dessus de son dos, on aurait dit un scorpion en pleine révolte. La Yoga Nazi en faisait vraiment trop.

— Oui, chuchota Serena Bliss, dix minutes et parfois plus, Dieu merci. C'est la partie la plus facile. Le reste du temps, il faut effectuer toutes sortes de mouvements.

— Eh bien, je vous félicite pour, euh... votre engagement dans cette union du corps et de l'esprit, dis-je en souriant à la vue de l'enveloppe de saucisse mauve qui lui servait de justaucorps. Et je peux m'imaginer qu'il est important de vous relaxer pour vous remettre du traumatisme dont vous avez souffert. Vous devez vous sentir si seule.

— Merci. J'attache une grande importance à la santé. Mais non, je ne peux pas me sentir seule, gloussa-t-elle.

Nous pourrions presque former une confrérie. La confrérie des victimes.

Je fermai les yeux et souris. J'étais vraiment bonne.

— C'est vrai ? Je n'en avais aucune idée. Voulez-vous dire qu'il y a eu plusieurs vols ?

— Oh, vous ne pouvez pas vous imaginer !

Serena releva la tête et laissa son regard errer au-dessus des corps allongés.

— Les agents de sécurité ne veulent pas ébruiter l'affaire, bien sûr, mais rien que dans cette salle nous sommes six.

Je donnai une légère bourrade sur l'épaule rembourrée de Serena.

— Allons donc… c'est vrai ?

— C'est vrai. Évidemment, le mien a été le plus traumatisant, comme vous pouvez l'imaginer. À cause du pistolet. Mais c'est vrai, il y a Loretta, Penny, Sarah, Gladys et… voyons voir, Mimi. Elle dit qu'elle ne retrouve plus ses boucles d'oreilles qui étaient dans sa poche. Mais elle est si désordonnée que je ne suis pas sûre de pouvoir la croire. Il est possible qu'elle veuille tout simplement faire partie du groupe, vous voyez ?

— Et, bien sûr, il y a cette pauvre madame Kravitz. La victime d'une crise cardiaque ?

Je respirai lentement par le nez en me disant que je ne devais pas trop forcer. Ouais, comme la surface d'un lac.

— Ah oui ! Mais dans son cas, c'est un peu différent. C'est un cambriolage, n'est-ce pas ? Du moins, c'est ce que les agents de sécurité ont dit.

— Un cambriolage ?

— Parce qu'ils se sont introduits dans sa cabine pendant son absence. Il n'y a pas eu de confrontation.

Je fis semblant de ne pas avoir bien compris.

— Alors, les autres… ont été réellement confrontées au voleur ? C'est vraiment horrible, Serena. Le voleur apparaît à divers endroits du bateau ?

— Non. Oh ! Chut ! Gurani revient vers nous.

— Je viens d'être informée qu'à cause d'une erreur dans les horaires, nous devons aller à l'autre bout de la salle pour faire de la place à un autre groupe. Prenez vos tapis de sol, et nous allons nous rendre dans notre nouvel espace.

Je traversai la salle et installai mon tapis de sol près de la Princesse du Bal, puis je tentai de suivre les instructions pour exécuter la nouvelle posture. Je me penchai pour attraper mon orteil en grognant et entendis la Princesse soupirer avec condescendance avant de réaliser la posture avec facilité. Quoi ? Elle soupire ! J'aimerais la voir courir le marathon déguisée en plat mexicain !

La Princesse du Bal, les lèvres serrées contre ses doigts fraîchement manucurés qui tenaient ses orteils, esquissa un sourire et murmura :

— C'est un grand soulagement de savoir que la jeune femme qui partageait votre cabine devra finalement répondre de ses actes.

Oh, *quel culot !* J'expirai par le nez et rejetai l'idée qui m'était venue de lui maintenir la tête sous l'eau calme d'un lac. Au lieu de cela, je m'allongeai le plus possible et attrapai mon gros orteil avec un grand sourire.

— Oui, cela m'a fait un choc. Vous pensez connaître quelqu'un et… dis-je en hochant la tête et en m'excusant silencieusement auprès de Marie. J'ai déjà demandé à changer de cabine ; cette fille était vraiment trop désordonnée. Alors, je suppose que l'infirmerie est devenue une vraie scène de crime ?

— En réalité, seul mon vol semble s'être produit là. Ou du moins, c'est ce que l'on m'a dit.

Elle resserra sa prise sur son orteil manucuré à la française et eut un petit sourire satisfait.

— Mademoiselle Whitley était assurément polyvalente à défaut d'être maligne.

Je me mordis les lèvres et combattit mon envie irrationnelle de cracher. *Retiens-moi, grand-mère !*

Je serrai les poings et tentai de maîtriser ma voix.

— Polyvalente ?

— J'ai entendu dire qu'elle avait rencontré la majorité de ses conquêtes au spa Sirène.

— Mais Serena n'a-t-elle pas dit qu'elle avait entendu une voix *d'homme* ? Qu'elle avait été, hum, caressée ?

— Les femmes du style de Serena Bliss doivent se contenter de rêver. De plus, un homme aurait peu de chance de pouvoir se faufiler à l'intérieur du spa. Mais vous avez entendu la voix de mademoiselle Whitley et vous avez vu la façon dont elle se comporte. Il n'y a rien de féminin dans tout cela. Sans parler de son inclination… *particulière*. Vous êtes certainement au courant ? *Merde.*

C'en était assez !

Mon coude entra en contact avec les élégantes côtes de Loretta Carruth avec un bruit sourd et très satisfaisant.

— Oh, désolée ! Je suis si maladroite. Je suis vraiment désolée.

Un murmure s'éleva parmi les femmes qui nous entouraient, et, en relevant la tête, je pus remarquer qu'un groupe d'entraînement au culturisme s'était installé à l'autre bout de la salle et avait commencé à soulever des haltères. Il était facile de se rendre compte de ce qui avait causé cet émoi parmi les membres du groupe de yoga. Je sentis une chaleur envahir mon visage. Bon sang. Luke avait retiré la tunique de son kimono de karaté et soulevait un haltère, torse nu. J'eus une soudaine et dévorante soif de champagne. J'expirai profondément par le nez. *Comme l'eau calme d'un lac.*

Gurani nous expliqua la posture suivante — la tête de vache —, et j'en profitai pour glisser un coup d'œil furtif vers Luke. Il était debout, les mains sur les hanches, près de l'infirmier de nuit, Howie Carson, et me faisait de grands sourires de l'autre bout de la salle. Je lui fis un léger signe de la main et éclatai de rire en apercevant une femme de la taille d'un lutin dans un justaucorps à zébrures se rapprocher de lui — Edie Greenbaum soulevant un haltère rose brillant.

— On dirait qu'Edie préfère le culturisme au yoga ces jours-ci, gloussa une femme installée de l'autre côté de moi.

Elle rejeta en arrière une mèche de cheveux poivre et sel et ajouta en souriant :

— On ne peut pas vraiment lui en vouloir, n'est-ce pas ? J'ai entendu des rumeurs qui disaient qu'un simple corps d'homme était responsable de toutes les mini-attaques qui se sont produites à bord de ce paquebot. J'espère que Bernie a pris une assurance.

Je souris et tentai de prendre la posture de la tête de vache tout en parlant de côté. Pas facile, croyez-moi.

— D'accord, c'est une bombe, mais que pensez-vous de toutes ces miniattaques ? Il y en a eu beaucoup ?

— Vous pouvez le dire, c'est presque une épidémie ! C'est arrivé à au moins cinq d'entre nous et à quelques autres que j'ai rencontrées au souper.

— Nous ? Vous voulez dire que cela vous est arrivé à vous aussi ? Oh, je suis désolée, je ne me suis pas présentée. Je m'appelle Darcy Cavanaugh.

Je déplaçai la main qui était derrière mon dos et la tendit devant moi. La femme fit la même chose. Ses yeux verts au regard chaleureux contrastaient avec sa peau bronzée et parsemée de taches de rousseur.

J'eus soudainement le mal du pays en regardant cette femme sympathique. Avec son tee-shirt portant l'inscription *Ce qui arrive à Las Vegas reste à Las Vegas*, elle aurait pu être ma mère.

— Sarah McNaughton, dit-elle en se présentant. Pas de problème. Je suis une infirmière à la retraite, alors les questions d'ordre médical ne me dérangent pas. Ne vous gênez pas. Oui, je pense que j'ai eu une miniattaque. Toute une présentation, non ?

— Pourquoi dites-vous cela ?

— Pas comme les autres…

Sarah s'interrompit et fit des signes du menton.

N'ayant pas compris son message, je la pressai de continuer, quand quelqu'un me donna un coup sur la tête. Je levai les yeux et m'aperçus qu'il s'agissait de la Yoga Nazi, qui se tenait juste au-dessus de moi.

— Vous avez peut-être de la difficulté à conserver une vision de sérénité ? siffla-t-elle entre ses dents serrées.

— Mais non, je… grommelai-je tandis qu'elle s'éloignait.

J'essayai de suivre la posture adoptée par le groupe, qui consistait à relever un genou sur la poitrine en étant allongé sur le dos.

— Comment appelle-t-on celle-ci ? demandai-je en tournant la tête vers Sarah.

Avant qu'elle n'ait eu le temps de me répondre, un bruit ressemblant à la mise à feu d'un moteur se fit entendre du côté du tapis de la Princesse du Bal. Je restai la bouche grande ouverte.

— La posture de la libération des vents, répondit Sarah en se mordant les lèvres pour ne pas éclater de rire. Et cela n'aurait pu arriver à une personne plus méritante.

Gurani nous expliqua la posture de la sauterelle et celle du chameau, puis nous demanda de reprendre la posture du cadavre jusqu'à la fin du cours. J'étirai mon dos en essayant de ne pas penser au dernier cadavre que j'avais vu. Virgilio. Bien sûr, il aurait plutôt adopté la position du pendu. Oui, il avait bien été une victime en quelque sorte, et il semblait évident que les Népalais ne s'en préoccupaient pas. Tout spécialement depuis qu'ils étaient occupés à monter une cause contre Marie.

Au moins, j'avais pu recueillir quelques informations et je n'avais pas l'intention d'arrêter.

— J'aimerais vraiment en apprendre plus sur ces miniattaques, murmurai-je à Sarah. Ma grand-mère a eu certains symptômes particuliers, et cela m'inquiète.

J'arrêtai de parler pendant que la Yoga Nazi passa entre nos tapis.

— Je serai ravie de vous aider. Nous avons l'habitude de nous réunir juste après le cours à la discothèque pour boire un cocktail. Voulez-vous vous joindre à nous ?

Elle jeta un regard autour de la salle et fronça les sourcils.

— Bon sang, monsieur Skywalker a disparu dans la galaxie. Tant pis pour les femmes ménopausées de *Lust Asana*, s'exclama-t-elle en me faisant un clin d'œil. Venez prendre un verre avec nous, Darcy. S'il vous plaît.

Je cherchai une fois de plus parmi les effets posés sur la table en hochant la tête. N'avais-je pas posé mon sac avec les autres, à mon arrivée ? Je m'étais dépêchée quand j'avais vu le regard que me jetait la Yoga Nazi, mais j'étais certaine de l'avoir mis là. Où pouvait-il être ?

— Que se passe-t-il ? me demanda Serena en enroulant un paréo à rayures vertes autour de ses hanches. Vous avez perdu quelque chose ?

— Mon sac. C'est étrange, j'étais convaincue de l'avoir mis là.

— Oh, mon Dieu ! Peut-être vous l'a-t-on volé !

— Non. Il y a bien mon porte-monnaie à l'intérieur, mais il ne renferme qu'un rouge à lèvres et la carte-clé de ma cabine. Qu'ai-je bien pu en faire ?

— Attendez. Est-il vert avec des petits trèfles brillants ? J'en ai vu un près de la porte.

Je saisis le sac et me dirigeai vers les toilettes des dames en me reprochant mon inattention. Et en pensant à Luke. Les membres du groupe de yoga se retrouvaient à la discothèque, et c'était le fief de l'animateur de danse. Mais j'étais en mission et je n'avais aucune raison de penser que je ne serais pas capable de soutenir une conversation avec un groupe de femmes sans être distraite par Luke. J'enfilai mon chandail et ma veste en jean par-dessus ma tenue de yoga et, après avoir mis du rouge à lèvres, je me dirigeai vers la discothèque.

*   *   *

Lorsque j'arrivai à la table, les femmes étaient engagées dans une conversation très animée.

— Au nom du Ciel, avez-vous vu ce torse ?

Je saisis une chaise et remarquai qu'un filet de martini coulait de la bouche de la femme. Son regard était si brillant de malice que je me demandais si elle allait faire une montée d'œstrogène.

— Arrête de baver, Ruthie ! dit Edie Greenbaum en riant. Bien sûr que je l'ai vu ; j'étais si près de lui que j'aurais pu le toucher, ma chère. Et croyez-moi, je...

Elle rougit et s'éclaircit la voix, puis elle jeta un regard autour de la table et me reconnut.

— Ah, vous êtes là, Darcy ! s'écria Sarah en m'adressant un sourire et en levant la main pour appeler la serveuse.

Je saluai tous ces visages familiers d'un signe de tête et commandai un verre de merlot.

— Cette jeune personne désire poser quelques questions à celles qui ont souffert d'une miniattaque, expliqua Sarah. C'est bien cela, Darcy ?

Je bégayai en voyant Edie Greenbaum froncer les sourcils sous sa chevelure rose.

— Je... euh... ne voudrais pas être indiscrète. C'est simplement parce que ma grand-mère a une pression sanguine trop haute. Elle a eu certains symptômes inhabituels, et...

La serveuse m'apporta mon verre de vin. Je fis une pause pour en boire une bonne gorgée, mais je m'étouffai en avalant.

— Excusez-moi, m'exclamai-je en portant à ma bouche une serviette portant le logo du restaurant de homard et en me rappelant que je ne devais pas aller trop loin.

— Elle est inquiète pour sa grand-mère, et j'ai personnellement trouvé cela très rafraîchissant. Je doute que mes petits-enfants s'inquiètent pour autre chose que de savoir si le chèque que je leur envoie pour leur anniversaire arrivera à temps, dit Sarah en posant la main sur mon bras. Alors, que voulez-vous savoir ?

— Au sujet des symptômes. Que devrais-je surveiller ?

Edie Greenbaum joua avec la tranche de citron dans son verre de soda.

— N'obtiendriez-vous pas de meilleurs renseignements en parlant avec son docteur ou peut-être sur Internet ? Vous, les jeunes, êtes si habiles pour utiliser les ordinateurs.

— Au nom du Ciel, Edie, bredouilla Serena en retirant une queue de cerise de sa bouche, ce n'est pas parce que vous et moi n'avons rien à raconter que les autres ne veulent pas l'aider.

— Le point commun, c'est la faiblesse, dit la Princesse du Bal d'une voix plate et en jouant avec une pierre de son bracelet en diamants. Une faiblesse soudaine et qui s'intensifie.

— À tel point que vous ne pouvez plus lever les bras ou même déglutir, intervint une autre femme.

— Mais aucune douleur, précisa une petite femme aux cheveux blancs comme de la neige.

Puis, elle ajouta en gloussant :

— Mais, évidemment, après tous ces mimosas, qui pourrait encore sentir quelque chose ?

— Des mimosas ? m'étonnai-je.

— Du champagne et du jus d'orange, ma chère. C'est délicieux.

— Je pense que Darcy sait ce qu'est un mimosa, intervint Sarah.

Puis, elle se tourna vers moi avec un grand sourire et poursuivit :

— Ce que Gladys veut dire, c'est qu'elle était au spa Sirène quand est survenue sa miniattaque. C'est là que nous étions toutes.

Je sentis la chair de poule envahir mes bras. Cette conversation commençait à mener quelque part.

— N'avez-vous pas dit que ces symptômes ne ressemblent pas à ceux généralement observés dans les cas de miniattaques ?

— AIT, dit Sarah en hochant la tête, ce qui signifie « accident ischémique transitoire ». En général, un seul côté du corps est affecté par des problèmes tels que faiblesse, difficulté d'élocution ou trouble de la vue. Nos symptômes n'étaient pas aussi typiques. Mais ils ont rapidement disparu, heureusement.

— Pas assez rapidement toutefois pour pouvoir nous défendre, s'exclama Serena.

— C'est vrai, j'ai ressenti une étrange sensation de vulnérabilité, admit Sarah. J'étais étendue avec un enveloppement aux herbes et un masque au concombre pendant que quelqu'un, silencieusement et méthodiquement, faisait glisser les bagues de mes doigts et détachait même mes boucles d'oreilles. Croyez-moi, je me serais débattue comme un beau diable si j'avais été en mesure de le faire.

— Vous étiez étendue là, comme cela, quand on vous a volée ?

Les autres femmes hochèrent la tête en signe d'approbation.

— C'est exact, répliqua la Princesse, le masque et l'enveloppement font partie du forfait Royal du spa. Mais en ce qui me concerne, le vol a eu lieu à l'infirmerie, bien entendu. Après ma séance au spa.

Edie se leva et prit une dernière gorgée de sa boisson.

— Tout ce que je peux dire est que je suis heureuse de m'en être sortie. Et maintenant, dit-elle en regardant sa montre, je dois me dépêcher de retrouver Bernie si nous voulons avoir le temps de nous changer pour le souper. Et vous ?

Les autres femmes consultèrent leur montre, et des murmures d'approbation s'élevèrent tandis qu'elles finissaient leur verre et ramassaient leurs affaires. En seulement quelques minutes, je me retrouvai seule à la table. Je bus une gorgée de vin et secouai la tête. Elles étaient toutes au spa.

Je sursautai quand Luke posa la main sur ma nuque en riant.

— N'êtes-vous pas un peu jeune pour ce groupe ?

— Et vous ?

Au loin, le D.J. commença à mettre de la musique pour danser.

— Touché. Que diriez-vous d'une danse rapide avant que je ne sois submergé par la première vague de l'âge d'or ?

Je me levai et attrapai mon sac de gymnastique.

— Je suis désolée, mais j'ai des choses à faire.

Je repoussai ses protestations d'un revers de la main et me dirigeai vers l'ascenseur. Il fallait que je retrouve l'intimité de ma cabine pour compiler les informations que j'avais obtenues et voir si je pouvais en faire un tableau plus clair. J'allais faire livrer mon souper par le service aux cabines et y passer la nuit entière, comme quand je révisais pour mes examens lorsque j'étais étudiante. J'essayai de me rappeler s'il y avait des macaronis au fromage sur le menu et me mis à gémir en pensant à Marie. Qu'avait-elle à manger ? Du pain et de l'eau ?

Après avoir inséré la carte-clé, j'ouvris la lumière dans la cabine. L'ombre provenant du plafond tremblota dans mon champ de vision. Qu'est-ce que c'était ? Je pensai immédiatement à Virgilio, mais je savais que c'était impossible. C'était une grande sculpture faite avec mes dessous, suspendue au plafond par un cintre.

Je m'en approchai. Elle était faite avec plusieurs articles cette fois-ci. Les bonnets d'un soutien-gorge Victoria's Secret étaient joints pour former la tête, la moitié d'une culotte pour former le corps et des bas-culottes pour les bras et les jambes. Et qu'y avait-il au sommet ? La ceinture de mon peignoir ? Oui, c'était cela : enroulée et nouée pour former un... *Oh, mon Dieu !* Mon estomac se noua. La sculpture représentait un pendu.

DIX-SEPT

— Donc, vous dites que vous n'avez rien à voir dans tout cela ?

Les mains sur les hanches, je regardai fixement le visage anxieux du jeune garçon de cabine.

— Non, mademoiselle.

Alfonso s'approcha de la sculpture et leva un doigt pour la faire bouger. Elle se tourna vers lui en se balançant, et ses yeux s'agrandirent. Il retira sa main d'un geste brusque, cligna des yeux et fit un signe de croix.

— Je vous le jure. J'ai fait les autres, le singe et le cygne… Elles étaient jolies, n'est-ce pas ? Mais c'était uniquement parce que Virgilio m'avait dit que je devais le faire.

— C'est vous qui les avez faites, pas Virgilio ?

— Oui, mademoiselle. C'est moi qui m'occupe de votre cabine.

— Vous voulez dire depuis que Virgilio est mort.

— Non. Depuis plusieurs semaines à présent et même pour les passagers qui vous ont précédés. Virgilio me payait pour cela. Vous ne le direz pas ? Je suis travaillant et je peux faire ce que vous voulez, sans problème. Et maintenant, je suis affecté à cette cabine. Officiellement.

Je hochai la tête.

— Mais il s'était présenté comme notre garçon de cabine. Et il vous payait ? Mais comment arrivait-il à se le permettre ?

Marie m'avait dit que le personnel de cabine travaillait au salaire minimum et qu'avec les pourboires qu'ils recevaient, cela représentait une belle somme à la fin de la croisière.

Alfonso haussa les épaules.

— Il n'y a pas que moi. Il payait trois personnes au total pour faire son travail. Il avait besoin de temps pour gérer ses propres affaires. Il allait acheter une voiture, une voiture de sport américaine, et il disait qu'il me laisserait la conduire de temps en temps.

Alfonso monta sur une chaise et attrapa la sculpture par la tête pour la décrocher. Il rougit quand il effleura le satin de mon soutien-gorge et me le tendit précipitamment.

Je cachai la sculpture derrière mon dos et jetai un regard circulaire dans la cabine. Une serviette de toilette était posée sur une chaise et le lit n'était pas ouvert ; la cabine n'avait pas été préparée pour la nuit. Je me tournai vers Alfonso.

— Mais comment quelqu'un a-t-il pu entrer ?

— Uniquement avec votre carte, mademoiselle. C'est moi qui ai l'autre, mais je vous promets encore que ce n'est pas moi qui ai fait cela.

Puis, en se dirigeant vers la porte, il ajouta :

— Et maintenant, je dois aller ouvrir les lits pour la nuit pendant que les passagers sont partis souper.

Mon cerveau était en ébullition. *Qui... et comment ?*

Je regardai ma carte-clé posée sur la table de chevet.

— Bien sûr, Alfonso, merci.

— Je viendrai ouvrir votre lit plus tard, mademoiselle. Deux chocolats, ce soir ?

— Sans sculpture, d'accord ?

Je regardai la porte se refermer et baissai les yeux vers les dessous que je tenais. La ceinture en soie glissa de mes mains tandis que mon regard restait fixé sur la porte. Virgilio avait de l'argent et planifiait d'acheter une voiture ? Je m'avançai et appelai :

— Alfonso ?

Son visage apparut dans l'entrebâillement de la porte.

— Au sujet de Virgilio… Il s'est pendu à cause de sa femme, n'est-ce pas ?

Je penchai la tête pour voir sa réaction. Son regard devint confus, et il répondit :

— Non, mademoiselle. Virgilio n'était pas marié.

Je m'assis sur mon lit et pris ma carte-clé. Elle était en plastique bleu et portait la photo du paquebot. Une vraie carte universelle. Une carte qui servait à la fois à ouvrir la porte de ma cabine et à payer dans les bars, les boutiques du bateau, le spa et pour tout.

Je souris en pensant à la petite Tweedle Dee qui s'était vu refuser la sienne au casino. Edie avait dissipé l'erreur — avec son tact habituel, sans aucun doute —, et j'avais pu l'observer, penchée sur sa machine préférée, une ou deux fois depuis. Je posai la carte sur mes genoux avec mes dessous. De quelle autre façon quelqu'un aurait-il pu s'introduire dans ma cabine ? J'avais gardé ma carte avec moi et l'avais utilisée pour entrer dans ma cabine après le cours de yoga. Mes doigts se resserrèrent sur la carte, et mon estomac se contracta. Oh, non ! Mon sac de gymnastique.

Il avait été déplacé pendant le cours de yoga.

Les pensées se bousculèrent dans ma tête, et je souris, en mettant de côté les « si » — et s'il y avait eu de l'argent dans mon porte-monnaie, et si j'avais eu mes cartes de crédit ou des papiers importants ? Heureusement que je n'avais qu'un peigne, un rouge à lèvres, la carte bien sûr et... *Oh, mon Dieu !*

Je saisis mon sac de gymnastique, qui était posé sur la table, et en sortis mon porte-monnaie.

Mes mains tremblèrent en ouvrant le porte-monnaie de suède bleu. *S'il vous plaît, mon Dieu !*

Les serviettes du café Java, avec les colonnes portant le nom des victimes, les lieux du crime et les patients... Mes doigts fouillèrent le fond du sac. Vide.

Je reportai mon regard sur la sculpture avec la ceinture toujours enroulée autour du cou. Ce n'était pas un hasard. C'était un avertissement.

Je décrochai le téléphone, puis me ravisai et raccrochai le combiné. Que pouvais-je faire ? Appeler les agents de sécurité ? Je revis le visage de Gombu lorsqu'il m'avait interrogée. Pas question. Et Luke ? Je savais à quel point il bouleversait mes émotions, et la pire chose que je pouvais faire à ce moment-ci était de me laisser déconcentrer. Sans oublier, bien sûr, qu'il avait un revolver. J'essayai de chasser de mon esprit l'image de Luke braquant son revolver sur les replis du cou de Serena Bliss.

Je tortillai les pièces de lingerie en une boule que je lançai sur la lampe Lava, en gémissant à haute voix. Marie. Où était-elle quand j'avais besoin d'elle ? En état d'arrestation, à cause de moi. Des larmes coulèrent de mes yeux, et je les essuyai d'un geste rageur. J'avais commencé quelque chose et j'entendais bien le finir. Je pouvais très bien continuer sans la liste. C'était certainement plus sécuritaire.

Sentant mon estomac gronder, je regardai le réveil. Une idée germa dans mon esprit, et je souris lentement. J'avais encore le temps d'aller au souper. Quelle meilleure occasion aurais-je de recueillir plus d'informations ?

Je pris une douche, enfilai ma petite robe noire à bretelles et, après avoir fermé la porte derrière moi, m'engageai dans le corridor. Je regardai fixement la carte dans ma main et retournai précipitamment dans ma cabine. Il ne me fallut que quelques minutes pour retirer tous mes dessous du tiroir et les glisser sous le lit.

* * *

La salle à manger Neptune était comble, et les serveurs, vêtus de blanc, foulaient la moquette lavande en portant des plateaux d'argent sur leurs épaules.

J'adressai un sourire à l'hôtesse qui me fit signe d'entrer. Au cours de cette croisière, il n'y avait pas de places réservées pour les repas, et il me serait donc facile de me glisser à n'importe quelle table et de continuer mes investigations.

Je m'arrêtai près d'une statue de douze pieds de haut, entourée de magnifiques poissons. Elle représentait le dieu Neptune, barbu et légèrement vêtu, brandissant son trident. Il souriait tandis que des jets vigoureux d'eau bleue cascadaient sur ses parties intimes. Je me mordis les lèvres pour m'empêcher d'éclater de rire. C'était le moment idéal pour faire une remarque un peu crue. Bon sang, comme Marie me manquait !

Les tables étaient décorées de nappes bleues avec un centre de table rose et de fuchsias de couleur crème dans des coquilles de conques dorées. Un peu plus loin, un serveur déclenchait une salve d'applaudissements en faisant flamber des crêpes et les doigts agiles d'une jeune harpiste couraient sur les cordes dorées.

J'observai les tables et repérai une femme qui faisait de grands gestes en agitant une serviette. Parfait, Serena Bliss. Assise avec les Greenbaum, madame Evanston ma voisine de cabine, la Reine des Abeilles et plusieurs autres femmes. Je lui fis un signe en retour et me dirigeai vers leur table avec un sourire satisfait. Beaucoup trop facile.

Je venais de dépasser la table où était installée la Yoga Nazi quand une main me retint par le coude et me força à m'arrêter.

— Je croyais que vous ne deviez pas venir souper.

Luke se leva de la table qu'il partageait avec la Princesse du Bal et baissa les yeux vers moi en fronçant les sourcils.

Je poussai un soupir.

— J'avais faim ?

Il secoua la tête et serra les lèvres.

— Je ne comprends pas. Essayez-vous de m'éviter, Darcy ?

Je n'avais pas de temps pour cela et je ne pouvais pas prendre le risque de me laisser emporter dans ce mélange d'émotions qui me submergeait chaque fois que j'étais en présence de cet homme. La seule chose importante pour le moment était d'innocenter Marie.

— Il est vrai, dis-je en baissant la voix et en le regardant dans les yeux, que je suis impliquée dans quelque chose. Quelque chose dont je ne peux pas vous parler pour le moment. Vous devrez me faire confiance, d'accord ?

Ça vous rappelle quelque chose ?

Bernie Greenbaum se leva en me voyant approcher de la table et m'adressa un sourire enfantin, ce qui fit briller sa dent en or.

— Nous sommes très honorés, chère demoiselle.

Je me présentai à madame Evanston et à son mari et pus voir, à l'expression de leur visage ainsi que sur celui des autres personnes présentes, qu'ils m'identifiaient clairement comme étant *celle qui partageait sa cabine avec la personne la plus recherchée par le FBI*. Serena Bliss, à ma gauche, me tendit le menu avec un sourire.

— Les pétoncles à la sauce aux cerises sont fabuleux, ainsi que les côtelettes d'agneau à la française. Je n'ai pas réussi à me décider, alors j'ai commandé les deux.

Quelques instants plus tard, le sommelier et le serveur s'approchèrent de moi, et je commandai un verre de chardonnay. Je leur donnai ma carte en m'efforçant de ne pas dévisager chaque suspect installé à cette table. Je commandai le filet de flétan et sa sauce au citron et aux câpres et en revins à mon plan.

— Je vais aller au spa Sirène après le souper, mais je ne sais pas quel forfait choisir. Pouvez-vous me faire des suggestions ?

Luke passa près de nous en quittant la salle à manger, et je m'efforçai de rester concentrée sur mes compagnons de table. Je sentis son regard fixé sur moi.

— Prenez le lot complet, s'écria Serena en riant et en portant son verre à ses lèvres. Il était rempli de glace et d'un liquide rose avec des cerises et un petit hippocampe en plastique. Massage, pédicure, enveloppement aux herbes et masque au concombre. Le forfait Royal.

Elle fit une grimace et aspira une gorgée de liquide par le nez de l'hippocampe.

— Si j'étais vous, je ne me ferais pas faire la piqûre de vitamines et, bien sûr, je ne boirais pas d'alcool, donc pas de mimosas. C'est un Pink Lady ! gloussa-t-elle en désignant son verre.

— Vous avez manqué le meilleur, répliqua la Panthère Yoga. Les mimosas vous montent tellement à la tête que vous ne regardez même pas la couleur du vernis qu'elles appliquent sur vos orteils. Et la piqûre de vitamines ? Je pensais que c'était gratuit, alors j'ai tout pris.

Je m'inclinai pour que le serveur puisse remplir mon verre en m'efforçant de cacher mon excitation.

— Gratuit ? Que voulez-vous dire ?

— J'avais gagné un coupon gratuit, expliqua-t-elle. Le forfait Royal.

— Ah oui ? demanda la Reine des Abeilles en levant les sourcils. Moi aussi, mais je ne l'ai pas encore utilisé.

— Eh bien, c'est une étrange coïncidence, l'interrompit Edie Greenbaum en levant les yeux de son assiette et en se servant de sa serviette pour essuyer le menton de Bernie.

— J'ai gagné, moi aussi ! s'écrièrent Serena Bliss et Anna Evanston d'une même voix avant d'éclater de rire.

— Eh bien, dites donc ! ronronnai-je, d'un air étonné. C'est formidable. Si seulement je pouvais avoir autant de chance.

Mon cœur battait plus fort dans ma poitrine, et j'aurais voulu danser sur la table.

— Personne ne m'offre jamais rien de gratuit. J'ai dû payer comme d'habitude, déclara Edie Greenbaum, fronçant les sourcils d'un air indigné.

Elle donna un coup de coude à son mari et ajouta :

— Tu vérifieras cela pour moi, Bernie. Dès demain matin.

— Alors, les pressai-je, vitamines ou pas ? Je suis un peu nerveuse quand il s'agit de piqûres ; comment font-elles cela ?

Bernie blêmit et repoussa son assiette.

— Des piqûres ? Vous voulez dire des aiguilles ? Oh, par pitié, je ne suis pas sûr de vouloir en entendre plus.

— Désolée. Il ne faut pas vous inquiéter.

Si Bernie se trouvait mal, cela pourrait faire dérailler toute la conversation. Je lui lançai un sourire rassurant et attendis pendant qu'un serveur plaçait mon entrée devant moi.

— Je crois que j'aviserai quand j'y serai. Pas de problème. Mais vous avez éveillé ma curiosité ; comment avez-vous gagné ce coupon ?

— Par tirage au sort, je suppose, s'écria Serena en haussant les épaules. Je n'ai pas vraiment demandé. Un steward l'a déposé devant la porte de ma cabine, et j'ai sauté sur l'occasion.

— C'est la même chose pour moi, acquiesça madame Evanston, sauf que j'avais été prévenue avant dans la salle de gymnastique. En général, ce n'est pas là que l'on me trouve, mais j'ai les intestins tellement paresseux.

Elle rougit et baissa la tête vers son assiette avant de poursuivre :

— En tout cas, j'ai entendu un message dans mes écouteurs pendant que j'étais sur le tapis roulant. J'étais tout excitée.

Je pouvais à peine en croire mes oreilles. Madame Thurston, et maintenant une autre gagnante sur le tapis roulant. Je suspendis dans les airs ma fourchette contenant du flétan.

— Vraiment, c'est un tapis roulant qui porte chance. Je devrais trouver celui dont il s'agit. Vous en souvenez-vous ?

— Oh, regardez ! s'écria Edie en désignant d'un air excité l'escalier en spirale qui se trouvait au centre de la salle à manger. La Bombe Alaska. Et les serveurs vont se mettre à chanter !

La salle s'assombrit, et les serveurs, vêtus de blanc, resplendissants maintenant dans leur écharpe rouge-blanc-bleu, paradaient en descendant l'allée de la salle à manger en tenant leur plateau dans les airs et en chantant *America the beautiful*. Des acclamations s'élevèrent de toutes les tables, et les gens se levèrent en mettant la main sur le cœur. Bernie, le chef scout, les yeux chocolat embrumés, se mit à chanter à tue-tête et totalement faux.

— Excusez-moi, murmurai-je à Serena, il faut que j'aille aux toilettes.

Tout le monde acclamait encore l'arrivée de la Bombe Alaska lorsque je me précipitai dans le corridor et me dirigeai vers les ascenseurs de verre.

*   *   *

Vingt minutes plus tard, je marchais pieds nus vers le comptoir en merisier de la réception du spa Sirène. Une hôtesse m'accueillit avec un grand sourire et me proposa un mimosa. Je regardai la jeune Malaisienne verser le champagne sur le jus de fruits dans le verre en cristal.

— Savez-vous quel forfait vous préférez, mademoiselle Cavanaugh ? me demanda-t-elle en me tendant le verre.

Je savourai le pétillement des bulles sur mes lèvres et le goût et l'arôme du mélange de champagne brut et de jus d'orange sucré et j'enfonçai mon menton dans le peignoir blanc brodé à l'effigie du bateau en lui retournant son sourire.

— Quelques amies m'ont recommandé le forfait Royal. Les chanceuses, elles ont gagné le coupon gratuit de votre promotion.

— Un coupon gratuit ?

— Oui. Ces coupons que vous faites porter à la cabine des gagnantes. Et, quelquefois, vous leur annoncez même la bonne nouvelle en diffusant un message dans leurs écouteurs quand elles sont dans la salle de gymnastique. Une belle opération de marketing.

— Je...

La jeune femme chercha dans les papiers posés sur le bureau.

— Je crois qu'il s'agit d'un malentendu.

— Un malentendu ?

L'hôtesse poussa un soupir, puis essaya de modifier la façon dont elle s'était exprimée, comme si elle s'était soudainement souvenue que *le client a toujours raison*.

— Oh, je suis désolée, mademoiselle Cavanaugh ! Vous voulez certainement parler des chèques-cadeaux. C'est en effet une idée tout à fait charmante. Une femme est toujours heureuse qu'on lui réserve une surprise.

Je posai le verre de mimosa sur le comptoir et observai une marque ronde humide se former autour de son pied.

— Vous n'avez pas de promotion en cours ?

Je sentis des picotements à la surface de ma peau sous l'élégant peignoir en éponge.

— Non, mademoiselle, murmura la jeune femme.

J'observai les autres clientes qui sirotaient des mimosas et bavardaient en attendant que leur vernis à ongles sèche, en attendant que la masseuse ait fini de préparer le masque au concombre. Une seule sorte d'enveloppement aux herbes était proposée, une fine serviette imbibée d'une solution préparée avec de l'eau de source et vingt-sept herbes différentes. Je levai mon bras enveloppé pour répondre au salut de la Danseuse Fantôme qui se dirigeait vers la sortie. Wow, je me sentais comme une boule de pâte après le mimosa et le massage. Jusqu'à présent, c'était très agréable.

Les haut-parleurs diffusaient des accords de *Clair de Lune* de Debussy, et je profitai de ce moment de repos pour me détendre. Que contenait cet enveloppement, déjà ? De l'argile de mer, du pollen d'abeille, du fucus vésiculeux… du *fucus vésiculeux* ? Je retins un éclat de rire et essayai de me persuader que tout pouvait être si simple — détoxifiant et revitalisant — et qu'il pouvait aussi y avoir un remède à base de cellules fraîches pour l'incertitude professionnelle, les difficultés relationnelles et les tragédies familiales. J'ouvris les yeux quand la masseuse revint avec le masque rafraîchissant.

— Ce forfait inclut-il la piqûre de vitamines ? demandai-je en observant le visage de la jeune femme.

— La piqûre ? répéta-t-elle en haussant ses sourcils parfaitement dessinés en signe d'étonnement. Vous voulez parler de l'infusion aux herbes ? C'est compris dans l'enveloppement, mademoiselle.

— Non. Je parle de l'injection avec une aiguille. Des vitamines.

La masseuse hocha la tête, et ses cheveux d'un blanc soyeux se balancèrent sur ses épaules.

— Peut-être s'agit-il d'acupuncture ? Il y a maintenant plusieurs mois que nous n'offrons plus ce service parce que la jeune femme qui en est responsable est en congé de maternité. Elle a donné naissance à un beau petit garçon de huit livres et six onces.

Ma bouche était tellement sèche que j'avais de la difficulté à prononcer les mots. Ils ne faisaient pas de piqûres ?

— Pas d'injection ?

Oh, mon Dieu ! Alors, qui avait fait les piqûres aux autres femmes ?

Elle déposa de fines rondelles de concombre sur mes yeux et les recouvrit d'une bande élastique contenant le masque rafraîchissant.

— Non mademoiselle. Personne ici n'est qualifié pour faire des piqûres. Peut-être devriez-vous demander à l'infirmerie ?

Les bruits de conversation des clientes s'estompèrent et furent émaillés de bâillements alors que j'essayais de me libérer l'esprit et de me détendre dans l'enveloppement aux herbes en écoutant la musique classique et le tic-tac du minuteur, programmé pour une heure. Une heure pour « revitaliser et stimuler ». Je sentis ma peau s'enflammer et je sus que ce n'était pas dû aux herbes. Revitaliser et stimuler ? Luke Skyler n'avait besoin que de trois minutes pour arriver au même résultat. Et il ne pouvait pas être un criminel. Était-ce possible ?

— Y a-t-il quelqu'un ici ?

Je levai la tête et tendis l'oreille. Je n'entendais plus que le léger murmure de l'hôtesse, au loin dans le corridor. Oh ! C'était un peu comme si j'étais privée de sensations. Ou peut-être comme si je ressentais plus de sensations : la chaleur de la table, l'humidité de la serviette qui m'enveloppait, la fraîcheur du masque posé sur mes paupières, les effets du champagne et la musique de Vivaldi dans l'obscurité... Une minute. Qu'est-ce que c'était ?

Un souffle contre mon oreille et une main sur mon épaule. La masseuse ? Non. On me serrait bien trop fort. Des pincements, des meurtrissures. *Oh, mon Dieu !* J'essayai de m'asseoir, mais les mains me repoussèrent d'un mouvement brusque. Je sentis un frottement contre mon visage — des poils de barbe ? Et des lèvres s'approchèrent de mon oreille.

— Arrêtez de poser des questions, murmura une voix sourde, sinon vous le regretterez.

DIX-HUIT

JE PRESSAI MON POUCE POUR FAIRE SAIGNER LA PETITE PLAIE ET, voyant que ça ne fonctionnait pas, je le mis dans ma bouche en aspirant. *Du sang, pour l'amour du Ciel !* Ces maudits rasoirs ! Vous pouvez compter sur eux pour rendre vos jambes lisses, mais qu'en est-il lorsque vous avez besoin d'une bonne excuse pour aller à l'infirmerie ? Quand il fut devenu assez rouge et sanguinolent pour laisser une empreinte couleur ketchup sur la porte de l'infirmerie, je me décidai à entrer.

Howie Carson n'était pas là.

— Où est Howie ? demandai-je après avoir parcouru du regard la pièce bien trop familière.

Quelqu'un ouvrit le rideau rose et bleu qui isolait une civière. J'ouvris de grands yeux en voyant une infirmière aux cheveux gris. Son insigne d'identification disait *Mademoiselle Fallon*. Pourtant, Marie m'avait bien dit qu'Howie travaillait jusqu'à huit heures du matin ! Il était presque sept heures.

— Monsieur Carson a pris deux jours de congé. Avez-vous besoin de soins ?

En congé ? Oh, malheur ! J'avais prévu questionner Howie, mais peut-être que ce ne serait pas nécessaire. Ce que je voulais, c'était des informations. Une source était toujours une source, et la fin justifiait les moyens. J'allais tout simplement changer de tactique comme tout bon espion.

— Où dois-je aller pour faire soigner cette blessure ? demandai-je en levant mon doigt, qui maintenant saignait abondamment, et en faisant de mon mieux pour paraître douillette.

Après avoir étanché le sang, mademoiselle Fallon appliqua un liquide antiseptique et des petites bandes adhésives pour suturer la plaie. Pas si mal que ça, pour une femme qui portait des lentilles aussi épaisses que le verre de la lampe Lava de Marie.

Elle téléphona au docteur et obtint l'autorisation de me faire la piqûre contre le tétanos que j'avais demandée dans l'espoir de prolonger ma visite.

Je n'avais plus besoin de feindre la douleur puisque le vaccin provoquait des crampes dans le muscle de mon épaule.

— Merci, dis-je. Vous avez tout ce qu'il vous faut ici, n'est-ce pas ? De l'équipement et des médicaments, presque comme un vrai hôpital.

Mademoiselle Fallon commença à froncer les sourcils, mais se retint à temps et me fit un grand sourire. Ses yeux clignaient derrière les lentilles.

— Mais tout est vrai ici, ma chère. De vraies infirmières, un vrai docteur, et toujours disponibles quand vous venez faire soigner une malheureuse petite coupure. Tout est vrai, sauf qu'on ne vous proposera pas de faire un tour d'hélicoptère.

— Ma sœur est infirmière au service des urgences d'un grand hôpital de Los Angeles, mentis-je. Un environnement effrayant, je suppose. Elle m'a dit qu'ils ont déjà eu des problèmes avec des patients armés. Et des vols de médicaments.

Je jetai un coup d'œil vers l'armoire à médicaments, les boîtes de seringues et le chariot en métal rouge.

— Au moins, vous n'avez pas à vous inquiéter que de telles choses se produisent ici. Il ne doit rien se passer de vraiment excitant, j'imagine. Juste des laxatifs et des timbres contre le mal de mer, et une piqûre contre le tétanos de temps à autre.

« Allez, saute sur l'appât ! Lève-toi et défends la confrérie des infirmières. »

— À moins que vous ne trouviez pas excitant le fait qu'on ait demandé à une de nos infirmières de coopérer avec les agents fédéraux ! répliqua mademoiselle Fallon en baissant la voix.

Elle avait mordu à l'hameçon. Il ne me restait plus qu'à laisser le moulinet se dévider.

— Alors, c'est la raison de tout ce remue-ménage. Pour les médicaments ?

Mademoiselle Fallon jeta un coup d'œil vers l'autre box et baissa la voix.

— Bien sûr, je ne saurais le dire. Mais les agents de sécurité ont fouillé la pièce au complet, y compris les médicaments.

— Oh ! Et manquait-il quelque chose ? murmurai-je en m'approchant de la femme comme si nous étions deux amies réunies autour d'un martini pour partager nos désillusions amoureuses.

L'infirmière ouvrit l'enveloppe d'un pansement et soupira d'un air déçu.

— Pas depuis environ deux mois. Un problème s'est posé dans le comptage des narcotiques. Il manquait juste une fiole. Et la plupart des autres médicaments ne sont pas répertoriés de toute façon. On se contente d'en recommander quand ils sont périmés ou quand il en manque. C'est Howie qui s'occupe de tout cela.

Elle se redressa et lissa son uniforme, soudainement très professionnelle.

— C'est le protocole médical. Mais vous ne pouvez pas comprendre, évidemment.

Elle me tendit un tube de pommade antibiotique et quelques pansements supplémentaires.

— Ce sera tout pour vous. Je dois en finir avec cette médication, me dit-elle en regardant dans la direction du rideau ouvert. Elle doit être prise avant le petit-déjeuner.

J'apportai mon plateau sur le pont Lido, m'installai sur une chaise longue et observai le soleil matinal, qui essayait de percer à travers les nuages. Il avait à peu près autant de chances que j'en avais de résoudre cet imbroglio. Les bijoux volés, les miniattaques, Virgilio qui s'était pendu, des faux coupons du spa et des piqûres de vitamines qui n'existaient pas. Sans oublier les menaces qu'on m'avait adressées. Que signifiait tout cela ?

Je n'avais pas dormi plus d'une heure la nuit dernière. Et j'avais passé ces soixante minutes assise sur une chaise appuyée sur la porte de la cabine, en tenant le lourd globe de verre rempli de liquide de la lampe Lava. Je secouai la tête et bus une gorgée de mon café décaféiné en rapprochant la tasse en céramique pour que la vapeur envahisse mon visage. Marie aurait été fière de mon choix en matière d'arme : « Allons donc, tu allais les frapper avec ma lampe ? »

Mais frapper… *qui* ? Là était la question, n'est-ce pas ? Contre qui devais-je me protéger ? Qui avait fouillé dans mon sac et pris la serviette sur laquelle j'avais inscrit la liste, qui s'était introduit dans ma cabine et m'avait suivie dans le spa ?

Je sentis un frisson me parcourir au souvenir de la voix contre mon oreille et de la sensation désespérée de noirceur et de claustrophobie que j'avais ressentie sous le masque et l'enveloppement aux herbes. « Arrêtez de poser des questions. » Qui m'avait entendue poser des questions ? Ou pire, qui n'avait pas aimé être questionné ? Selon toute vraisemblance, la voix avait été étouffée volontairement. Étais-je susceptible de la reconnaître ?

— Un sou pour vos pensées ?

Je vacillai et renversai mon café sur la table en sentant les lèvres de Luke bouger contre mon oreille. Le sang disparut de mon visage et reflua vers mon estomac.

Je me retournai et serrai les poings. Si la lampe Lava avait été à portée de main, je jure que je m'en serais servie.

— Je vous ai effrayée. Je suis un idiot. Excusez-moi.

Luke observa mon visage et se laissa tomber dans une chaise longue près de moi en se passant la main dans les cheveux. Il sourit timidement et me tendit ma tasse.

— Buvez du café ; on dirait que vous avez vu un fantôme.

Il me fallut un certain temps avant de pouvoir détacher la langue de mon palais et parler, et quand enfin je le pus ma voix était un simple sifflement.

Le sang reflua dans ma tête comme la marée haute, battant dans mes tempes.

— Arrêtez. Arrêtez de me suivre ! Je le pense vraiment.

Je me penchai vers lui en relevant le menton. Il portait la même veste de cuir que ce jour-là, aux chutes Montmorency, et je m'efforçai de ne pas penser à ce qui pouvait être caché dessous. Je luttai pour ne pas l'imaginer se pencher sur moi et chuchoter contre mon oreille au spa. J'avais besoin de temps pour pouvoir accepter cette idée. Et d'espace. Et Luke Skyler ne pouvait occuper aucun pouce de cet espace.

— M'écoutez-vous ? murmurai-je. *Je vous prie de me laisser seule.*

Je pris mon visage entre mes mains et restai dans cette position jusqu'à ce que je l'entende s'éloigner. Je m'étais menti au sujet de cet homme. Il était temps de le reconnaître. Et aussi de reconnaître qu'il n'y avait vraiment personne à qui je pouvais faire confiance. Quoi qu'il arrive, j'étais seule ; du moins, jusqu'à ce que je puisse reconstituer le casse-tête et me sentir de nouveau en sécurité. Je fermai les yeux et poussai un soupir. Du moins, jusqu'au retour de Marie. *Si elle revenait un jour.*

* * *

Le système de sonorisation du paquebot me réveilla, et je soulevai le plaid en laine de mon visage en me demandant où j'étais.

— C'est votre capitaine qui vous parle. Nous allons effectuer plusieurs tests à la suite des problèmes qui sont survenus avec le système de sonorisation. Nous vous remercions de votre compréhension.

Il marqua un temps d'arrêt et poursuivit en riant :

— Cependant, n'ayez aucune crainte, les parties de bingo n'en seront pas affectées.

Je consultai ma montre. Ciel ! Quatre heures et demie ? De l'après-midi ? J'avais dormi toute la journée ?

Je m'efforçai de quitter la chaise longue, et mon dos me confirma que c'était bien le cas. Aïe ! J'étais restée étendue là depuis le petit-déjeuner, mais au moins j'avais pris du repos. En toute sécurité, même si — je haussai les épaules en voyant deux membres du club de yoga rire en regardant mon lit improvisé — cela avait été aux yeux de tous. Et j'avais eu quelques bonnes idées avant de m'endormir. J'avais élaboré une liste des suspects. Je connaissais toutes les personnes que j'avais interrogées ainsi que celles qui m'avaient entendue le faire.

De retour dans ma cabine, je glissai la carte dans la porte et l'ouvris lentement en retenant mon souffle. *Quelle poule mouillée !* Je levai les yeux vers le plafond ; pas de sculpture. Je poussai un soupir de soulagement et me précipitai à l'intérieur de la pièce en entendant la sonnerie du téléphone. La voix à l'autre bout du fil s'adressa à moi d'une façon très polie.

— Le lieutenant Albright à l'appareil. Je m'excuse de vous déranger, mais il semble que le système de sonorisation présente encore des problèmes. Je dois vous informer que la section où se trouve votre cabine doit participer à un exercice spécial de sécurité. Veuillez vous présenter au point de rassemblement dans dix minutes, soit à dix-sept heures quinze. Cet exercice est obligatoire, et votre présence sera vérifiée. Je vous remercie de votre coopération.

Un exercice de sécurité ? Je gardai les yeux fixés sur le combiné du téléphone. Qu'est-ce que cela signifiait ? Nous avions déjà eu un exercice de survie, bien sûr. Les passagers au grand complet, à moitié grisés par le rhum qui nous avait été offert, avaient enfilé leur gilet de sauvetage orange et s'étaient mis en ligne sur le pont Promenade, en lançant des blagues à propos du Titanic.

« Je ne me mettrai pas en ligne tant que les musiciens n'auront pas commencé à jouer. »

Mais un exercice spécial de sécurité, et seulement pour cette section ? J'avais oublié — le lieutenant avait-il dit d'apporter son gilet de sauvetage ?

Je regardai mon réveil de voyage. Presque dix-sept heures. Bientôt l'heure du souper. Le moment aurait-il pu être plus mal choisi ? Je saisis mon gilet de sauvetage, orange avec un sifflet et un signal lumineux activé par l'eau, et me dirigeai vers la porte. Quand ce serait terminé, je n'aurais plus qu'à me dépêcher de revenir m'habiller pour le souper. Ce n'est pas que la nourriture faisait partie de mes priorités. Non. Ce que je voulais faire était de regarder chacun de mes suspects dans les yeux.

Je pris un raccourci en traversant une autre section de cabines et fis un signe de tête à un homme qui était vêtu pour le souper et qui mâchonnait un gros cigare.

— Un gilet de sauvetage ? Y a-t-il quelque chose que vous devriez dire aux autres passagers, ma chère ?

— C'est simplement un exercice, pour la section D seulement. Aucun problème.

Je me sentis comme un poisson nageant à contre-courant lorsque, vêtue d'un chandail et d'un jean, je me frayai un chemin parmi une centaine de personnes, toutes vêtues pour aller souper, qui se dirigeaient dans la direction opposée, en droite ligne vers la salle à manger. Les passagers de ma section allaient tous être furieux. Toutes ces personnes âgées pouvaient vraiment faire honneur à un bon repas. Anna Evanston, par exemple, semblait être le genre de femme à tout mettre en œuvre pour ne jamais être en retard pour le souper. Si le lieutenant n'avait pas mentionné que ma présence serait vérifiée, je ne serais moi-même pas venue. Je ne pouvais qu'espérer que cet exercice de sécurité imprévu ne dure pas longtemps.

J'étais lasse d'expliquer pourquoi j'avais un gilet de sauvetage lorsque j'atteignis la porte portant l'écriteau *Réservé aux membres de l'équipage*, qui donnait sur un escalier menant au point de rassemblement. Si quelqu'un me demandait ce que je faisais là, je dirais que j'étais perdue. Ce qui était plausible. De toute façon, sur un paquebot de croisière, beaucoup de personnes vont vers l'avant alors qu'elles veulent aller vers l'arrière ou se trompent de pont à tout moment. J'ouvris la porte et me retrouvai face à face avec Luke.

— Où…? Pourquoi avez-vous *cela* ? me demanda-t-il en désignant le gilet de sauvetage.

Je baissai la tête et essayai de me faufiler, mais il attrapa une lanière du gilet de sauvetage et me retint.

— Que se passe-t-il, Darcy ?

Sa voix avait retrouvé son ton autoritaire et dominateur. Le directeur d'une école secondaire surprenant des étudiants en train de fumer dans les toilettes.

— Un exercice, dis-je sans le regarder. Et vous êtes dans le mauvais escalier, mon ami.

— Un exercice de sauvetage ? demanda-t-il en ignorant ma remarque.

— Non, simplement un exercice de sécurité, répondis-je en tirant sur la lanière pour qu'il lâche prise. Pour ma section, pas pour la vôtre. Et il faut que j'y aille. *Maintenant.*

Je trouvai sans problème mon point de rassemblement. Il aurait été difficile de ne pas le trouver ; des plans étaient affichés de part en part des corridors comme des hiéroglyphes dans les cavernes, des panneaux étaient accrochés aux portes et de minuscules lampes qui s'allumaient en cas de panne longeaient le sol. Point de rassemblement D. *Juste ici.* J'ouvris lentement la porte qui menait au pont Promenade pour ne pas bousculer les autres passagers avec leur gilet de sauvetage orange. Or, la porte s'ouvrit sur l'obscurité et le brouillard et me laissa découvrir un pont désert. Quoi ? Je regardai de droite à gauche et consultai ma montre. Dix-sept heures vingt. Où étaient-ils donc tous passés ?

Je m'approchai du bastingage, observai encore une fois le pont désert et levai les yeux vers le pont des Sports. Je ne pus voir que le fond des canots de sauvetage, qui n'avaient rien à voir avec ceux que l'on voit dans le film *Titanic*. Ceux-ci, d'une capacité de cent cinquante passagers, étaient recouverts de fibre de verre, avec un moteur en-bord, et étaient tous suspendus à des câbles d'un bout à l'autre du navire.

Je relâchai ma prise en sentant le bateau bouger sous mes pieds, puis je jetai encore une fois un coup d'œil à ma montre et plissai le front. Étais-je la seule à suivre les ordres ? Je hochai la tête. J'en avais assez de toujours colorier minutieusement à l'intérieur des lignes, de veiller à marcher avec la pointe des ciseaux dirigée vers le bas et de ne jamais oublier mon clignotant avant de tourner, en pensant naïvement que la croisade personnelle pour l'intégrité de Darcy Cavanaugh ferait une différence. Évidemment, toute cette histoire ne voulait rien dire.

Je baissai les yeux vers ma montre. Dix-sept heures trente. Personne n'était là, car ils étaient tous au souper. Comme j'aurais dû y être ! Debout avec ce gilet de sauvetage grotesque sur le dos, je me sentis ridicule. Je leur donnai encore trois minutes et c'est tout.

Le bateau roula de nouveau, et les canots de sauvetage se balancèrent sur les câbles au-dessus de ma tête, avec un bruit métallique. Un cliquetis puis des grincements, comme si quelque chose glissait, se firent entendre. Comme un canot qui s'abaisse ? Je tendis le cou en levant les yeux pour essayer de mieux voir ce qui se passait. Pourquoi utiliseraient-ils les canots de sauvetage pour un simple exercice de sécurité ? Était-ce logique ? Un autre bruit. Derrière moi. Était-ce la porte qui s'ouvrait ?

Je me retournai quand un grand bruit métallique, comme les freins d'un train fou, fendit l'air au-dessus de moi. En moins d'une seconde, le ciel sombre fut traversé par une masse de fibre de verre orange et bleu qui se balançait, basculait puis était jetée vers… vers moi ? *Oh, mon Dieu, le canot !*

Avant d'avoir pu faire le moindre geste, un homme cria mon nom, et son corps heurta le mien. *Luke.* Nous fûmes projetés dans les airs et, après être retombés lourdement sur le pont, nous glissâmes à plat ventre le long de la surface humide et allâmes nous écraser contre la paroi du bastingage.

Je poussai un cri en sentant mon épaule heurter le métal froid, suivi d'un grand hurlement quand le canot se fracassa derrière nous en faisant remuer le pont comme s'il y avait un tremblement de terre. Mon prochain cri fut étouffé lorsque Luke se jeta sur moi en écrasant ma bouche contre le pont. Il baissa la tête au moment où un nuage de débris explosait non loin de nous en projetant une pluie de débris acérés.

La sirène du bateau fendit l'air, et des lampes balayèrent le pont comme les éclairs d'un orage.

J'essayai de relever la tête, mais Luke m'obligea à la rabaisser d'un geste de la main. Je pouvais sentir le vernis marin qui recouvrait le pont et l'odeur du sang mélangé au sel de la mer. *J'étais incapable de respirer.* Le sang se mit à battre dans mes tempes, et la douleur envahit mon épaule blessée.

— Je ne peux pas respirer...

— Chut ! Restez couchée, aboya Luke, son visage tout contre le mien.

Il gémit en bougeant son bras, entravé par sa veste, et son coude heurta mes côtes.

Le bruit des sirènes était assourdissant, et j'essayai de lever la tête pour mieux voir. Je roulai la tête d'un côté et de l'autre et fis la grimace en sentant une douleur dans ma joue. Voilà, c'était mieux. Je pouvais voir des lumières éclairer le canot suspendu sur les débris du bastingage. *Oh, mon Dieu !* Ma gorge se noua. *À l'endroit précis où je me tenais.*

Luke se releva, et, le poids de son corps ne me plaquant plus au sol, je pus enfin respirer librement. Je levai légèrement la tête et le regardai se tenir près de moi, scruter le pont et la rangée de canots suspendus au-dessus de nous. Que...? Je me soulevai sur un coude et clignai des yeux.

Il était debout, les jambes écartées dans une pose militaire, et chuchotait dans une radio portative. Son autre main, cachée derrière lui, tenait un revolver.

DIX-NEUF

– UN AGENT DU FBI ?
    – Mmm-hmm, murmura Luke, ses lèvres contre mon front.

– Vous n'êtes pas avocat ?

– J'ai suivi des études de droit, mais je ne suis pas animateur de danse, dit-il en riant doucement. Même s'il vous faut reconnaître que je danse plutôt bien le cha-cha-cha. Mais c'est à mes sœurs que je le dois.

Je restai allongée sur le lit pendant qu'il s'écartait de moi en souriant et relevait une mèche de cheveux, encore mouillée après la douche, qui avait glissé sur mon visage. Son regard était attentif et tendre.

– Vous ne tremblez plus autant. Vous sentez-vous mieux ?

Je gardai les yeux fermés et ramenai l'immense chandail portant l'inscription de l'université de Virginie de Luke autour de moi.

– J'ai des ennuis… Tout cela est un peu difficile à supporter, vous comprenez ?

J'ouvris les yeux et laissai mon regard errer autour de la vaste cabine aux panneaux de teck : un ordinateur, une pile de papiers et de CD, une radio portative, un gilet de protection, un badge et le holster accroché après le dossier d'une chaise. Un cadre était posé sur la commode.

Luke, avec une barbe clairsemée et un jersey de football, se tenait à côté d'un homme plus âgé au sourire identique et d'une femme dont les bras entouraient deux filles blondes portant des bottes d'équitation et enlaçant un golden retriever.

— Cela s'est passé si vite que je ne sais pas quoi penser. Vous êtes sorti de nulle part, puis il y a eu toutes ces lumières et les sirènes, et quand j'ai pu enfin reprendre mon souffle, j'ai levé les yeux et je vous ai vu tenir un revolver.

Luke hocha la tête et toucha du doigt ma lèvre inférieure blessée.

— Je suis désolé d'avoir été si brusque ; mais il le fallait.

Je poussai un soupir.

— Puis, Gombu m'a amenée dans votre suite, et je me demande si je suis… en état d'arrestation ou quelque chose comme cela.

Puis, en désignant la porte vitrée qui donnait sur le balcon, j'ajoutai en riant :

— S'il ne m'avait pas dit la vérité, qu'il me *protégeait* sur l'ordre de « l'agent spécial Skyler » et qu'il ne me retenait pas prisonnière, j'aurais fait une corde en nouant les draps ensemble et je serais descendue sur le pont inférieur. Je vous le jure !

— Je n'en doute pas une seconde, chat sauvage.

Il releva le bord du pantalon de survêtement que je lui avais emprunté et chatouilla mon orteil qui en dépassait.

— Il ne vous a pas fallu longtemps pour vous installer après cela. Et pour trouver ma douche, mon shampooing et ma carabine dans le placard ?

Je sortis une boule de papier doré chiffonné de la poche de mon blouson de survêtement en souriant.

— Et je n'aime pas les chocolats qui se trouvaient sur votre oreiller. J'étais affamée.

Je commençai à rire, mais mes yeux se remplirent de larmes et je fus incapable de les empêcher de couler. Ma voix oscillait entre le râle et le murmure.

— Luke, quelqu'un a essayé de me *tuer* ?

Je ne pouvais pas savoir si c'était à cause du Brandy que Luke avait versé dans mon café ou de la façon dont il m'avait serrée et bercée contre sa poitrine, mais quand Gombu apporta le plateau d'argent environ vingt minutes plus tard, mes larmes s'étaient envolées pour faire place à une vague d'indignation.

— Faire tomber ce satané canot sur moi ?

Je rageai en balayant les airs avec une branche d'asperge froide que j'avais extirpée du jambon qui l'enveloppait.

— S'introduire dans ma cabine, m'effrayer avec les sculptures en lingerie et chuchoter dans mon oreille est une chose, mais un *meurtre* ? C'est inimaginable. Ces gens, ces voleurs, peuvent-ils vraiment être désespérés au point de prendre le risque de tuer quelqu'un ?

Je m'assis en tailleur sur le lit, posai le plateau sur mes genoux et attendis la réponse de Luke.

Il commença à parler, puis hésita à en dire plus. Il se rapprocha de moi et posa une main sur la mienne.

— Ils l'ont déjà fait.

Je laissai tomber l'asperge et gardai les yeux fixés sur lui.

— Virgilio ne s'est pas pendu, Darcy. C'est pour cela que j'ai disparu cette nuit-là. J'ai pris l'hélicoptère pour escorter le corps au bureau du médecin légiste.

— Et ?

Je pris une profonde inspiration.

— Et Virgilio a été pendu à la balustrade alors qu'il était *déjà* mort. Son crâne avait été fracturé. Probablement par une batte de baseball.

Une batte de baseball ?

— C'est étrange. Les agents de Gombu ont posé des questions à Marie au sujet des cages de baseball sur le pont des Sports.

Je mis une main devant ma bouche.

— Oh, mon Dieu ! Marie ! Vous n'êtes pas en train de dire qu'elle a quelque chose à voir avec tout cela ?

Je repoussai le plateau et m'efforçai de me mettre debout, en remontant mon pantalon qui avait glissé sur mes hanches.

— Si vous les laissez lui faire quoi que ce soit, je vous jure que je…

Luke m'attrapa par les épaules et m'écarta légèrement de lui.

— Hé, vous n'allez pas recommencer à frapper et à mordre ? Arrêtez ! s'écria-t-il en riant. Marie n'a rien à voir avec tout cela. En fait, elle nous a été d'une aide précieuse. Bien sûr, je l'ai pensé pendant un moment à cause de ce foutu bas.

Il approcha une fraise de ma bouche et sourit en me voyant mordre dedans.

— Alors, vous ne m'en voulez plus ?

— Cela dépend. Quand va-t-elle revenir ?

— Bientôt, je vous le promets.

Je passai la langue sur ma lèvre inférieure pour lécher le jus de fraise qui avait coulé et sursautai lorsqu'elle toucha ma blessure.

— Et allez-vous me dire pourquoi quelqu'un aurait voulu tuer Virgilio ?

Luke prit une légère inspiration, et je vis son visage afficher toute une série d'expressions — hésitation, malaise — avant de redevenir professionnel.

Il ouvrait la bouche pour parler quand son téléphone portable se mit à sonner. Il leva la main vers moi en disant « juste une seconde » et se dirigea vers la petite entrée en parlant à voix basse.

Je saisis une fraise et, de mon poste d'observation, je vis qu'il avait retiré son chandail. Il portait un blue-jean délavé et une chemise Henley bleu lavande, à moitié sortie de son pantalon. Ses cheveux étaient ébouriffés, et il portait une marque rouge sur une joue, sans doute à cause de notre chute sur le pont.

Il agitait les mains en parlant et, à un moment, il tendit le pouce et l'index comme s'il tenait un pistolet, comme l'aurait fait un enfant. Je posai mon regard vers son vrai revolver, qui était accroché au dossier d'une chaise, et sentis la chair de poule envahir mes bras. J'enfouis ma tête entre mes mains. Ce n'était pas un jeu d'enfant. C'était l'univers de Luke, et, dans cet univers-là, quelqu'un voulait ma mort.

Je relevai la tête pour voir Luke debout devant moi. Il était torse nu, et après avoir roulé sa chemise en boule, il la jeta violemment sur la porte du placard.

— Il faut que je prenne une douche ; il n'y a rien de tel que de glisser sur le pont d'un navire.

Il sursauta en touchant sa joue.

— Et je vais en profiter pour m'occuper de cela.

De sa blessure, mon regard s'abaissa vers sa poitrine, puis sur la ligne de poils blonds juste au-dessus de son nombril. J'essayai de trouver quelque chose de cohérent à dire, mais rien ne vint, et mes joues s'empourprèrent en le sentant si près de moi.

— Je… euh… attendez.

Je détournai les yeux et fis semblant de m'intéresser à mon assiette de fruits.

— Vous ne m'avez pas répondu au sujet de Virgilio. Pourquoi quelqu'un voulait-il le voir mort ?

Son sourire s'évanouit, et il serra les lèvres. Le muscle de ses mâchoires se contracta. Son regard me rappela celui qu'il m'avait lancé une heure auparavant alors qu'il était couché sur moi et brandissait son revolver en surveillant les environs. Un regard très professionnel, sans la moindre trace de faiblesse ou d'émotion.

— Je ne peux pas vous en parler.

Il fit un pas en arrière et plissa le front.

— Je n'aurais rien dû vous dire.

— Mais je sais déjà certaines choses. Vous ne me dévoileriez rien si vous vous contentiez de confirmer ce que je sais déjà.

En voyant qu'il ne faisait aucun commentaire, j'ajoutai :

— Je sais que Virgilio ne s'est pas suicidé à cause d'un problème conjugal puisqu'il n'était pas marié. J'ai aussi découvert qu'il payait les autres garçons de cabine pour faire son travail à sa place, ce qui lui laissait du temps pour ses autres affaires et qu'elles lui rapportaient beaucoup d'argent.

Je sursautai lorsque Luke tendit la main et emprisonna mon poignet.

— *Quoi ?* Vous l'avez découvert ? Que voulez-vous dire ? Comment avez-vous fait ?

Je dégageai ma main en regardant son visage.

— En posant des questions, bien sûr. C'est Alfonso, notre nouveau garçon de cabine, qui me l'a dit. C'était très facile.

Je fronçai furieusement les sourcils.

— Hé, qu'est-ce qui ne va pas ? Pourquoi me regardez-vous ainsi ? J'essayais d'aider Marie.

— En posant des questions ? Suffisamment de questions pour donner envie à quelqu'un de faire tomber un canot sur vous ?

Luke hocha la tête et se détourna en marmonnant.

— Oui, j'ai posé des questions. Et alors ? J'avais l'impression que personne ne s'occupait de cette affaire.

Les mains sur les hanches, Luke se retourna d'un mouvement brusque avec une mine renfrognée. Il ressemblait soudain à un frère qui aurait été battu au bras de fer. Mon cœur fit un bond dans ma poitrine, et cela n'avait rien de fraternel.

— Pardon ? Je crois que je viens juste de vous dire que c'est mon travail. *Mon travail !*

Je mordis ma lèvre inférieure et réprimai juste à temps un éclat de rire. Ciel, non ! Je n'allais pas me mettre à rire. Je n'oserais pas. Au lieu de cela, je reniflai et mes yeux s'emplirent de larmes.

— Je le sais maintenant, dis-je en essayant de garder mon sérieux. Mais, auparavant, on aurait plutôt dit que vous n'étiez qu'un bel homme qui dansait le cha-cha-cha avec les vieilles dames, et…

Je reniflai encore une fois et continuai d'une voix plus aiguë :

— Alors, la seule façon d'éclaircir cette situation était de me mesurer avec la Yoga Nazi. Dans le vent pendant la posture de la libération des vents, bien sûr, et…

À moitié grognant, à moitié riant, je poursuivis :

— Je suis désolée de rire ainsi, Luke.

Les larmes coulaient sur mon visage alors que je riais de plus belle. En m'étendant sur le lit, je bousculai le plateau, et des fraises roulèrent sur le sol.

— Je suis *vraiment* désolée, mais… les deux dernières journées ont été plutôt difficiles.

Mes éclats de rire se calmèrent. Luke me retourna sur le dos et s'allongea sur moi en me regardant dans les yeux. Il secoua la tête de droite à gauche et m'adressa un sourire plein de tendresse. Je pouvais voir son pouls battre à la base de son cou et je l'entendis s'éclaircir la gorge. Sa voix était rauque et haletante.

— Comment faites-vous pour me rendre… complètement fou ? me demanda-t-il.

Une chaleur envahit mon visage, et je haussai les épaules. Fou — c'était plutôt bien, non ? *Je le rendais fou ?*

Il secoua la tête une fois de plus, et ses yeux cherchèrent les miens.

— Mais regardez-vous, bon sang ! Vous êtes belle, si belle que, parfois, j'en suis tout ébloui. Et drôle, et courageuse, et intelligente, et…

Il baissa la voix et murmura :

— Vous avez tout ce que je recherche chez une femme.

Il avala sa salive et s'éclaircit la voix de nouveau. Je pouvais sentir mon pouls battre dans mes tempes et je retins mon souffle. Il fronça les sourcils.

— Mais ici, vous êtes une charge pour moi, Cavanaugh, ne le voyez-vous pas ? Il ne me reste plus que douze heures pour résoudre cette affaire avant notre arrivée à New York.

Quoi ? Je plissai les yeux et me tortillai sous lui. *Une charge ?* Ce n'était pas bon, n'est-ce pas ?

— Une charge ?

Je le fixai du regard. Pour l'amour du Ciel, même Sam le pompier et ses coéquipiers étaient plus poétiques que lui.

— Laissez-moi me... *lever* et je sortirai de votre vie, agent spécial Skyler, grommelai-je.

Luke m'emprisonna les bras avec beaucoup de douceur et éclata de rire.

— Attendez. Ne mordez pas. Je crois que je me suis mal exprimé. Je voulais simplement dire que, oui, j'ai une mission à remplir, mais que c'était plus difficile maintenant parce que je...

Il hésita un instant avant de poursuivre :

— Je suis très attiré par vous. Je pense sans arrêt à vous. Et je m'inquiète pour vous ! Comment puis-je assurer votre sécurité si vous...

— Assurer ma sécurité ?

La tête me tournait et mon cœur battait la chamade. Je ne savais pas si je devais rire ou pleurer. *Attiré par moi ?*

Il se souleva et me fit un sourire, puis posa sa bouche sur la commissure de mes lèvres.

— Est-ce très douloureux ? La contusion sur la lèvre que vous vous êtes faite en tombant sur le pont ?

Mon cœur battait si fort que je n'entendais plus rien. Mais je ne voulais plus rien entendre de toute façon ; je ne voulais qu'être à l'écoute de mes sensations. Quelle contusion ? Quel pont ? Je tendis les bras et les enroulai autour du cou de Luke.

Ses lèvres s'entrouvrirent, et sa bouche couvrit la mienne. Il m'embrassa doucement, puis son baiser se fit plus profond, et ses doigts jouèrent dans mes cheveux et caressèrent ma nuque. Sa langue était chaude et insistante, et je pouvais sentir son souffle alors qu'il ne voulait pas s'écarter, même pour respirer.

Son dos était chaud sous mes doigts, et ses muscles se contractèrent quand il bougea pour m'attirer plus près de lui. Il remonta mon chandail, et nos deux poitrines nues se rencontrèrent. Ses poils dorés caressèrent ma peau jusqu'à ce que j'aie l'impression que j'allais prendre feu. Puis, une de ses mains se glissa sous mon chandail.

— Tu es sûre ? murmura-t-il.

— Sûre ?

— Ta bouche. Je ne te fais pas mal ?

— Hum, dis-je en riant contre sa bouche. Non. Je ne me suis jamais sentie mieux. Ne t'arrête pas.

Ses lèvres rencontrèrent les miennes, puis descendirent vers le creux de mon cou.

— En réalité, j'avais prévu de commencer par les lèvres, puis…

Ses doigts caressèrent ma poitrine nue, puis trouvèrent le mamelon.

— Bon plan, murmurai-je à son oreille.

Mes mains quittèrent son dos pour descendre vers le bouton de son jean. En fait, c'était le meilleur plan que j'avais entendu jusqu'à ce jour.

Luke s'assit et passa mon chandail par-dessus ma tête. Il gloussa en me voyant rougir et écarter les doigts pour cacher le petit tatouage en forme de trèfle. Son rire s'évanouit et ses sourcils se contractèrent quand il repoussa mes cheveux sur le côté et posa ses doigts sur l'ecchymose violette qui ornait ma joue gauche.

— Je suis sincèrement désolé, Darcy. Je ne peux… Je ne *permettrai* pas qu'il puisse t'arriver autre chose.

Je laissai glisser les mains de ma poitrine, puis souris en voyant la lueur de son regard et son doux grognement de plaisir.

— Je ne connais qu'*une* chose qui puisse m'arriver, Skyler. Ici et maintenant.

Je m'étendis sur le lit et tendis les bras vers lui. Il s'allongea sur moi, et sa bouche se déplaça avidement vers…

Un coup brusque résonna contre la porte de la suite, suivi de plusieurs autres. Le sifflement d'une radio se fit entendre, et la voix de Gombu s'éleva.

— Agent Skyler ?

La bouche de Luke quitta mes seins, et il se redressa en faisant la grimace. Il resta assis un instant pour permettre à son visage de retrouver l'expression professionnelle que je lui avais vue plus tôt.

— Oui ? répondit-il.

— L'hélicoptère a atterri, monsieur. Ils ont emprunté le passage privé et ils sont tous ici, juste derrière la porte.

— Parfait. Juste un instant.

Il me tendit son survêtement, puis passa une dernière fois la main sur ma poitrine avant que je l'enfile.

— Un hélicoptère ? demandai-je en dégageant mes cheveux par l'encolure du survêtement. Qu'est-ce que tout cela veut dire ? *Qui* est ici ?

— Des renforts.

Je m'approchai de lui et glissai mes lèvres sur la toison de sa poitrine, en riant.

— Je ne crois pas que tu aies besoin de renforts. Tu as fait un très bon boulot à toi tout seul.

Luke m'adressa un grand sourire et m'embrassa rapidement avant de se lever et de se diriger vers la porte.

— Au fait, me dit-il sans se retourner, il devrait y avoir aussi une petite surprise pour toi.

Il ouvrit la porte, et Marie, portant des lunettes noires et une casquette du FBI, pénétra dans la suite. Les pis de vache de son bas dépassaient de la poche de sa chemise en denim.

— Alors, s'exclama-t-elle en retirant ses lunettes.

Son regard se posa sur Luke, torse nu, puis sur moi, assise les jambes croisées sur le lit, et enfin sur les fraises qui jonchaient la moquette.

— On dirait que tu t'es terriblement ennuyée sans moi !

VINGT

— L E FBI EST AU COURANT POUR SAM ? M'ÉCRIAI-JE, ENCORE sous le coup de l'étonnement.

— Oh, ils savent même certainement que mon chien est mort d'un calcul rénal l'été dernier.

Marie finit de déballer son sac marin et elle rangea des caleçons boxeurs Garfield dans notre placard.

J'enfouis ma tête entre mes mains. Le FBI. Luke. Il était au courant de l'existence de Sam ? Mais connaissait-il toute l'histoire ? Pouvais-je être plus humiliée ? Je poussai un gémissement.

— Oh, mon Dieu !

— Laisse tomber, s'écria Marie en lançant sa casquette du FBI dans ma direction. Je plaisantais au sujet des reins de Zella.

J'écartai les mèches de cheveux qui étaient tombées devant mes yeux et posai un regard insistant sur Marie.

— Luke est au courant pour Sam ?

— Oui. Ces gars sont de vrais furets. Réjouis-toi que ton petit trèfle n'ait pas été photographié, sinon il serait aussi au courant.

Je croisai les bras sur ma poitrine et sentis mon visage s'empourprer.

— Oh ? S'exclama Marie en se laissant tomber près de moi sur le lit, ce gigolo du FBI a fait des claquettes sur ton cœur, hein ?

Je poussai un autre gémissement en me laissant tomber à la renverse.

— Tout ce que je sais, c'est que toute cette affaire me rend folle. Répète-moi ce que nous devons faire.

— Nous comporter le plus naturellement possible.

Marie hocha la tête et poussa un soupir.

— Ce qui revient à dire que nous devons faire semblant de ne rien savoir. Luke est animateur de danse, et je suis l'infirmière du navire. Et toi, tu es la proie tatouée d'un podiatre obsédé.

Puis, devant mon regard furieux, elle ajouta en me faisant un clin d'œil :

— Hé, le docteur Foote ne me demande pas de porter des chaussures à bout ouvert dans son bureau.

— Je parle sérieusement, Marie. Sais-tu à quel point c'est frustrant de voir que Luke ne me laissera rien savoir de tout cela ?

— Il ne le peut pas.

— Bonté divine, tu parles comme lui.

Marie passa les doigts sur les trois initiales brodées sur sa casquette.

— Darcy, j'ai passé vingt-quatre heures avec eux. Ils sont vraiment sérieux. Ils poursuivent cette enquête depuis plusieurs mois. Ils traquent des dizaines de milliers de dollars de biens volés qui passent les limites de l'État sur ce bateau et sur d'autres. Et maintenant, il y a eu un meurtre. Il aurait même pu y en avoir deux si le canot avait atteint sa cible ce soir.

Elle posa doucement sa main sur mon bras.

— La meilleure chose que nous puissions faire est de ne plus nous en mêler et de les laisser faire. Et en prétendant, bien sûr, que nous ne savons rien.

Je tirai l'encolure de mon survêtement à capuche sur mon menton et pris une profonde inspiration. Il portait l'odeur de Luke. Marie avait raison ; s'il n'avait pas été là, j'aurais peut-être été morte à l'heure qu'il était.

— Mais il se trouve que je sais des choses, dis-je lentement en m'asseyant. Apparemment, j'en sais trop. Crois-tu que j'aurais été visée de cette façon si je n'avais pas été assez près de la vérité pour rendre quelqu'un nerveux ?

— Allons donc, Darcy !

— Non, sérieusement. Je savais que Virgilio n'était pas marié et que l'histoire de suicide véhiculée par Edie Greenbaum et les membres du club de yoga était fausse. J'ai découvert tout cela par moi-même.

— D'accord, savais-tu aussi que ses empreintes se retrouvaient dans la cabine, sur le sac et sur les bagages des victimes de miniattaques ? Beaucoup d'endroits où elles n'auraient pas dû être.

Marie sourit devant mon air étonné.

— Tu vois ? Les agents fédéraux sont bien avancés dans leur enquête, alors il vaut mieux que tu t'effaces avant d'éventer la couverture de Luke.

— Virgilio était impliqué dans les vols et il a été tué à cause de…

— Je crois que la question n'est pas de savoir pourquoi, mais qui. Qui a tué Virgilio ? Et c'est dans ce sens que les agents fédéraux concentrent leurs efforts maintenant. Ce soir.

Je me levai et retirai mon pantalon de survêtement en me dirigeant vers le placard.

— Viens, nous n'avons pas beaucoup de temps.

Marie me suivit et m'attrapa par le bras.

— Attends. Quelle idée as-tu en tête, maintenant ?

J'attrapai le cintre sur lequel était accrochée une robe de soirée argentée au décolleté profond et lui adressai un grand sourire.

— Que dirais-tu de passer notre dernière soirée à bord d'une façon extravagante ? Danse avec le capitaine, passion des diamants, cascade de champagne et buffet « La folie du chocolat » au programme.

Je plissai les yeux, et ma voix devint rauque.

— Peux-tu imaginer comme je me sens mal de m'être trompée au sujet de Luke ?

Mes yeux se remplirent de larmes, et je les essuyai d'un geste rageur.

— J'ai été tellement stupide. Marie, il m'a sauvé la vie, et plus d'une fois. Et si je pouvais l'aider maintenant, l'empêcher d'être…

— *Non*, Darcy. Non, tu ne peux pas faire cela. J'ai promis aux agents que nous resterions en dehors de tout cela.

— Eh bien, je ne vais pas rester à rien faire alors que Luke est en danger parce que j'ai remué trop de choses.

Je saisis mes sandales de soirée argentées et écartai Marie d'un coup de coude pour me diriger vers le lit où était posée ma robe. Je souris en voyant le petit sac violet, fermé par un cordon, accroché à un cintre. Le collier de perles noires de ma grand-mère. Parfait. *Parée pour la soirée, grand-mère.*

Marie poussa un soupir et ouvrit sa partie du placard.

— Alors, qu'allons-nous faire ? Apporter notre soutien au FBI avec une lampe Lava ?

Elle grommela et fit défiler les cintres le long de la tringle.

— Et quel est le code vestimentaire ?

* * *

Je regardai les portes de l'ascenseur de verre se fermer, puis reportai mon regard sur Marie.

— Je n'en reviens pas ; je ne t'avais jamais vue avec autre chose qu'un pantalon.

Je passai la main sur la manche de la tunique en soie lavande, puis, après avoir reculé d'un pas, je poussai un léger sifflement en découvrant la fente latérale de sa jupe longue assortie.

— Époustouflant, ma chère amie.

— Oh, arrête de dire des bêtises ! rétorqua Marie en rougissant. Je me suis tout simplement dit que si nous devions être amenées en hélicoptère dans une prison fédérale, je ne voudrais pas voir maman, lorsqu'elle viendrait me rendre visite, frapper les barreaux de la cellule en pleurnichant : « Es-tu vraiment obligée de toujours t'habiller comme un ouvrier de la construction, Marie Claire ? »

Elle haussa les épaules et pinça le tissu sur ses hanches.

— Mais ne t'inquiète pas, j'ai mis mon caleçon porte-bonheur des Yankees dessous.

Puis, elle me regarda appuyer sur le bouton de l'étage avec un sourire aux lèvres.

— Alors, quel est le plan ?

Nous nous dirigeâmes vers le gymnase sur le pont des Sports pour jeter un œil au tapis roulant « chanceux », en imaginant qu'il ne serait pas occupé à cause des activités de fin de croisière.

Seules quelques lampes fluorescentes tremblotaient dans la salle de musculation au loin lorsque nous pénétrâmes dans le gymnase désert.

— J'ai l'impression qu'il y a des mois que je suis tombée ici, dis-je tandis que le bruit de mes pas résonnait sur le plancher de bois. Voilà, c'est ce tapis roulant, le troisième.

Marie sortit son crayon lumineux de son sac et le promena sur le tableau de bord dont les indicateurs d'inclinaison, de révolutions par minute, de temps et de distance et le compteur de calories étaient éteints.

— Voilà la prise pour la radio. As-tu dit qu'il n'y avait qu'une station ? demanda-t-elle en touchant du bout des doigts la petite boîte et son cadran de sélection. Il semble pourtant qu'il y ait un vaste choix.

Elle dirigea le faisceau de sa lampe sur les tapis roulants adjacents.

— Comme pour les autres.

— Pourtant, je me souviens d'avoir essayé de trouver une autre station et d'avoir été frustrée parce qu'il n'y avait pas d'autre choix. Il y a une flèche sur le bouton pour une seule sélection. Et il n'y a même pas la chaîne de télévision. On dirait que…

— Qu'il a été programmé ainsi dans une intention bien précise, chuchota Marie. Regarde.

Elle pointa le rayon de lumière sur la barre verticale du tapis roulant. Les câbles sortant de la boîte audio étaient abîmés, et le poteau était couvert d'éraflures, des marques d'outils sans doute, et enveloppé avec des restes de ruban adhésif pour fils électriques. Marie éclaira les autres tapis roulants.

— Les autres semblent ne pas avoir été touchés. La boîte audio de celui-ci a été changée plusieurs fois.

Les lumières jaillirent au-dessus de nos têtes, et la salle fut soudain éclairée comme en plein jour, ce qui nous fit cligner des yeux.

La Yoga Nazi, portant un panier contenant des baguettes d'encens et des bougies, entra dans la salle.

— Avez-vous besoin d'aide ? nous demanda-t-elle en faisant remonter le point rouge de son front à une hauteur menaçante. Ses lèvres, aussi serrées que ses cuisses, formaient un petit *o*.

Avant que nous ayons eu le temps de retraverser le gymnase et de nous échapper dans le corridor, elle était déjà contorsionnée dans la position du scorpion. Je me retournai pour jeter un dernier regard vers les tapis roulants.

— Alors, dis-je, en tiraillant les perles du collier de ma grand-mère et en essayant de garder mes idées bien en place. Faisons le point. Nous savons que l'objectif était le vol et nous savons maintenant que les victimes n'étaient pas choisies au hasard et qu'elles étaient toutes gagnantes d'un coupon gratuit du spa.

Je réprimai un frisson en me souvenant de la voix près de mon oreille sur la table de massage.

— Un coupon gratuit qui n'existe pas, pour un soin au spa qui comprend une mystérieuse piqûre de vitamines qui n'existe pas non plus.

Un groupe de passagers en smoking et en robe de soirée nous croisa en venant du bar polynésien, et Marie baissa la voix.

— Que veux-tu dire ?

— J'ai demandé. L'hôtesse du spa Sirène m'a dit qu'il n'y avait pas d'offre promotionnelle, seulement des chèques-cadeaux qui pouvaient être présentés comme des surprises anonymes.

— De la part d'un admirateur qui veut braquer son pistolet sur votre cou et voler votre sac à main ? Peut-être aussi vous effrayer en vous faisant subir une miniattaque ?

— Non, il ne s'agit peut-être pas de miniattaque.

Je marquai une pause et adressai un sourire et un signe de la main à Serena Bliss, qui se dandinait dans une robe à pois bordée de plumes d'autruche.

— Il s'agit peut-être tout simplement d'une piqûre de vitamines qui n'est pas très bonne pour la santé.

Je pris une profonde inspiration et affermis ma voix.

— Connais-tu bien Howie, l'infirmier de nuit ?

Marie hocha la tête et cligna des yeux.

— Howie ? Tu crois que Howie a quelque chose à voir avec tout cela ?

— Je n'en suis pas certaine, murmurai-je. J'essaye de retracer mon parcours, de me souvenir de ce que j'ai fait ou dit et des personnes à qui j'ai parlé avant que ce bateau manque de tomber sur moi.

— Et ?

— Je suis allée de bonne heure à l'infirmerie ce jour-là pour parler avec Howie des piqûres de vitamines, mais il était absent. Alors, j'ai posé un tas de questions au sujet des médicaments manquants à l'infirmière qui le remplaçait.

— Et tu crois qu'elle l'a dit à Howie ?

— Exactement.

Marie garda le silence pendant un instant, puis passa la main dans ses cheveux.

— Les agents fédéraux m'ont aussi questionnée à ce sujet. Au sujet des médicaments et de Howie.

Nous nous joignîmes aux autres passagers de l'ascenseur et appuyâmes sur le bouton. En baissant les yeux pendant la descente de l'ascenseur, nous pouvions voir, dans l'atrium, des serveurs en veste blanche qui empilaient des douzaines de plateaux en argent sur lesquels étaient disposés des verres en cristal.

— Qu'est-ce qu'ils font ? demanda Marie.

— Ils préparent la cascade de champagne, ma chère, répondit une voix derrière nous.

Je me retournai et adressai un sourire à la Panthère Yoga, qui portait une combinaison à paillettes dorées et une épaisse couche de rouge à lèvres.

— C'est à vingt-trois heures, ajouta-t-elle. C'est à couper le souffle ! Plus de mille coupes forment une immense pyramide. Et une personne spécialement choisie — cette fois-ci il s'agit d'Edie Greenbaum — grimpe à une échelle et verse le champagne dans la coupe qui couronne l'édifice, bouteille après bouteille, jusqu'à ce que le liquide s'écoule de palier en palier en une cascade dorée et mousseuse remplissant toutes les coupes au passage. Les lumières deviennent tamisées, et c'est… très romantique.

— Oui, ça doit l'être, dis-je avec un sourire.

Du champagne ? Je sentis une chaleur envahir tout mon corps sous ma robe moulante. Goûterais-je un jour ce fameux champagne avec Luke ? Et comment pourrais-je encore rester naturelle dans son entourage ? Devoir patriotique ou non, le FBI en demandait vraiment trop.

Nous sortîmes de l'ascenseur au moment où les Greenbaum y entraient. Ils étaient tous les deux vêtus dans un dégradé de rose. Edie portait une robe brodée en soie rose, et Bernie un smoking avec une chemise à volants, un gilet mauve et une cravate bourgogne. Il bomba le torse en me voyant et devint aussi rose que la fleur qu'il portait à la boutonnière.

Edie regarda Marie avec un signe de tête approbateur.

— Vous êtes magnifique, ma chère. Féminine et, bon, libre, en quelque sorte. Est-ce ainsi que vous vous sentez ?

Les portes de l'ascenseur se refermèrent avant que Marie ait pu trouver une réponse, mais je grommelai :

— Quelle femme irritante ! Bernie est un saint de la supporter. Où crois-tu qu'ils vont ?

— Au théâtre. Le spectacle de la dernière soirée est un concours de talents ouvert aux passagers et aux membres de l'équipage. Je devais y participer.

Elle prit une mine renfrognée, puis se détendit et m'adressa un sourire.

— Non que je ne préfère pas t'aider, bien sûr.

Je mis mes mains sur mes yeux et fixai Marie du regard à travers mes doigts.

— Un concours de talents ? Et puis-je te demander ce que tu pensais faire ?

Marie afficha un large sourire et mit sa main en coupe sous sa manche de soie.

— De la musique avec mes aisselles. Il est encore temps, si nous…

Je m'empressai de la pousser en direction du corridor. Nous passâmes devant le casino et les boutiques aux lumières scintillantes. Nous dûmes nous frayer un chemin parmi les nombreuses femmes agglutinées devant la bijouterie. Le bourdonnement des conversations était assourdissant.

— Que se passe-t-il ici ? cria Marie.

— Une vente de diamants. Cinquante pour cent de réduction sur tous les bijoux invendus. Bonté divine, on dirait un des nids de termites de mon père.

Je tendis la tête en direction de la foule grouillante de passagères enveloppées de paillettes et de fourrure tenant leur carte à la main.

— Et, regarde, la Reine des Abeilles est au premier rang.

Marie me retint avant que j'ouvre la porte de la discothèque.

— Quel est le plan de match ? Qu'allons-nous faire ici ? Rien qui puisse nous mener en prison, j'espère !

Je saisis la poignée de la porte et lui adressai un sourire.

— Cesse de t'inquiéter. Nous sommes ici pour *agir de façon naturelle*. Et pour découvrir qui a bien pu essayer de m'éliminer avec un canot.

Le décor de la discothèque avait été transformé en un dôme éclatant. De fines bandes de tissu argenté flottaient au-dessus de nos têtes, et des faisceaux de fibre optique balayaient le plafond comme des éclairs dans un torrent de diamants. Une immense coupe de champagne remplie de truffes au chocolat trônait au centre de chacune des tables, toutes recouvertes de satin argenté. Un message numérique annonçant les prochains évènements défilait au-dessus de la scène : *La folie du chocolat... Passion des diamants... Cascade de champagne...*

Je balayai du regard les personnes installées aux tables et donnai un coup de coude à Marie en murmurant :

— Parfait. Presque toutes celles qui sont sur ma liste sont présentes.

Je désignai de la tête les chaises qui avaient été tirées près de la piste de danse. Les Evanston de la cabine voisine, Serena Bliss, Sarah McNaughton, l'infirmière à la retraite du cours de yoga, la Princesse du Bal et la Panthère Yoga. Mon regard se dirigea vers le coin de la salle. Gombu, sans son uniforme, était assis en compagnie des hôtesses du spa. Je jetai un coup d'œil vers les clients de la table voisine : les stewards qui n'étaient pas en service, incluant Alfonso, et, chose étonnante, même la Yoga Nazi, portant un sari orné de fils d'argent, étaient là. Comment était-elle venue si vite ?

Marie me donna un coup de coude en désignant de la tête la porte d'entrée. Howie Carson, en smoking et avec une coupe de champagne à la main, venait juste d'arriver. Toutes mes cibles étaient réunies dans la même salle.

Je sursautai en sentant une main se poser sur mon épaule nue et en entendant une voix murmurer à mon oreille :

— Bonsoir.

Je me retournai pour me trouver face à face avec Luke. Je sentis mon estomac se contracter. Agir de façon naturelle ? Comment le pourrais-je ?

— Vous dansez, mademoiselle Cavanaugh ?

Je promenai un regard rapide autour de la salle d'un air hésitant.

— Cela éveillerait encore plus les soupçons si je ne dansais pas avec toi, Darcy. On nous a souvent vus ensemble, murmura-t-il en gloussant.

Il adopta une posture plus formelle cette fois-ci et laissa une distance entre nous pendant que nous dansions. Je fus surprise de voir à quel point je désirais me rapprocher de lui. Je glissai les doigts contre son épaule, plus dure qu'à l'habitude, et eus un choc en réalisant qu'il portait le gilet de protection que j'avais vu dans sa suite. Un gilet pare-balles. Je regardai les visages des clients par-dessus son épaule, ma galerie de victimes et de suspects, et frissonnai légèrement en me demandant qui pouvait bien m'observer. *Qui ?*

Luke se pencha et chuchota à mon oreille. Un frisson me parcourut de la tête aux pieds quand je sentis la chaleur de son souffle sur ma peau.

— Veux-tu aller aux toilettes ?

— Pardon ? Non, je n'ai pas besoin d'y aller, merci.

Je levai les yeux vers lui et fronçai les sourcils en signe d'incompréhension.

Luke m'adressa un sourire en plissant les yeux.

— Il y a une petite alcôve sombre dans le hall extérieur, juste après les palmiers en pot. Ce sont des toilettes pour handicapés. Tout le monde a oublié son existence.

Il caressa le bas de mon dos et glissa un doigt sous le drapé de ma robe. J'eus le souffle coupé. Il décrivit un cercle lentement, et je jure que je pus le ressentir jusqu'entre…

— Bon, monsieur Skyler, m'empressai-je de répondre. Excusez-moi, mais je dois aller aux toilettes.

Je prévins Marie que je m'absentais en passant près d'elle et sortis de la salle d'un air décontracté. J'empruntai ensuite un corridor étroit. Une feuille de palmier caressa mes cheveux au moment où je pénétrai dans la petite alcôve. Je jetai un regard autour de moi. Luke avait raison ; il n'y avait personne, et le panneau sur la porte des toilettes mixtes affichait « Libre ». Pourquoi m'avait-il entraînée là ? Pour me prévenir de quelque chose ? Et moi qui trouvais que c'était stressant de travailler dans une salle d'urgence ! Le tissu d'intrigues dans lequel se débattait Luke était vraiment déroutant.

En moins de trois minutes, il fut près de moi, et quelques secondes plus tard, il m'embrassa à me couper le souffle, en me pressant de tout son corps contre le mur. Il caressa mes fesses à travers le tissu argenté, et ses lèvres descendirent se poser sur mon cou, puis sur ma poitrine, puis remontèrent couvrir ma bouche. Après un long moment, il s'écarta en souriant et, d'une voix douce et rauque, il murmura :

— Je crois que je serais devenu complètement fou si je n'avais pas pu faire cela.

Je retins mon souffle et, en posant la main sur son torse, je sentis le gilet de protection.

— Et je vais devenir fou à force de m'inquiéter pour toi.

Je levai la main vers sa joue et caressai délicatement sa barbe naissante. Mon cœur fit un bond dans ma poitrine.

— Pourquoi ne veux-tu pas me laisser faire quelque chose pour t'aider ?

Luke porta ma main à ses lèvres pour y déposer un baiser. Puis, il regarda le cadran de sa montre et répondit :

— Tu l'as déjà fait. Nous sommes sur le point de boucler cette affaire. Nous attendons simplement de recevoir une télécopie qui doit nous confirmer certains détails.

— Vous allez bientôt arrêter quelqu'un ? Qui ?

— Je te le dirai plus tard.

Puis, il prit mon visage entre ses mains avant d'ajouter :

— Juste avant de faire sauter le bouchon du champagne que je t'ai promis.

Je fermai les yeux quand sa bouche revint couvrir la mienne. La chaleur de ses lèvres et de sa langue promettait tellement plus que des bulles de champagne… *Qu'était-ce ?* Je venais de ressentir une sorte de vibration sur le devant de ma robe. Ça se reproduisait. Je reculai d'un pas en baissant les yeux.

— Ton pantalon est en train de vibrer ?

Luke m'attira contre lui et reposa ses lèvres sur les miennes en éclatant de rire.

— Ce n'est pas étonnant. Mon corps tout entier vibre chaque fois que je pense à ce petit trèfle.

— Non, c'est vrai ! C'est peut-être ton téléphone portable.

Il extirpa le petit téléphone de sa poche et le porta à son oreille. Il reprit aussitôt une attitude professionnelle, et son visage afficha de nouveau une expression sombre et fermée. Il se détourna, murmura quelques mots, puis se retourna vers moi.

— Je dois y aller, dit-il en refermant le téléphone. Les évènements se précipitent.

Il mit la main sous mon menton pour lever mon visage vers lui et me regarda dans les yeux.

— Promets-moi que, quoi qu'il advienne, tu resteras dans la discothèque avec Marie.

Je le regardai disparaître dans le corridor brillamment éclairé, puis retournai dans la discothèque. Les pensées se bousculaient dans ma tête. En posant la main sur la poignée de la porte, je m'aperçus qu'elle tremblait.

Était-ce vraiment presque terminé ? S'ils s'apprêtaient à arrêter quelqu'un, alors... Je retins mon souffle et pénétrai d'un pas lent à l'intérieur de la salle pour permettre à mes yeux de s'accoutumer à l'obscurité. Je me dirigeai vers la table où Marie m'attendait en scrutant la salle. Ils allaient arrêter quelqu'un. Parmi mes suspects, qui était absent ?

VINGT ET UN

– TU AS DU ROUGE À LÈVRES JUSQUE SUR TON MENTON, ME dit Marie en hochant la tête alors que je m'installais en face d'elle. Et, en tant que contribuable, je me pose de sérieuses questions sur le besoin qu'a cet homme d'adopter des tactiques aussi musclées.

Elle me dévisagea pendant un instant, puis m'adressa un grand sourire et me tendit une serviette.

— Enfin, peu importe, tout cela me paraît bien évident.

J'essuyai mon menton d'un geste hésitant et promenai mon regard sur la salle en réprimant une anxiété de plus en plus pressante. Je devais absolument trouver une solution. Il y avait beaucoup plus de monde dans la salle à présent. Les gens allaient et venaient d'une table à l'autre. Impossible de m'en sortir. Bon sang ! Je parcourus de nouveau la salle des yeux en gémissant.

— Je ne saurais dire si…

— Si quoi ? Qui cherches-tu ?

Je me retournai et me penchai au-dessus de la table pour murmurer, d'une voix qui trahissait mon inquiétude :

— Aide-moi. Parmi le groupe que je surveillais, qui a quitté la salle pendant mon absence ? Réfléchis, vite, c'est important.

Parce que Luke était je ne sais où et qu'une de ces personnes avait peut-être un pistolet.

— Je ne savais pas que j'étais censée tenir un registre des allées et venues, dit Marie en tournant la tête d'un côté et de l'autre.

Puis, elle me fixa en haussant les sourcils.

— Que se passe-t-il ?

Je jetai un coup d'œil vers la sortie et sentis mon estomac se contracter en me souvenant du gilet pare-balles que j'avais senti sous la veste de Luke.

— Luke a reçu un appel il y a quelques minutes. Ils sont en train de s'organiser pour procéder à une arrestation.

Mes mains se mirent à trembler.

— Oh, Marie ! Et si…

Je m'efforçai d'effacer la vision des blessés par balle que j'avais vus entrer sur une civière dans le service des urgences. Le sang, les brûlures dues à la poudre, les visages sans vie comme celui de Virgilio. *Luke.* Oh, non !

Marie se tourna vers la piste de danse et recula sa chaise pour avoir un meilleur point de vue sur les tables.

— Je pense que personne n'est parti. Au contraire, il y a encore des gens qui arrivent. Le directeur des activités va bientôt annoncer le nom du gagnant de la croisière gratuite. Tiens, mange quelque chose. Tu es pâle comme une méduse, ajouta-t-elle en me tendant un canapé. Trois personnes sont arrivées, Edie Greenbaum ainsi que Herb et Dan — tu sais, les animateurs de danse. Non, attends, quatre. J'allais oublier. La Danseuse Fantôme dansait toute seule il y a quelques instants. Je ne sais pas si elle est encore là, mais elle portait des bas résille et agitait un de ces anciens éventails espagnols. On ne peut pas faire autrement que de l'aimer.

Je penchai la tête pour observer les occupants de la table située en face de nous.

— Et Howie ? demandai-je en mordant dans un canapé.

— Il est encore ici. Il part et il revient. J'espère que c'est pour répondre aux appels de l'infirmerie. Il semble bien agité.

— Je ne comprends pas, rétorquai-je en grattant l'ecchymose de mon épaule. La personne qui me suivait et qui m'a menacée *doit* être une de ces personnes.

Je baissai la voix et chuchotai :

— Et si Luke et les autres agents pensent qu'ils sont sur le point d'arrêter le meurtrier, alors elle ne devrait plus se trouver là, à moins…

— À moins que plus d'une personne ne soit impliquée ? suggéra Marie.

— Bon, nous savons que Virgilio l'était, du moins pendant quelque temps. Mais une seule personne pour faire toutes ces choses : trafiquer le tapis roulant, s'introduire dans le spa et voler les bijoux…

Marie tapota ses ongles contre son verre.

— En parlant de bijoux, peux-tu imaginer ce que certaines femmes ont dans leur sac à main après la vente de diamants de ce soir ?

Je sentis mon sang quitter mon visage comme si quelqu'un avait soulevé un bouchon à la base de mon cou. *Oh, mon Dieu !* J'avalai précipitamment le canapé et saisis la main de Marie qui était posée sur la table.

— La Reine des Abeilles ! Réfléchis ! L'as-tu vue depuis la vente de diamants ?

Marie regarda vers la piste de danse, puis son regard revint se poser sur moi.

— Oui, je l'ai vue un peu plus tôt, avec son bras glissé dans une écharpe à plumes. Elle était assise avec Serena. Mais je ne la vois plus. Hé, Darcy ! Où vas-tu ?

Je me levai précipitamment de ma chaise et me dirigeai vers les tables les plus proches de la piste de danse, ce qui me permit de voir celle où étaient installés Gombu et les hôtesses du spa. Ils n'étaient plus là. Où étaient-ils passés ? Edie Greenbaum dansait avec Herb. Sarah McNaughton était assise à une table avec Serena Bliss. Je m'approchai d'elles en leur faisant un signe de la main. Je me mis à genoux près de la chaise de Serena, avec un sourire décontracté. Elle me retourna mon sourire et s'écria :

— Darcy, vous êtes en beauté ! Aussi brillante que les diamants qui ornent les gâteaux de « La folie du chocolat » ! Vous irez, n'est-ce pas ? C'est dans la salle à manger Neptune, dès qu'Edie aura versé le champagne pour la cascade de champagne.

— Serena, je pensais avoir vu la Rei… je veux dire madame Thurston, avec vous, et je m'aperçois qu'elle n'est plus là. J'espère qu'elle n'est pas malade.

— Oh non ! C'est très gentil de vous inquiéter, mais elle avait un rendez-vous. Elle a attendu jusqu'au dernier moment, jusqu'à ce que l'inquiétude au sujet des vols soit retombée. Alors, elle était tout excitée, pauvre petite, à faire en sorte qu'il ne coïncide pas avec la vente de diamants et « La folie du chocolat ».

Ma gorge se noua.

— Un rendez-vous ?

— Au spa Sirène. Elle avait gagné, souvenez-vous !

Je consultai ma montre et m'efforçai de garder une voix calme.

— Mais il est presque vingt-trois heures. N'est-ce pas un peu tard ?

— En règle générale, oui. Mais ils ont bien voulu faire une exception pour elle.

Je me relevai d'un geste brusque et, dans ma précipitation, je renversai un verre. Après m'être excusée, je retournai aussi vite que possible à la table que je partageais avec Marie. Il fallait que j'aille au spa prévenir la Reine des Abeilles avant que quelque chose ne se produise. Ce voleur avait déjà tué une fois, alors que se passerait-il s'il découvrait que c'était beaucoup plus facile de cette façon ? Après tout, il avait déjà menacé Serena avec un pistolet, n'est-ce pas ?

Je repérai Marie et lui fis de grands signes de la main ; mes pensées défilaient plus vite que mes pieds. Luke m'avait dit de rester ici, mais comment l'aurais-je pu ? Peut-être était-il déjà au spa. Peut-être aurait-il déjà pris tout en main lorsque j'arriverais. *Par pitié.* Mais si ce n'était pas le cas ? Et si j'avais raison de penser qu'il y avait plus d'un voleur ? Et Leona Thurston qui était seule, attendant de devenir la prochaine victime du tueur !

Les mots sortaient de ma bouche par saccades tant le souffle me manquait lorsque j'arrivai à la table.

— Je vais... au spa. Si je ne... suis pas revenue dans... dix minutes, appelle la... sécurité et demande-leur de... venir me chercher, d'accord ? Je dois aller voir la Reine des Abeilles.

Je me retournai vers la porte quand Marie me retint par le bras.

— Es-tu folle ? Il n'est pas question que je te laisse aller là-bas toute seule. *Pas question !* Je viens avec toi.

Je dégageai mon bras de sa prise et me levai sur la pointe des pieds pour regarder au-dessus de la foule et ensuite vers la piste de danse.

— Howie est debout et il se déplace de nouveau. Écoute, tu dois rester ici et le surveiller. Retiens-le comme tu veux. Personne ne doit quitter cette salle tant que je n'ai pas prévenu cette femme. S'il te plaît, peux-tu m'accorder dix minutes ? Je te promets que je ne ferai pas de folie. Quand je serai là-bas, je téléphonerai moi-même à la sécurité si c'est nécessaire. Donne-moi juste dix minutes.

*   *   *

Je regardai plusieurs fois par-dessus mon épaule en parcourant la courte distance qui séparait la discothèque du spa. J'essayai de ralentir ma respiration. *Calme-toi, ce n'est probablement rien.* La Reine des Abeilles pouvait très bien être ailleurs, au spectacle par exemple. Peut-être même qu'elle avait du talent. Sûrement, pour faire un duo grotesque avec Bernie Greenbaum. Cette pensée, même si elle était comique, ne réussit pas à soulager mon inquiétude, et je pressai le pas en apercevant la double porte scintillante du spa. Je devais vérifier que tout allait bien, un point c'est tout. Je fis un saut en arrière et manquai de trébucher lorsque la porte s'ouvrit.

— Oh, excusez-moi ! Je ne vous avais pas vue.

L'hôtesse aux cheveux foncés, celle que j'avais vue avec Gombu, leva les yeux des clés qu'elle tenait dans la main et m'adressa un grand sourire.

Je jetai un coup d'œil derrière elle en essayant de voir ce qui se passait à l'intérieur.

— Vous allez fermer ? Il n'y a plus personne ?

— Pardon ? Oh, non ! La masseuse est déjà partie, et la dernière cliente m'a demandé de la laisser utiliser la sortie arrière. Madame Thurston voulait retoucher son maquillage avant de retourner à la soirée. Je suis désolée, mais nous ne donnerons plus de rendez-vous avant la fin de la croisière.

La sortie arrière ? Celle que nous avions vue, Marie et moi ? Mon estomac se contracta. Dans la pièce où étaient faits les enveloppements aux herbes et où j'avais été menacée.

— Attendez !

Je retins la porte de la main avant que l'hôtesse ne la ferme.

— Je crois que j'ai oublié ma trousse de maquillage à l'intérieur. Laissez-moi entrer pour m'en assurer. Je vais me dépêcher. Ça ne prendra que quelques minutes.

L'hôtesse regarda le cadran de sa montre, réprima un sourire et acquiesça d'un signe de tête.

— Bien sûr, mais je doute qu'elle soit là. Nous vérifions toujours soigneusement si les clientes ont oublié leurs affaires, et il n'y avait rien dans la boîte des objets trouvés aujourd'hui. Voulez-vous que je vous aide ?

— Non, je n'en ai que pour une minute.

Je savais qu'elle devait me prendre pour une idiote, mais je ne pouvais me débarrasser de cette sensation. Cette sensation si angoissante.

— Je reviens tout de suite. Merci.

Je m'arrêtai un instant devant le comptoir de la réception, le temps que mes yeux s'adaptent à la lumière tamisée. J'essayai de me rappeler où se trouvaient les salles pour les massages et pour les enveloppements. Oui, voilà, dans cette direction. Je me précipitai dans le couloir recouvert de moquette, vers la porte portant un écriteau : *Sauna, Enveloppements*. J'ouvris la porte, et mes doigts tâtonnèrent sur le mur. Où était l'interrupteur ?

La lumière jaillit en entraînant la diffusion de musique classique, ce qui me fit sursauter. Je retins mon souffle et parcourus du regard la pièce lambrissée de merisier. Je constatai qu'elle était vide. La porte de l'issue arrière était en face de moi. La Reine des Abeilles était certainement sortie par là en toute sécurité. Je décidai de lancer un dernier regard avant de partir.

Les portes des saunas en cèdre étaient ouvertes. Des serviettes fraîches étaient empilées sur les bancs, prêtes à être utilisées. Un système de chauffage pour les enveloppements aux herbes, dont la rampe électrique rougeoyait doucement, était rangé dans le coin, près d'un placard portant l'écriteau « Linge ». Au-dessus, une boîte de premiers secours était accrochée au mur. Voilà qui était nouveau, et une très bonne idée étant donné…

Mon regard se posa sur les trois tables réservées aux enveloppements, séparées par un rideau à motif floral destiné à préserver l'intimité. Un des rideaux était encore fermé. Je sentis la chair de poule envahir mes bras. Non, c'était impossible. Je pris une profonde inspiration en avançant d'un pas et repoussai le rideau sur le côté. *Oh, mon Dieu !*

VINGT-DEUX

JE CRIAI POUR APPELER DU SECOURS, MAIS JE SAVAIS QUE c'était parfaitement inutile.

Le visage de la Reine des Abeilles était gris, et une rondelle de concombre couvrait encore un de ses yeux vitreux. Ses lèvres étaient bleues, et un filet de salive coulait de chaque côté de sa bouche. Son bras valide n'était pas sous l'enveloppement et pendait par-dessus le bord de la table. Elle était comme morte. *Fais quelque chose.* Ma vue se rétrécit comme si je regardais par le mauvais bout d'un télescope, en écartant l'horreur pour me concentrer sur ce que je devais voir. Il en était toujours ainsi — parfois, c'était même la seule façon qui me permettait de faire ce que je devais faire. Mon cerveau se mit sur le système de pilotage automatique — algorithmes, résultats possibles et choses à faire dans l'ordre logique. A-B-C. *Commence par A : dégage les voies respiratoires.*

Je tirai d'un coup sec sur le masque qui recouvrait le visage de la femme, ouvris sa bouche en m'aidant de mes doigts et me penchai pour vérifier si elle respirait. Je regardai, écoutai, sentis — *rien*. Aucun souffle. Mais depuis combien de temps ? Quatre minutes sans oxygène, et le cerveau commence à mourir. *Peu importe, je dois essayer.*

Après lui avoir pincé le nez, je pris une profonde inspiration et insufflai de l'air dans sa bouche. Sa poitrine, couverte par l'enveloppement aux herbes, se souleva. Une autre manœuvre, et sa poitrine se souleva de nouveau. J'écartai ma bouche et soulevai une bande sentant l'huile de massage à la lavande et le concombre. *Cherche son pouls ! Oh, mon Dieu, faites que cette femme vive !* Je m'efforçai de ne pas penser à la patiente morte dans le corridor du service des urgences et glissai mes doigts le long du cou de madame Thurston. Son artère carotide battait sous mes doigts. *Dieu merci !* Les battements de son cœur étaient un peu erratiques, mais puissants.

— Je suis là, Leona, chuchotai-je à son oreille, et je ne vais pas vous laisser mourir. Comptez sur moi.

Les battements de mon cœur résonnaient dans mes oreilles tandis que je scrutais la pièce et cherchais frénétiquement un téléphone. Pas de téléphone. La réceptionniste pourrait-elle m'entendre si je…

— Au secours ! criai-je par-dessus mon épaule de toutes mes forces. Par ici ! J'ai besoin d'aide !

De longues minutes plus tard, après avoir pratiqué de nombreuses fois les manœuvres respiratoires, je pus enfin prendre un moment pour examiner le visage des personnes qui étaient accourues en même temps que Marie. *Marie.* Dieu merci, elle était venue ! Il y avait aussi l'hôtesse du spa et Howie, qui était arrivé avec le sac de réanimation. *Howie ?* En compagnie de deux agents de sécurité et du docteur.

Marie vérifia le rythme cardiaque de la Reine des Abeilles et haussa les sourcils tandis que je continuais de presser le masque à oxygène sur le visage de la patiente. L'oxygène provenait d'un réservoir métallique vert, et je savais que chaque compression du sac de la taille d'un ballon de football enrichirait son sang en oxygène et protégerait son cerveau et ses organes vitaux.

— Pourquoi ne peut-elle pas respirer sans assistance ? murmura Marie. Elle est aussi rose que le derrière d'un bébé, et les battements de son cœur sont irréguliers.

Elle lança un regard par-dessus son épaule vers le docteur qui dirigeait le brancard et qui venait d'arriver.

— Elle est figée comme du Jell-O. Comme…

— Comme si elle était paralysée à la suite d'une attaque massive ?

Je hochai la tête en voyant Marie lever le bras flasque de la Reine des Abeilles.

— Exactement ! Et as-tu remarqué ? Son doigt ? Son *annulaire* ?

Marie observa le doigt ensanglanté, puis reporta son regard sur moi en écarquillant les yeux.

— Ça ressemble à une fracture ouverte.

Je levai la tête pour voir où était Howie et murmurai d'une voix enrouée :

— Oui, comme si quelqu'un avait arraché la bague de diamants de son doigt.

Avant que Marie ait eu le temps de répondre, une série de signaux résonnèrent au-dessus de nos têtes — des crachotements saccadés provenant du système de sonorisation du bateau.

Un des agents de sécurité porta sa radio à son oreille et cria à l'autre agent :

— Allons-y. Ils ont besoin de nous dans l'atrium. Une femme est tombée de l'échelle sur la cascade de champagne.

Nous déplaçâmes la Reine des Abeilles sur le brancard, et Marie s'empara du sac de réanimation pour le transport vers l'infirmerie. En jetant un coup d'œil vers le moniteur, je fus rassurée de voir que le tracé du rythme cardiaque était redevenu normal. Je donnai un coup de coude à Marie pour lui signaler que le visage de la patiente était parcouru de légers soubresauts et qu'elle plissait les lèvres en essayant de rejeter sa salive. Quelques secondes plus tard, ses doigts exsangues commencèrent à bouger et elle s'efforça d'étendre et de lever ses jambes, retenues par les courroies de sécurité du brancard. Enfin, elle cligna des yeux en frémissant, puis elle essaya de parler, mais, sous le masque, sa voix était rauque et inintelligible.

— C-C-Car-mn-n.

— Ne vous fatiguez pas, madame Thurston., lui dis-je en posant la main sur son bras alors que l'on sortait le brancard de la salle de massage.

Je hochai la tête en signe de satisfaction en constatant qu'elle avait bien repris connaissance et qu'elle respirait. Qu'était-il arrivé ? Une attaque cardiaque ? Dans ce cas, elle n'aurait pas pu bouger les bras et les jambes. Une miniattaque ?

Non, c'était bien plus grave. Elle avait complètement cessé de respirer. Alcool ? Médicaments ? Mais elle semblait presque *paralysée*, comme… *Oh, mon Dieu !* Une vague de nausée s'empara de moi.

— Non, allez-y. J'en ai pour une minute. Je dois vérifier quelque chose. Je vous retrouve à l'infirmerie.

Je fis un signe de tête vers Marie et poursuivis :

— Vraiment, je te suis.

Je fermai la porte derrière eux, et le silence retomba dans la pièce. Les restes du masque au concombre gisaient sur le sol, ainsi que les serviettes humides qui avaient servi pour l'enveloppement aux herbes. L'une d'entre elles était souillée par une petite tache. On aurait dit un monogramme macabre. Du sang qui s'était écoulé lorsque le voleur avait arraché la bague du doigt de la Reine des Abeilles, pensai-je en faisant le tour de la pièce, et il avait probablement aussi volé son sac à main pendant qu'elle était étendue sans défense. Je serrai mes yeux fermés. Il n'existait, à ma connaissance, qu'une seule façon d'être paralysé sans avoir une attaque ou un traumatisme, et c'était chimiquement, par l'injection d'un agent paralysant.

J'en avais utilisé un nombre incalculable de fois dans le service des urgences, avant d'intuber un patient ou pour administrer certains soins réclamant des muscles parfaitement détendus. Mais c'était toujours pour peu de temps, à petites doses et sous haute surveillance. Et j'avais vu les symptômes typiques faire leur apparition, spasmes musculaires et salivation, au fur et à mesure que le médicament se dissipait. Oui, avec un agent paralysant comme le succinylcholine. Ma bouche devint sèche. Les fioles que j'avais vues à l'infirmerie. Mais il aurait fallu avoir des seringues et…

Je scrutai les alentours et, les mains tremblantes, je dispersai sur le parquet ciré le contenu de la poubelle. Des rondelles de concombre, une lime à ongles, des serviettes en papier et — je relevai brusquement la tête en entendant d'abord la porte puis le rideau s'ouvrir derrière moi. Qui pouvait-ce bien être ? Avant que j'aie pu me retourner, une batte de baseball fendit les airs. Une douleur fulgurante explosa dans ma tête, et tout s'assombrit.

*   *   *

J'ouvris les yeux, mais une douleur à l'arrière de la tête entraîna une vague de nausée qui me força à les refermer aussitôt. *Que m'arrivait-il ?* Un filet de liquide chaud et humide s'échappa de la base de mes cheveux, et j'ouvris mes yeux de nouveau. Après quelques clignements de paupières, ma vision s'adapta lentement à la lumière. Qui était-ce ?

Robe de soirée noire, cheveux blonds, maquillage épais et mâchoire proéminente. Une silhouette familière qui se penchait vers moi en souriant. Et qui me parlait :

— Oui, ma chère, c'est Carmen.

Carmen ? Ah, oui ! Je poussai un soupir de soulagement. « Dieu merci, la Danseuse Fantôme. » J'esquissai un sourire, mais mon visage ne pouvait pas bouger. Qu'est-ce…? La peau de mon visage était lourde et pendait comme la cire d'une bougie allumée. Mon nez était raide comme du bois, et mes narines laissaient difficilement passer l'air. Pourquoi ?

J'essayai de lever la main pour dégager mes narines, mais mon bras était trop faible. Il se contracta et retomba le long de moi. Mon cœur se mit à battre plus fort et à envoyer des ondes de choc dans ma tête à chaque pulsation. Heureusement qu'elle m'avait trouvée, car quelque chose n'allait vraiment pas. J'essayai de parler, mais mes lèvres ne répondaient pas.

— Ne vous en faites pas. Votre bras ne répond pas, dit la Danseuse Fantôme à voix basse, en écartant les cheveux de mon visage. Pauvre petite, c'est une honte.

Quoi ? Je tentai de cligner des yeux pour mieux voir son visage et pour essayer de comprendre ce qui se passait.

Mais, à présent, je ne pouvais même plus baisser les paupières, et mes yeux secs me piquaient. Que m'arrivait-il ?

— Je vous avais pourtant prévenue, roucoula la voix à mon oreille. Je vous avais bien dit de ne pas vous en mêler. Mais non, vous ne m'avez pas écoutée, n'est-ce pas, ma belle ?

La Danseuse Fantôme remua la tête, et ses cheveux blonds se balancèrent.

— Petite fouineuse ! Je n'ai donc pas le choix, n'est-ce pas ?

Je tentai d'avaler ma salive pour m'éclaircir la voix, mais sans succès. La salive envahissait ma bouche. *J'étouffais !* Ma tête se mit à tourner.

— Mais je vous ai également donné un sédatif, ma chère, et pas seulement l'agent paralysant comme aux autres. Ce sera plus humain ainsi. Oh, excusez-moi, je veux dire « les piqûres gratuites de vitamines ». Ce fut très facile avec elles. Elles sont tellement stupides ; pas comme vous.

Elle caressa de nouveau mes cheveux et fit une grimace. Sa lèvre supérieure se retroussa sur une dent en or qui brilla dans la lumière tamisée.

Oh, mon Dieu ! J'étouffai un gémissement, et la pièce devint floue alors que j'essayais de comprendre. *Bernie Greenbaum ?*

Bernie retira ses fausses dents d'un geste brusque et jeta un coup d'œil par-dessus son épaule en entendant les sirènes se remettre à hurler. Il sourit et passa sa langue sur sa dent en or.

— Le plongeon d'Edie sur les coupes de champagne fonctionne à merveille. Grâce à cette diversion, personne ne viendra ici avant longtemps.

Il leva la main et décolla l'une de ses bandes de faux cils d'un coup sec.

— Cela va me laisser amplement le temps de retirer tout ce maquillage. Edie a fait du bon travail, non ? Sans son talent, je n'aurais jamais pu mettre un pied dans cette caverne d'Ali Baba. C'est bien normal après trente ans chez Warner Brothers.

Il retira l'autre bande de faux cils et la balança devant mon visage en ricanant.

— Vous comprenez ? C'est bien normal ?

Je sentis un filet de salive couler de ma bouche quand Bernie se mit à passer ses faux cils sur mon visage, sur ma gorge et sur les perles qui couvraient ma poitrine en continuant de ricaner. Il poussa un léger soupir en touchant un de mes seins.

— Oui, durant ces années passées au studio, Edie et moi avons appris beaucoup de choses. C'est bien dommage que nous en ayons plus appris sur le maquillage de base et sur les voix à l'arrière-plan que sur les investissements pour la retraite.

Il retira sa perruque blonde, laissant apparaître son crâne brillant de transpiration.

— Nous avons perdu jusqu'à notre dernier dollar dans des actions de sociétés dans le domaine de l'énergie ; bande d'escrocs ! s'écria-t-il en m'adressant un grand sourire. Je suppose que les gens diraient la même chose de moi, n'est-ce pas ? Pourtant, ça a bien marché pendant quelque temps. Nous nous sommes contentés de prendre quelques bijoux à certains vieux. De toute façon, ils devaient retirer plus d'argent de leur assurance que nous n'en avons jamais eu. Nous n'avons jamais fait de *mal* à quiconque.

Il fit une grimace.

— Du moins, jusqu'à ce que ce cupide petit Virgilio décrète que voler quelques bijoux ne lui suffisait plus et décide d'opérer tout seul, à sa façon. Le petit salopard. Il aurait pu mettre les policiers sur ma piste.

Bernie haussa les épaules en souriant.

— Et puis, bien sûr, il y avait vous, une jolie petite mouche sur la soupe. Je n'avais pas l'intention de réagir, jusqu'à ce qu'Edie vous entende, ce fameux matin à l'infirmerie, poser des questions au sujet des médicaments. Jolie et intelligente. Et séduisante ! ajouta-t-il en passant la langue sur ses lèvres maquillées.

Une petite goutte de sueur tomba de son front sur mon visage lorsqu'il se pencha vers moi et pressa ses lèvres contre les miennes. Je pouvais sentir l'odeur de ses aisselles, de son haleine, de son maquillage et le frottement de sa barbe alors que sa langue fouillait ma bouche. *Par pitié, non !* Mon esprit hurlait, mais mon corps inerte gisait sans pouvoir réagir. Je tentai de repousser une vague de nausée que je sentais monter en moi. *Ne vomis pas ; tu vas t'étouffer.* Il m'était presque impossible de respirer à présent. *Oh, mon Dieu !* Pourquoi me paraissait-il moins terrifiant d'être violée maintenant ? *Je ne peux plus respirer !*

— Bon, je ne veux pas attiser la jalousie de ma femme. Elle peut être une vraie tigresse, croyez-moi.

Bernie se releva et fut secoué de petits rires.

— Et puis, ma chère, je préfère vraiment qu'une femme bouge un peu. La nécrophilie, ce n'est pas pour moi. Oh, je suis désolé de vous l'avoir annoncé ainsi !

Bernie rassembla ses faux cils et sa perruque et les mit dans un sac de sport, puis commença à ouvrir la fermeture éclair de sa robe.

— Maintenant, si vous voulez bien m'excuser, je vais me démaquiller et sortir d'ici. Vous devriez bientôt vous assoupir, ma poupée. Et quand ils vont revenir, ils vous trouveront…

Il fit claquer sa langue et secoua la tête avant de poursuivre :

— Cela alimentera les conversations au petit-déjeuner pendant un bon moment. « Pauvre petite, si jeune ! Mais elle avait des problèmes cardiaques, vous vous souvenez ? »

Puis, il se dirigea vers la cabine d'habillage en ajoutant :

— Edie s'est parfaitement préparée à pleurer votre perte. Votre repos est assuré.

Il roula des yeux et sourit en faisant étinceler sa dent en or.

— Non. Je devrais plutôt dire que vous *reposerez en paix*, n'est-ce pas ?

Bernie sortit de mon champ de vision, et mon cerveau ralentit presque comme s'il avait emprisonné ma concentration dans le sac de sport en même temps que ses faux cils. Mon corps était inerte, mais d'une certaine façon, je flottais… à travers de la mélasse sombre, épaisse et sucrée. Pas de précipitation. C'était un vrai soulagement de pouvoir me reposer pendant un moment. Pendant quelques minutes peut-être, jusqu'à ce que je puisse concevoir un nouveau plan. Bien sûr. J'allais me laisser flotter et élaborer un plan et…

Il y avait certainement une solution. Quelqu'un allait venir m'aider. *Marie, Luke…* J'essayai de respirer, mais ma poitrine refusa de se soulever. J'essayai de nouveau, mais toujours sans résultat. Je ne respirais pas. La pièce s'assombrit de plus en plus, puis ce fut l'obscurité complète. Un grand calme m'envahit, et je n'eus conscience que des battements de mon cœur dans mes oreilles. *Grand-mère, aide-moi à m'accrocher !*

VINGT-TROIS

QU'EST-CE QUE C'EST ?
Un sifflement, une odeur acide de plastique et...
la senteur caractéristique d'un cigare à la cerise ?

Je clignai des yeux et, à chaque cillement, mes paupières irritèrent mes globes oculaires comme s'ils étaient recouverts de verre brisé. Tous les muscles de mon corps étaient endoloris. Je passai la langue sur mes lèvres et sentis une larme couler sur ma joue. *Je pleure, je respire, je suis en vie.* Je repoussai le masque à oxygène et soulevai la tête du brancard de l'infirmerie. Marie était endormie sur une chaise près de moi, en tenant à la main un cigarillo qui se consumait. Elle se redressa d'un mouvement brusque dès qu'elle m'entendit m'éclaircir la voix.

— Bien... pour l'amour... du Ciel.

Ma voix était un simple murmure rauque, et des douleurs fulgurantes éclataient dans ma gorge.

— Un cigare et de l'oxygène ? Essaierais-tu de me faire exploser ?

J'observai un sourire naître sur les lèvres de Marie et je sentis des larmes couler sur mes joues. De merveilleuses larmes, chaudes et humides. Merci, mon Dieu, je suis vivante.

Marie écrasa son cigare contre une tasse de café portant le logo du navire.

— Plutôt bien vu, pour quelqu'un à qui il a fallu faire le bouche-à-bouche.

Elle roula des yeux et fit une grimace.

— Et la prochaine fois que tu essaieras d'être victime d'un meurtre, pourrais-tu par pitié mettre un peu moins de maquillage ? Ton visage était maculé de rouge à lèvres et de mascara...

Elle désigna d'un signe de tête une petite table sur laquelle étaient posés un gant de toilette souillé, un peigne et une brosse à dents. Bénie soit-elle ; elle avait nettoyé mon visage. Je souris alors que les souvenirs affluaient à ma mémoire. Les effets des sédatifs devaient être en train de se dissiper. J'étais sur le point de faire une blague au sujet des mères poules quand Marie se pencha au-dessus du brancard et me serra dans ses bras.

— J'ai eu si peur, dit-elle, les yeux brillants, en s'écartant légèrement. Comment va ta tête ?

— Ça va, répondis-je en posant la main sur ma tête avec une légère grimace. Mais où suis...

Je jetai un coup d'œil vers la porte qui s'ouvrait sur le corridor.

— Ne t'inquiète pas, me dit Marie, en me tendant un verre d'eau et une paille. Les agents fédéraux ont arrêté Edie et Bernie et ce petit misérable, Alfonso. Ou, du moins, ils sont en train de les questionner. Luke est avec eux en ce moment.

— Et Howie ?

— Howie est innocent. Il a simplement été négligent en ne vérifiant pas si la porte de l'infirmerie était verrouillée et en ne faisant pas assez soigneusement l'inventaire des médicaments. Il s'avère que, depuis quelques mois, quelques fioles d'agent paralysant n'ont pas été comptabilisées. Je n'en reviens pas encore. Les Greenbaum. Merde. Bernie avait tellement l'air d'un gringalet.

Je bus une gorgée d'eau en acquiesçant d'un signe de tête et fis une grimace, car Marie y avait versé du citron pour lui donner du goût.

— Il a parlé d'avoir perdu tout l'argent économisé pour leur retraite à cause d'un mauvais investissement. J'ai cru comprendre qu'ils ont travaillé chez Warner Brothers pendant des années. Edie était maquilleuse. Voilà comment elle a pu transformer Bernie en Carmen.

L'odeur du maquillage de théâtre me revint soudain en mémoire ; la dureté de la barbe et le goût répugnant de la bouche de Bernie sur la mienne. Je fus parcourue d'un frisson. Il allait falloir que j'enivre Marie avant de lui expliquer que la moitié du rouge à lèvres qu'elle avait essuyé n'était pas à moi.

— Il semble qu'Edie a fait beaucoup de choses pour le studio, même des cascades, dit Marie en hochant la tête. De là à plonger sur une pyramide de coupes de champagne ?

— C'était une diversion, c'est ce qu'a dit Bernie. Ça a presque fonctionné. Comment les agents ont-ils compris ?

— Ils avaient déjà porté leurs soupçons sur Bernie. Ils étaient au courant de son expérience pour les voix en arrière-plan — c'est lui qui faisait la voix d'Elizabeth Taylor sur le tapis roulant —, de ses problèmes financiers et de sa relation avec Virgilio. Sans parler de leurs autres entorses à la loi. Ces deux-là ne sont pas seulement d'innocentes victimes fraudées par des investisseurs peu scrupuleux. Ce sont de fieffés arnaqueurs. Les agents cherchaient Bernie lors du concours de talents, mais ils étaient loin de se douter que c'était lui qui paradait déguisé en Danseuse Fantôme. Avec le recul, cela semble logique, car vêtu en femme il pouvait plus facilement s'introduire dans le spa. En fait, il s'est vanté auprès des agents d'avoir déjà agi ainsi lors de deux autres croisières. Il a dit qu'il avait une garde-robe… à mourir.

Je souris faiblement.

— Et alors, comment ont-ils fait le rapport ?

— Grâce à la Reine des Abeilles. Elle avait soulevé le bord du masque au concombre avant que ses bras ne deviennent paralysés, suffisamment pour voir « Carmen ».

— Et le pistolet ? Bernie n'a pas essayé de se défendre quand ils l'ont arrêté ?

— C'était un accessoire de scène de la comédie musicale *Annie Get Your Gun*. Tu t'en souviens ? Il s'en est servi uniquement parce que Serena Bliss ne boit pas d'alcool et qu'elle refusait la piqûre de vitamines. Il cherchait désespérément de l'argent à ce moment-là. Il n'avait plus Virgilio pour lui servir de couverture, il n'avait pas encore décidé Alfonso à le remplacer, et Edie perdait un argent fou au casino.

Je frissonnai et remontai la couverture sur mes épaules. En la sentant se prendre dans les fils du moniteur cardiaque, je jetai un coup d'œil vers l'écran et j'observai défiler la ligne verte brillante qui affichait mon rythme cardiaque. Pour la deuxième fois en une semaine.

— Tu vas bien, me rassura Marie avec un sourire. Ton petit palpitant fonctionne par lui-même. Les médicaments sont tous éliminés. Tes poumons sont clairs, même si tu baves comme un escargot depuis quelque temps. C'est un peu dégoûtant. Tu as une petite coupure à la base de la tête. Un bel hématome. Nous avons dû poser quelques agrafes. Mais lorsque nous avons vérifié tes fonctions neurologiques, tout était normal. Entre deux reniflements, tu as répondu à toutes les questions comme une championne. Aucun signe de commotion. Le docteur a donné son accord pour que tu partes. Sans restriction. Tu dois juste revenir pour une dernière vérification avant de débarquer. Il m'a dit que tu pourrais t'en aller aussitôt que les sédatifs auraient été éliminés et que tu serais réveillée et redevenue insolente.

Je décollai les électrodes de ma peau et levai la main vers le bas de ma tête.

— Oui, je me souviens des agrafes. Quelle heure est-il, de toute façon ?

— Presque quatre heures. Nous sommes restés près de toi pendant environ quatre heures et demie. J'ai retiré le cathéter il y a environ une demi-heure. Il n'y a plus que moi, à présent. Howie est parti dans l'hélicoptère avec madame Thurston.

— Elle va bien ?

Je fermai les yeux en repensant à cet horrible moment où j'avais ouvert le rideau. Que serait-il arrivé si je n'avais pas été là ?

— Ça peut aller. Elle prenait certains médicaments qui l'ont empêchée de bien récupérer après la paralysie, mais ils pensent qu'elle va s'en sortir. Tu lui as sauvé la vie, Darcy... Tu n'aurais probablement pas pu faire cela en vendant du matériel orthopédique.

Je sentis les larmes me monter aux yeux encore une fois. Je devenais un gros bébé pleurnichard.

— Je me suis sentie bien, Marie. Tu vois ce que je veux dire ? Être là pour cette femme et savoir très précisément quoi faire. Je me suis sentie tellement bien.

Je reniflai, et une larme glissa de ma joue. En l'essuyant, mes doigts rencontrèrent les perles nichées sous le décolleté de la jaquette d'hôpital. Fraîches, lisses et familières comme un chapelet. Les perles de ma grand-mère. Ma grand-mère, l'infirmière. Peut-être que ce qu'elle avait toujours dit était vrai. Une personne pouvait faire la différence.

— C'est important, n'est-ce pas ? *D'être là ?*

J'observai Marie acquiescer d'un signe de tête et je la vis saisir le cigarillo à la cerise.

— Attends, dis-je en plissant les yeux. Qu'est ce que c'est que ces cigares ? Et je ne vois pas ton timbre de nicotine.

Marie coupa l'arrivée d'oxygène, fouilla dans son sac banane et en sortit son briquet Volkswagen. Il s'alluma après deux tentatives, et elle prit une grande bouffée en souriant.

— J'ai réfléchi, dit-elle. Tu te souviens quand nous avons ri du vieux Bernie Greenbaum parce qu'il s'entêtait à imiter Elvis ?

— Mmm-hmm, marmonnai-je en prenant une autre gorgée d'eau citronnée.

— Tu m'as demandé pourquoi il faisait cela, et je t'ai répondu : « Chacun fait ce qui lui plaît. »

— Et alors ?

Je secouai la tête et attendis la suite, en observant le visage de ma meilleure amie et en appréciant secrètement l'odeur de son cigare à la cerise.

— Eh bien, c'est peut-être justement cela. Nous faisons ce que nous voulons. Nous sommes ce que nous sommes.

Marie haussa les sourcils et m'adressa un grand sourire.

— Je fume le cigare et je porte des pantalons. Et des bas avec des taches noires et blanches.

Elle rejeta la fumée, et les volutes s'enroulèrent autour de sa tête. Son visage reflétait la même sagesse que celui de Yoda.

— Et toi, ma chérie, tu es infirmière. Et une très bonne infirmière. Tu ne peux rien y changer.

Marie se retourna vers la porte, qui venait de s'ouvrir.

— On dirait que tu as de la compagnie, alors je vais te laisser, d'accord ?

— Attends, Marie, dis-je d'une voix nouée. Merci pour…

— Pas de problème. Tu aurais fait la même chose pour moi, dit-elle en me prenant la main alors que je cherchais mes mots.

Elle m'adressa un clin d'œil, puis fit une brève étreinte à Luke avant de sortir en fermant la porte derrière elle.

— Bien le bonjour, la Belle au bois dormant.

Luke me prit la main avec un grand sourire. Il parlait d'une voix douce et rauque et me regardait comme s'il avait peur de me voir disparaître.

— Je suis déjà venu te voir deux fois, mais tu dormais profondément.

Il pressa ses lèvres sur mes doigts.

— Veux-tu porter la dent en or de Bernie Greenbaum autour du cou ? Je peux arranger cela.

Les larmes me montèrent aux yeux une fois de plus, et je ris pour tenter de les chasser. Il était si beau. Fatigué, mais beau. Je posai le regard sur l'ombre dorée de sa barbe naissante, ses cheveux ébouriffés et l'ecchymose sur sa joue, qui était gonflée à présent. Il avait retiré sa veste de smoking, déboutonné sa chemise blanche à plastron et desserré son nœud papillon. L'étui de revolver en cuir était bien en place sous son bras gauche et il craqua lorsqu'il cessa de m'étreindre. J'inspirai profondément et souris.

— Tu sens le cigare à la cerise et le chocolat.

— J'ai fait connaissance avec Marie. Et Serena. Elle nous avait réservé une assiette qu'elle avait préparée à « La folie du chocolat ».

Il s'écarta légèrement de moi et fixa mon visage, d'un air doux et sérieux.

— Tu vas vraiment bien ? Je m'en veux de tout cela. Nous pensions avoir tout compris sur Bernie, mais il nous a bien eus avec sa double identité, et nous avons raté l'incident avec Leona Thurston au spa. Et avec toi… bonté divine.

Il serra ses yeux fermés.

Je posai la main sur sa joue et lui souris lorsqu'il ouvrit les yeux.

— Je vais bien. Très bien, d'accord ? *Et nous les avons attrapés.*

— Nous ?

Il sourit, puis secoua la tête.

— Oui, nous les avons eus. Même si l'attraper vivant n'est pas exactement ce que je voulais.

— Chut ! Tu sais ce que j'aimerais ?

Je levai la main pour caresser sa lèvre inférieure, puis mes doigts allèrent se glisser dans l'ouverture de sa chemise et se perdre dans la toison blonde de sa poitrine.

— Quoi ?

— J'aimerais que tu m'embrasses, puis que tu trouves une solution pour que nous puissions nous embrasser encore et encore sans être interrompus par des hélicoptères, des morts et des satanés bas à taches noires et blanches en train de brûler.

Luke s'inclina vers moi, posa ses lèvres sur les miennes, puis recula la tête soudainement.

— Au fait, dit-il en souriant, je m'en suis occupé.

— Occupé de quoi ?

— Des bas de Marie. Le gouvernement va lui remplacer la paire au complet. La réquisition a été levée.

— Tu plaisantes ? dis-je en haussant les sourcils.

— Non, je ne plaisante pas, murmura-t-il en écartant les cheveux de mon visage et en déposant un baiser sur mon front, ma joue, mon nez, puis mes lèvres. L'investigation du gouvernement a causé du tort à une citoyenne, et il n'est que justice qu'elle reçoive une compensation.

Il inclina la tête pour m'embrasser de nouveau, et je nouai mes bras autour de son cou en écartant les lèvres et en m'abandonnant à la chaude pression de sa bouche.

— Mais, bien sûr, c'est un peu plus compliqué en ce qui te concerne, murmura-t-il en interrompant son baiser pendant un court instant.

— Compliqué ?

Pauvre fou ! Tout me semblait très simple à présent.

Il pressa ses lèvres sur ma gorge.

— Tu vas devoir subir un débriefing. Pendant une assez longue période. Nous nous sommes arrangés avec ton employeur pour que tu aies une semaine de congé, qui commence dès maintenant.

Je penchai la tête en arrière en plissant les yeux et en me mordant les lèvres pour ne pas éclater de rire.

— Un débriefing ?

— Je me suis porté volontaire pour le faire moi-même, répondit Luke.

Il glissa un doigt le long de ma jaquette d'hôpital et décrivit un cercle sur mon sein gauche.

— C'est bien ici que se trouve le trèfle ? murmura-t-il en baissant la tête pour y déposer un baiser.

— Tu es incroyablement dévoué à ta cause.

Je sentis mon cœur battre à grands coups sous le tissu léger, puis une chaleur me monter au visage avant de descendre vers le bas.

— Ce sont les exigences du métier. De toute façon, tout est arrangé. Nous décollons aujourd'hui à neuf heures. Nous allons aux Bermudes, dans un endroit qui appartient au gouvernement. Isolé. Une villa à la façade rose et au toit de chaume qui donne sur une plage privée.

Ses lèvres s'incurvèrent contre ma poitrine en un sourire.

— Avec un toit de verre panoramique au-dessus du lit pour admirer les étoiles. Jogging sur la plage et piña colada ? Sans être dérangés. Qu'en dis-tu ?

Je me relevai. Après avoir passé les jambes par-dessus le bord du brancard, je fis un bond pour descendre. Les mains sur les hanches, je fis un signe de tête vers Luke.

— Ne reste pas comme ça. Aide-moi à trouver ma robe pour que je puisse sortir d'ici.

— Attends, s'écria-t-il en riant et en me prenant les mains. Où vas-tu ainsi ?

— L'avion est bien à neuf heures du matin ? m'exclamai-je en haussant les sourcils.

— Oui, et alors ?

Je me postai devant lui et me levai sur la pointe des pieds pour nouer mes bras autour de son cou.

— Nous avons donc environ quatre heures avant de nous retrouver dans l'avion avec les mains sur les genoux. Obligés de nous comporter convenablement. Je n'ai pas l'intention de traîner ici.

Je posai mes lèvres contre son cou en pressant mes hanches contre les siennes, et il émit un doux grognement en m'enlaçant.

— Ah non ? Alors, où veux-tu aller, mon petit chat sauvage ?

Le bateau roula sous nos pieds, et Luke me serra plus fort contre lui pour m'aider à conserver mon équilibre. Pour me protéger — il était très fort pour cela.

Je souris. D'accord, mon parcours sentimental avait toujours été pathétique, et je le savais. Mais, à présent, tout prenait une tournure différente avec cet agent spécial. Et je venais juste de décider de donner une seconde chance à ma carrière, n'est-ce pas ? Cela méritait d'être fêté, et pour toute fête qui se respecte, il faut...

Je fis glisser le bout de ma langue doucement le long de sa lèvre inférieure et murmurai avant de fermer les yeux :

— Dans ta suite, pour goûter ce fameux champagne.

Il secoua la tête et, avec un léger rire, il s'empara de ma bouche et me fit tout oublier. Quelles belles vacances !

Ne manquez pas la prochaine aventure
de Darcy Cavanaugh :

À la vie, à la mort

AU SUJET DE L'AUTEURE

CANDY CALVERT est une infirmière diplômée qui blâme son sens aiguisé de l'humour dans *Survival tactics learned in the trenches of the ER*. Née dans le nord de la Californie et mère de deux enfants, elle vit maintenant avec son mari dans la magnifique ville de Hill Country, au Texas. Au cours des nombreuses croisières qu'elle a entreprises dans le cadre de ses recherches, elle a chanté avec un groupe de musique country de Nouvelle-Écosse, parcouru les ruines de Pompéi, dansé le limbo en haut d'un catamaran à moteur et nagé avec des raies. Vous pouvez visiter son site Internet au **www.candycalvert.com**.

Pour obtenir une copie de notre catalogue :

Éditions AdA Inc.
1385, boul. Lionel-Boulet, Varennes, Québec, J3X 1P7
Télécopieur : (450) 929-0220
info@ada-inc.com
www.ada-inc.com

Pour l'Europe :

France : D.G. Diffusion Tél.: 05.61.00.09.99
Belgique : D.G. Diffusion Tél.: 05.61.00.09.99
Suisse : Transat Tél.: 23.42.77.40

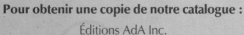